nted by Ao jyumonji / Illustration by Eiri shirai
재와 환상의 그림갈
=주몬지 아오 | 일러스트=시라이 에이리 | level. 12—그것은 어떤 섬과 용을 둘러싼 전설의 시작

"짜."
"꺄아!"

바다 끝에서 가라앉고 있던 태양이
수면을 비춘다──.
"으라챳──."

산도 있고 골짜기도 있다고나 할까, 요즘엔 산뿐이었나?
정말로 여러 가지 일이 있었지만.
우리들, 살아 있어. 마나토, 모구조.

그것은 어떤 섬과 용을 둘러싼 전설의 시작

재와 환상의 그림갈 level. 12

주몬지 아오

1. 구멍 속에서 뭔가 우리는

"…우왓." 하루히로는 스틸레토를 거꾸로 쥔 오른손으로 얼굴을 가렸다. 뭔가 작은 생물 떼가 날아왔다. 박쥐인가? 아니다. 벌레일까? 하루히로 앞에서 램프를 들고 있는 쿠자크가 외쳤다. "엄처어어어어어어어엉 위위위위위위험한 거 아닌가? 이거?!"

불빛이 격렬하게 흔들렸다. 쉴 새 없이 작은 생물이 램프에 부딪치는 소리가 난다.

"후오오오오 뭐, 뭐시여?!" 유메가 뒤에서 외친다. 시호루는 "모, 못 먹나…?!" 라고, 중의적으로 해석할 수 있을 것 같은 말을 한다. 곧바로 "이것은 못 먹어!" 라고 대답한 메리는, 이 작은 생물이 식용으로 적합한지 아닌지를 묻는 것이라는 해석을 채택한 모양이다. 곧바로 세토라가 "어떻게 알아?!" 라고 물었다. 메리는 대답하지 않았다. 대답을 할 여유 같은 건 없었던 것이리라. 하루히로는 그렇게 해석하기로 했다. 회색 냐아 키이치가 캬아아아오오옷 하고 제법 무시무시한 울음 소리를 내고 있다.

"괘, 괜찮아, 괜찮을 거야. 분명… 아마도."

하루히로는 자세를 낮추고 마치 불확실성의 화신인 양 입에 발린 위로를 하면서 작은 생물체의 정체를 파악하려고 했다. 동굴, 아니, 정확히 말하자면 동굴이 아니라 인공적인 구멍인데, 그 안쪽에 살다가 하루히로 일행이 들어오는 바람에 튀어나온 듯하고. 역시 소형 박쥐 비슷한 것 같은데, 하지만 뭔가 바퀴벌레라거나 그쪽 계통 같기도 하다. 어느 쪽이든, 느낌상이긴 해도 그리 위험한 분위기는 아니다. 호감, 비호감을 떠나서, 쓸데없이 아수라장을 많이 겪은 탓인지 그런 위기감은 대충 촉이 오는 체질이 되어버렸다. 이것은 분명 괜찮다. …아마도.

체감 시간으로는 45초 정도 그대로 가만히 있었다. 작은 생물 무리는 대부분 날아가버린 것 같다. 어디까지나 대부분이고 전부는 아니다. 아직 한 마리, 두 마리가 날갯짓을 하며 날아온다.

"투구벌레와 날다람쥐의 중간 같다…." 쿠자크가 중얼거렸다.

그러게. 말하기 나름이네. 투구벌레와 날다람쥐의 중간이라고 하는 것이 박쥐와 바퀴벌레의 중간보다는 인상이 좋다. 쿠자크는 어느 쪽인가 하면 사물의 좋은 면을 보려고 한다. 하루히로와는 정반대다. 이것만큼은 성향이니 바꾸고 싶어도 그리 간단히 바뀌는 것은 아니다.

"이제 괜찮은 것 같으니, 가자."

"그러네요."

"앗." 유메가 목소리를 냈다. "생물이, 시호루 등에 달라붙었어."

"히읏…?! 지, 진짜? 떼, 떼, 떼어줘, 부탁이야…."

"떠들지 마. 그 정도 일로."

세토라는 "자" 라며 시호루의 등에 달라붙은 예의 그 생물을 떼어내서 바닥에 내던지더니 발로 밟았다. 그것을 보고 유메가 "…우뇨옷" 이라며 두 손으로 자기 뺨을 감쌌다.

"밟을 것까지야. 그냥 놔주면 될 텐데…."

"네 다리에도 붙었다, 사냥꾼."

"꺄우. 웅냐, 에잇."

"…사정없이 짓밟았네. 지금. 놔주면 되는 것 아니었나?"

"끙. 하지만 그 생물, 유메를 깨물려고 했단 말이야."

"피를 빨아먹으니까 조심해."

메리가 중얼거리듯이 말했다.

"…그렇게 많이는 빨지 않을 거라고 생각하지만. 만약 무슨 병을 갖고 있다면 옮기지 않는다는 보장은 없으니까."

다들 입을 다물었다.

응. 좀, 그렇잖아?

그 정보는 상당히, 나름대로 중요도가 높은 것 같은 느낌도 들고, 그런 건 가급적 빨리 공유해줬으면 하는데? 단, 메리가 어떻게 그런 일을 알고 있는 건지, 그런 의문에 직면할 수밖에 없기 때문에 물어보고 싶어도 묻기 힘들고, 사실 물어볼 수 없다. 그런 일이 가끔씩 있다. 그 결과, 분위기가 어색해질 때면 차라리 그 바보처럼 하기 힘든 말을 아무렇게나 내뱉어버리는 멘탈의 소유자가 한 명이라도 있다면—이라고 하루히로는 생각하기도 하고 생각하지 않기도 한다.

"안 가?" 라며, 이중에서는 별로 분위기 파악을 못 하는 편으로 여겨지는 세토라가 재촉해줘서 살았다. 하루히로 일행은 안쪽으로 걸어갔다.

구멍의 폭은 2미터 정도로, 높이도 2미터 남짓인 것 같다. 키가 큰 쿠자크는 구부정한 자세다. 참고로 입구 부근은 훨씬 더 좁고 낮았다. 양옆의 벽과 바닥은 이끼가 끼고 버섯인지 양치류 같은 의문의 생물들이 자라기도 했고, 생물의 변 같은 것이 쌓여 있기도 했지만, 거의 평평하다. 이 구멍 안쪽 길은 똑바로 뻗은 것이 아니라, 밑으로 내려가기도 하고 구부러지기도 했다.

"…뭔가 있어."

쿠자크가 발걸음을 멈추고 오른쪽 벽을 손으로 두드렸다. 램프를 가까이 댔다. 문 같은 것이 있는 것 같다. 하루히로는 다가가서 조사해봤다. 역시 문이다. 나무는 아니다. 금속도 아니다. 돌문이다. 손잡이와 열쇠구멍까지 돌로 만들어졌다. 이래 봬도 도적 나부랭이다. 보기 드문 타입의 문이라는 것쯤은 안다. 장식은 전혀 없지만 표면이 매끄럽고 꼼꼼하게 마무리했다.

"대단하네, 드워프…."

하루히로는 도적의 도구를 꺼내어 피킹(열쇠 따기)에 착수했다. 자물쇠 내부를 신중하게 살펴 구조를 파악한다. 자물쇠를 풀려고 하면 발동하는 덫이 설치되어 있는 경우도 없지는 않기 때문에 요주의다. 애초에 자물쇠가 쇠나 그런 것이라면 녹이 슬어 풀 수 없었을지도 모른다. 다소 시간은 걸렸지만 그래도 간신히 풀 수 있었다.

"자물쇠는 이제 풀었지만 문을 열기는 힘들 것 같아. 석재로 되어 있고 꽤 무거우니까."

"내가 할게. 하루히로, 물러서 있어."

쿠자크가 돌문을 힘으로 밀어 열자 세토라가 "괴력 인간 놈…"이라고 중얼거렸다.

"덩치가 이러니까. 내 장기지." 쿠자크는 웃어 보였다.

문 안쪽에는 사방 4미터 정도의 방이 있었다. 선반이 설치되어 있고 구석에 커다란 상자가 두 개 놓여 있다. 그것들도 돌로 되어 있다. 선반에 진열된 무기류는 심하게 녹이 슬어서 적어도 그대로는 쓸 수 없다. 문제는 폭과 높이가 1미터에 가깝고 깊이도 80센티미터 정도 되는 커다란 상자의 내용물이다. 하루히로는 두 개의 상자를 꼼꼼하게 조사했다.

"…자물쇠는 보이지 않고, 뚜껑을 열면 어떻게 된다거나 하는 장치는 없… 는 것 같은데, 솔직히 그리 자신은 없어. 아마도 내 힘으로는 뚜껑을 들 수 없을 거야. 드워프라면 여유 있게 들겠지만."

"내 차례네."

쿠자크는 램프를 유메에게 건네고 상자 뚜껑에 손을 대려고 했다. 하루히로가 다급하게 말렸다.

"아니, 그러니까, 안전한지 아닌지 모른다니까."

"장치는 없는 것 같다면서요? 하루히로가 보기에는."

"…어디까지나 내 짐작으로는 그렇다는 거야. 설령 장치가 없어도 안에 이상한 게 들어 있을 수도 있고."

"하루히로 느낌은 어떤데? 촉이랄까."

"음—. 과연 내 촉을 믿을 수 있을지…."

"나는 믿지만. 하루히로가 괜찮다고 생각한다면 나는 할 거고. 하지 말라고 하면 안 하고. 그랬다가 맙소사—가 되어버려도 후회는 하지 않을 거고."

유메가 응응 고개를 끄덕이며 "사랑이네" 라고 시답잖은 말을 해서 시호루가 풋— 뿜었고, 그러다 사레들리고, 메리는 왠지 헛기침을 했다.

세토라는 "사랑?" 이라며 고개를 갸웃거린다. 그 다리 옆에서 회색 냐아 키이치도 귀엽게 고개를 갸웃거린다.

"성기사, 너는 소위 남색가라 불리는 그것인가?"

"아니, 하루히로는 좋아하지만, 그런 게 아닌데. 뭐랄까, 요컨대 신뢰입니다."

"…잘도 그런 말을 넉살좋게 입에 올리는군."

“어? 부끄러운 건가? 아—. 그런가? 점점 창피해지는 것 같기도. 하지만 솔직한 마음임다. 거짓말 같은 건 하고 싶지 않다고나 할까, 잘 안 하고. 난처하네.”

하루히로야말로 민망해져서 그만해줬으면 하고, “아—. 젠장, 진짜 이거 창피하네. 이제 됐어. 열어버리자” 라는 전개로 돌 상자 뚜껑을 에잇—하고 열어버리는 짓은 더더욱 하지 말아줬으면 한다.

“앗, 쿠자크, 잠깐.”

“왓, 미안, 하루히로. 하지만 아무렇지도 않은 느낌…?”

상자 안에는 짤막한 도검 몇 자루, 방패, 투구, 그리고 장식품 종류가 약간 들어 있었다. 하나같이 신품으로 보인다. 얼핏 보기에는 품질도 좋은 것 같다. 드워프 장인이 혼을 담아 만든 것이겠지.

방패와 투구는 쿠자크가 쓸 수 있을 것 같다. 도검은, 폭이 넓고 무게가 있어 보이는 단검과 쇼트 소드가 한 자루씩, 대거가 두 자루, 검신이 불꽃처럼 물결치는 기묘한 단검도 한 자루 있다. 장식품은 여성진이 착용하고 싶으면 써도 되고 아니면 나중에 팔아도 된다. 어디에서 팔지, 누가 사줄지, 그 문제는 지금은 생각하지 말기로 하자. 괴로워질 뿐이다.

세토라가 쇼트 소드와 대거를 한 자루 챙기고, 하루히로는 나머지 한 자루의 대거와 검신이 불꽃 모양인 단검을 챙기기로 했다. 평소에 자주 쓰던, 오른손에 익숙한 스틸레토도, 왼손용의 가드 달린 나이프도 실은 날을 좀 가는 정도로는 소용없을 정도로 흠집이 나버렸다. 아쉽지만 가벼움을 중시해서 버리기로 했다. 검신이 불꽃처럼 되어 있는 단검은 편의상 불꽃 단검이라고 이름을 지었다. 폭이 넓고 무거운 단검은 쿠자크가 예비용 무기로 휴대하면 된다.

그 외에도 창날, 도끼 날 등도 상자에 들어 있었다. 손잡이를 달면 창과 도끼로 쓸 수 있겠지만 거치적거리니까 두고 갈 수밖에 없다.

"이모작이네. 풍실하잖아."

"응. 이모작이랄까, 풍작이랄까, 대어라고 해야 하나? 그리고 풍실이 아니라 풍성이야…."

하루히로는 어떤 종류의 의무감 같은 것에 사로잡혀 유메의 발언을 정정해주면서, 두 개째의 상자를 열려고 하는 쿠자크를 곁눈으로 보고 "엇…" 하고 경악했다.

"응?"

이미 상자 뚜껑을 열어버린 쿠자쿠가 하루히로에게로 고개를 돌린다.

"왜 그래? 앗…."

"그러니까 너, 기분이랄까, 분위기랄까, 그런 거에 휩쓸리듯이 함부로 열지 마…."

"뭔가—" 하고 메리가 천장을 올려다보았다.

소리다.

낮은 소리가 들린다.

"여기에서 나가, 빨리!"

하루히로가 그렇게 외치자마자 유메가 시호루를 거의 질질 끌다시피 하며 방에서 뛰어나갔다. 메리와 세토라, 키이치가 그 뒤를 따른다. 하루히로는 쿠자크의 등을 때렸다.

"어서, 서둘러!"

"하루히로, 나는 됐으니까 먼저 가!"

"저기 말이야, 양보할 때가 아니니까, 그런 건, 이크, 위험…."

소리가 커졌다. 방 전체가 덜덜 진동한다. 천장이다. 천장이 무너지려고 한다. 그런 계통의 그거였나?

"우우우와아아아."

하루히로와 쿠자크가 서로 뒤엉키는 것처럼 방에서 굴러 나갔다. 그 직후다. 방 천장이 단숨에 낙하했다.

"위험햇. 박살 날 뻔했다."

"쿠자크, 네가 조심성 없이 상자를 여니까 그렇지. 기가 해이해졌으니까 그렇게…."

"있잖아, 있지, 하루 군. 뭔가 있지, 아직 이상하달까, 고고고고—하는디."

"뭐어?! 고고고고— 라니—."

하루히로는 자기도 모르게, 참말이구먼—이라고 말할 뻔했다. 참말이구먼이 뭐시여. 뭐시여는 또 뭐야.

"안쪽…?" 메리가 눈썹을 찡그렸다. 그렇다. 이 동굴… 이 아니라, 드워프가 굴착을 했거나 천연 동굴에 손을 본 것으로 짐작되는 드워프 구멍에는 안쪽이 더 있다. 아까 그 방 말고도 아마 방이 더 있을 것이고, 거기에는 또 다른 보물이 잠들어 있을지도 모른다. 그런데 그 안쪽에서 그야말로 유메가 말한 것처럼 고고고고고고… 라는 것 같은 불길한 소리가 들린다. 분명히, 뭔가가 온다. 와버리는 느낌이라는 거다. 이거.

"도망쳐!"

또 다른 보물은 창자를 끊어내는 심정으로 포기하는 수밖에 없다. 하루히로는 동료들을 먼저 보내고 자신은 끝까지 남았다. 쿠자크가 "하루히로도!"였는지 뭔지 말했지만, 됐으니까 너는 뛰라니까. 다른 사람 걱정을 할 때가 아니니까. 전력으로 질주하라고. 아아, 역시 안쪽이네. 안쪽에서 오네. 이렇게, 뭐지? 바윗덩어리? 아마도 커다란 바위 공 같은 것이 굴러오는, 어딘가에서 본 것 같기도 한, 한 번도 본 적 없는 것 같기도 한, 아무튼 그거다. 도망가지 않으면 깔려 죽어버리는 타입의 그거다.

물론 하루히로도 제일 뒤에 붙어 빠르게 뛰었다. 커다란 바위 공 같은 물체는 어디까지 와 있는 걸까? 정말로 커다란 바위 공 같은 물체가 맞는 걸까? 다른 뭔가라거나? 돌아봐도 캄캄해서 전혀 보이지 않는다. 소리는 서서히 다가오는 것 같은 느낌도 든다. 애가 타네, 이것. 애가 타지 않는다고 하면 거짓말이 되겠지. 사실을 말하자면 하루히로는 아직 좀 여유가 있다. 그래도 더 이상은 속도를 올릴 수가 없다. 앞에는 시호루가 있고. 설마 동료를 추월할 수는 없고. 어쩌지? 난처하네.

2. 불꽃은 망설임에 일렁이고

현재 변경이라 불리는 이 땅에는 과거에 아라바키아와 나난카, 이슈마르라는 인간족의 왕국이 있었다. 엘프와 드워프, 놈은 인간족과 우호적인 관계를 구축하고 각각 번영했으나 오크, 코볼트, 고블린들은 배척당하기도 했고 박해당하기도 했고 소외당하거나 철저히 멸시당하기도 했다.

특히 오크는 체격과 신체적 능력뿐만이 아니라 지성 면에서도 결코 인간족에게 뒤지지 않았다. 단, 인간족은 오크보다 먼저 국가를 형성하고 비옥한 토지에 판도를 넓혔다. 인간족으로 인해 네히 사막과 재 내리는 고원, 곰팡이 들판 등의 불모지로 쫓겨난 오크들은 혈연을 기초로 한 부족 단위로 단결했지만, 그래도 살아남는 것이 고작이었다.

하지만 150년 전쯤 노 라이프 킹(불사의 왕)이라 자처하는 자가 나타나자 모든 것이 돌변했다. 그는 언데드(불사족)를 만들어냈고 눈 깜짝할 사이에 세력을 넓혀 인간족의 왕국을 압박했다. 더욱이 모든 오크 종족에 결속을 촉구하고 왕을 세우도록 했다.

인간족은 원래 오크를 야만적인 짐승에 가까운 종족으로 간주하며 멸시했었다. 그런데 왕이 생기자 그들은 순식간에 국가의 체제를 정비했으며 무기를 들고 인간족의 영토를 침범하게 되었다. 노 라이프 킹은 오크, 코볼트, 고블린, 그리고 엘프를 배반한 회색 엘프의 왕과 동맹을 체결하고 제왕 연합을 성립시켜 인간족의 왕국에 당당히 선전 포고를 했다.

인간족의 이슈마르 왕국, 나난카 왕국은 멸망했고 아라바키아 왕국의 왕은 천룡산맥 남쪽으로 달아났다. 엘프와 드워프, 놈족도 유혈이 낭자한 전란에 휘말렸다. 엘프는 그림자 숲이라는 천연 요새를 거점으로 해서 주로 방어를 위해 싸웠으나, 드워프들은 인간족보다도 용맹하고 과감하게 대검과 도끼를 휘두르며 분투했다고 한다. 명성이 자자한 드워프의 쇠도끼 병단은 보드 들판에서 압도적으로 다수였던 제왕 연합군에 맞서며, 한 걸음도 물러서지 않고 싸웠지만, 파멸의 쓰라림을 맛보게 되었다. 그림자 숲의 엘프는 쇠도끼 병단에 원군을 파병하려고 했으나, 제왕 연합군의 별동대에 가로막혀 약속을 지킬 수 없었다.

아무튼 치열한 싸움 와중에 드워프들은 여기저기에 참호를 파고 거기에 무기와 방어구, 생활용품, 식량 등등을 비축했다. 이러한 참호는 드워프 구멍이라고 불리며, 드워프 패잔병의 피난소 역할도 했고 또한 반격을 위한 기지가 되기도 했던 모양이다.

그리고 바다를 향해 동쪽으로 가는 여행 도중에 하루히로 일행은 우연히 그런 드워프 구멍 중 하나를 발견했던 것이다. 거기에서 백 년도 더 전에 드워프들이 모아둔 드워프 보물을 몇 개인가 입수할 수 있었지만, 그러다가 드워프 함정에도 빠질 뻔했다. 과연 만만치 않다.

"…진짜로 죄송했슴다."

쿠자크는 넙죽 엎드려 사과했다. 하루히로는 나뭇가지로 장작불을 지피면서, 쿠자크의 그 스킬은 전설의 엎드려 조아리기 마스터에게는 한참 못 미친다고 생각했다. 평생 못 미치는 편이 좋을까? 그 전설의 엎드려 조아리기 마스터는 어딘가에서 잘 지내고 있을까? 뭐, 살아 있든 죽었든 내가 알 바는 아니지만. 어쨌든 불꽃이란 건 왠지 좋네. 표고는 다소 높아도 여름이라서 전혀 춥지는 않지만, 그래도 불꽃은 좋아. 아늑해져.

"응, 뭐…."

지금 유메는 근처 나무에 올라가 나뭇가지에 걸터앉아 우아하게 다리를 흔들며 주위 상황을 살피고 있다. 느긋하게 쉬고 있는 것처럼 보이지만 일단 보초를 자처한 것 같다.

"다행히 피해는 크지 않았으니까. 아무도 다치지 않았으니까 괜찮다고, 유메는 생각하는데."

쿠자크가 "…아니" 하며 살짝 고개를 들었다.

"그건 결과론이고. 역시 반성해야 한다고 나는 생각함다. 분명하게. 그 점은."

"약간, 평소랑 달랐지…?"

메리와 몸을 맞대고 장작불을 쬐고 있던 시호루가 눈을 치켜뜨고 묻자, 쿠자크는 고개를 숙이며 "음…" 하고 생각에 잠긴다. 그리고 잠시 후에 다시 얼굴을 들었다.

"뭐랄까? 위험한, 드워프 구멍이지만, 뭔가 엄청난 무기 같은 게 있거나 하지 않을까. 그런 비슷한 기대감. 오랜만에 모험답다고나 할까. 좀 설렜던 건지도."

"애냐?" 장작불에 올려놓은 냄비를 확인하면서 세토라가 내뱉었다.

"…앱니다. 미안함다."

"몸은 남들보다도 큰데."

"…그렇지요. 참, 할 말 없슴다."

"그보다 성기사. 네 그, '없슴다'라는 말투는 도대체 뭐냐?"

"아, 살짝 경어적인? 그런 느낌인데요."

"전혀 경어로 들리지 않아. 무시하는 것처럼 느껴지기까지 한다."

"그건 오햄다. 이런, 또 써버렸다. 버릇이 되었다고나 할까…."

쿠자크는 어느샌가 엎드려 조아리기를 해제하고 정좌하며 뒤통수를 긁적이고 있었다.

빠직빠직 소리를 내며 타오르는 불꽃을 응시하며 메리는 무엇을 생각하고 있는 걸까? 그저 멍하니 있는 것뿐인지도 모르는데, 뭔가 여러 가지 일이 메리의 가슴속에서 소용돌이치는 것이 아닐까 하고, 하루히로는 자신도 모르게 상상해버린다. 이런 것은 아무래도 좋지 않아. 멋대로 상상하지 말고 사실은 어떠냐고 본인에게 물어보면 되는 거다. 메리는 눈앞에 있으니까. 그것은 분명히 그렇지만.

"하루히로 군…?"

시호루가 불러서 하루히로는 퍼뜩 제정신으로 돌아왔다.

"아, 응. 왜?"

"…쿠자크 군이 사과하는데 무시하는 건, 좀…."

쓴소리를 듣고 말았다. 하루히로는 눈을 내리깔고, "그게…" 라며 손가락으로 코를 문질렀다.

"그런, 무시라거나 그런 의도는 없었는데…."

"나는 마음 쓰지 않는데요? 하루히로는 그런 경우가 비교적 꽤 있으니까."

"어? 내가, 무시해?"

"아아, 하루히로가 화났구나, 큰일 났다, 반성해야지, 라고 나는 그렇게 생각하려고 하지만요."

"그런가. 그러는구나. …의식하지 못했어. 미안. 무시는 좋지 않지. 남한테서 듣기 전까지는 의외로 깨닫지 못하는 거구나. 고마워, 시호루. 주의할게."

"…나야말로. 너무 나섰는지도."

"아니라니까. 뭐든지 말해주는 게 고마워. 그보다… 쿠자크, 왜 히죽거리는 거야?"

"히죽? 내가, 그랬나? 뭐, 그거지요. 진짜 하루히로가 리더라서 다행이다 하고."

"내추럴하게 기분 나쁜데, 그런 것…."

"진짜? 기분 나빴어요? 이런. 난 생각한 걸 그대로 말해버리니까."

"대단한 충견 나셨네."

세토라는 흥 하고 코웃음을 치더니 냄비를 장작불에서 내려놓았다. 장작불 가장자리에서 꼬치에 꽂아 굽던 고기도 잘 익었다. 세토라는 하나 빼서 고기를 한 조각 입에 넣는다. 씹어 삼키고는 끄덕였다.

"밥 먹자. 어이, 사냥꾼. 너도 내려와. 키이치가 보초를 서고 있으니까 괜찮아."

다 같이 장작불을 둘러싸고 세토라가 조리한 달팽이와 버섯 국물요리와 사슴고기 꼬치구이를 맛보았다. 달팽이와 사슴고기, 여러 종류의 들풀, 여러 가지 버섯의 식재료는 유메와 세토라, 키이치가 조달해 왔다. 들풀로 향을 낸 꼬치구이는 씹으면 육즙이 흘러나와 심플하게 맛있다. 국물요리에는 사슴의 내장도 들어 있어 진한 육수가 우러났다. 그러면서도 쑥 같은 독특한 향이 살짝 나는, 민트 비슷한 청량감이 느껴지는 들풀을 넣은 탓인지 뒷맛은 깔끔했다.

의표를 찔린 듯한 맛이기는 하지만, 한 입째보다 두 입째, 두입째보다 세 입째가 더 맛있고, 실은 엄청나게 맛있는 게 아닐까 하는 느낌이 서서히 온다.

"세토랑, 요리 잘하는구나?"

수수하게 빨리 먹기라면 일등감인 유메가 전부 먹어치운 다음, 배를 쓰다듬으면서 말했다.

"그런가?" 세토라는 그다지 기쁜 것 같지도 않았다. "맛없는 것을 먹을 바엔 차라리 아무것도 먹지 않는 게 낫다고 생각하는데. 이런 건 배탈 나지 않을 정도로만 다듬고 그 뒤엔 맛이 좋아지도록 조정하면 되는 것뿐이잖아."

"그거, 말처럼 간단하지 않다고 생각하는데…."

메리가 중얼거리자 유메는 "그렇지?" 라며 동의했다.

"유메가 맛있어져라, 맛있어져라—하고 빌어도 왠지 이상하게 되어버리는 일이 종종 있걸랑."

"이해를 못 하겠네." 세토라는 고개를 갸웃거렸다. "음식의 맛은 정해져 있다. 그것을 어떤 분량으로 어떻게 섞고 굽거나 찌면 맛이 어떻게 될지에 관해서도 불확실 요소는 하나도 없어. 참고로, 맛있어져라 하고 빈다… 기도한다는 건가? 그렇게 함으로써 뭔가 의미가 있는 건가?"

"그게 있잖아, 맛있어져라 하고 생각하면서 하는 게 맛없어져라 하고 생각하면서 하는 것보다 맛있어질 것 같은 느낌이 들잖아. 같은 일을 해도."

"같은 일만 한다면 뭘 생각하든 결과는 같다. 무의미한 일을 생각하는 것보다 작업에 집중하는 게 좋아."

"…웅… 그건 그럴지도 모르지만…."

"뭐랄까, 요컨대 세토라 씨는." 쿠자크가 중간에 도움의 손길을 내밀었다. "센스가 있는 거겠지. 타고난 미각이 뛰어난 것 아닐까?"

"나는 학습한 것뿐이다. 맛은 일일이 확인해서 기억했다. 식재의 조합도 그렇다. 천성적으로 구비된 것은 사람들 간에 별반 차이가 없어."

이런. 이것은 미묘하게 서로 말이 어긋나는 것 같다고 하루히로는 생각하지 않을 수가 없었다. 무엇보다도 세토라는 사령술사의 가계인 슈로가에 태어나 실제로 인조인간을 만들기도 했을 뿐 아니라, 뛰어난 냐아 조련사이기도 하다. 보는 바와 같이 요리도 잘한다. 아니, 요리뿐만이 아니다.

"세토라, 무기도 제법 잘 다루지…."

"자기 몸 정도는 스스로 지켜야 하니까." 별일 아니라는 듯이 세토라는 말했다. "검이며 창이며 활은 어느 정도 섭렵했다. 냐아는 밀정이 키우는 것이니까 밀정의 기술도 다소는 배웠다."

"뭐든지 잘하잖아…."

쿠자크가 입을 쩍 벌리자 세토라는 불쾌한 듯이 미간을 찌푸렸다.

"잘한다고 가슴을 펴고 말할 수 있을 정도로 습득하지 않았어. 단, 촌락의 아둔한 무사나 밀정에게 뒤질 수는 없지. 고작해야 그 정도다."

"…충분히 대단… 한 것 같은데…."

시호루의 얼굴이 굳는다.

"요령이 좋은 건가? 음, 왠지 그래 보여…."

하루히로는 대충 정리하고 이야기를 끝내려고 했으나, 세토라는 "그런 식의 말을 들은 적은 없고 나도 그렇게는 생각하지 않아" 라며 왠지 불만스러운 것 같았다.

"미지의 기술이라면 또 몰라도, 먼저 한 자가 있다면 그 행동을 잘 관찰하면 요령은 저절로 터득하게 된다. 요령을 터득하고 단련을 계속하면 누구나 일정 수준에 달한다."

"아니, 그래도 말이지?" 쿠자크가 과감히 의문을 입에 올렸다. "맞고 안 맞고 하는 것도 역시 있지 않나? 아무리 연습해도 향상되지 않는 경우도 개중에는 있다거나 하는 거잖아."

"할 수 있도록 될 때까지 오로지 훈련하면 된다."

"그럼 세토라 씨는 뭐든지 그렇게 노력, 노력을 거듭해서 익힌 것입니까?"

"물론이다. 뭐든지 딱 한 만큼만 돌아온다. 그것이 철칙이다."

"…검 같은 것도?"

"당연히 한때에는 잘 시간도 아껴가며 계속 검을 휘둘렀다. 최소한 그 정도로 하지 않으면 칼자루가 손에 익숙해지지 않잖아?"

"…그런 겁니까?"

"편하게 몸에 익히는 것보다 편하지 않게 몸에 익히는 게 때로는 쉽다."

"…아아, 하긴 뭐. 그건, 듣고 보니 그런지도 모르겠네요…."

쿠자크는 찍소리도 내지 못하고 약간 울먹이고 있다.

분명 세토라의 말은 옳은 것이겠지. 틀린 이야기는 하지 않았다. 오히려 상식적이다. 그저 노력하면 된다는 것이 아니라, 제대로 요령을 파악하고 낭비가 되지 않는 노력을 해야 한다고 세토라는 말하는 것이다.

하루히로도 반론할 수 없었다. 단, 그런 것은 아무리 하고 싶어도 할 수 없기도 하는 거다. 우리 같은 평범한 사람은. 뭐든지 하겠다고 마음먹은 대로 해낼 수 있다면, 누구나 슈퍼 히어로가 될 수 있지 않겠어? 약하거나 무르거나 게으르다거나 해서, 하고 싶어도 못하게 된다. 때로는, 아— 이제 싫어— 아무것도 하고 싶지 않아— 이런 비슷한 기분이 들기도 한다. 하지만, 인간이란 비교적 그런 것입니다—라고 설명해봤자, 세토라에게서 돌아올 말은 분명 '됐으니까 해'라는 한마디겠지. 네. 지당하십니다. 하지 않으면 아무것도 시작되지 않는 거고, 결국에 가서는 하는 수밖에 없겠지만 말이죠.

"착각하지 마."

세토라는 무릎을 안고 고개를 옆으로 홱 돌렸다.

"나는 내 주장이 옳다고 생각한다. 하지만 옳다고 해서 받아들여지는 것은 아니다. 그것은 자기 몸으로 이해하는 거다. 그렇다고 해서 내 신념을 꺾을 수는 없다. 자기 마음에 거짓말을 하면 나는 더 이상 내가 아닌 거니까…."

하루히로는 숨을 들이켰다. 유메도, 시호루도, 메리도, 쿠자크도 모두 각각 놀랐다. 어, 어, 어, 어? 갑자기? 왜? 세토라, 왜 우는 거야…?

하루히로는 쿠자크와 얼굴을 마주 보았다. 어떻게 된 일? 몰라. 어떻게 해야 할 것 같아? 몰라. —이런 무언의 대화가 한순간에 오갔다. 우리는 특히 이런 때에는 무능하네. 그것이 결국 두 사람이 얻은 공통의 인식이었다.

"어, 저기, 있잖아, 세토랑…."

유메가 세토라 옆에 앉아 머뭇머뭇 그 등을 만졌다.

이런 때에는 역시 유메지.

하루히로는 다소 안도하면서 세토라에게도 여러 가지 일이 있었구나 하고 생각해봤다. 그것은 당연히 있었겠지. 그야 촌락에서의 세토라는 슈로가의 얼굴에 먹칠을 했다며 따돌림을 당하며, 외곽 쪽에서 냐아들과 함께 살고 있었다. 떠올리기만 해도 눈물 나는 일 한두 개쯤 없을 리가 없다.

하루히로 팀과 달리 세토라에게는 고향이 있다. 그러나 촌락은 그녀의 고향이긴 해도 돌아갈 장소는 아닌지도 모른다. 인조인간 엠바는 소중한 친구에 가까운 존재였던 것 같았는데 그녀는 그를 잃었다. 그토록 많이 키우던 냐아도 지금은 키이치뿐이다.

괜찮아. 우리가 있잖아. 동료니까. 너는 혼자가 아니야. 그렇게 말해줄 수 있으면 좋겠지만, 세토라와 하루히로의 관계는 약간 복잡하다. 아니, 하루히로가 복잡하다고 생각하는 것뿐일까? 의외로 그렇지도 않다거나? 어떤 거지? 그 점은?

—너는 그 여자한테 반했구나.

그때 세토라가 그렇게 물었을 때, 하루히로는 뭐라고 대답했던가? 거짓말은 할 수 없다고 생각했던 것은 기억난다. 확실하게 명언은 하지 않았다. 일방적으로 호의 같은 것을 품고 있다—그런 비슷한 이야기를 채 끝내기도 전에 세토라는 손으로 하루히로의 입을 막았다. 그 이상은 듣고 싶지 않아, 말하지 말아줘—라는 듯이.

하루히로는 메리를 쳐다봤다. 메리는 또 장작불을 응시하고 있다. 표정다운 표정은 떠올라 있지 않았다.

갑자기 메리가 불꽃을 향해서 오른손을 내밀었다. 하루히로는 몹시 당황했다.

"메, 메리?"

그녀는 놀라지도 않고 천천히 오른손을 멈췄다. 그리고 자기 손가락을 보며 왼손으로 오른손을 잡았다. 그 뒤에 그녀는 하루히로에게로 고개를 돌렸다.

"뭐?"

"아니, 뭐긴, 지금…."

하루히로는 대답할 말이 막혔다. 어떻게 된 거야? 좀 이상해, 메리. 고민이라거나 불안하게 느끼는 일이라거나 그런 게 있는 거라면. 말해줘. 내가 들어줄 텐데. 오히려 듣고 싶고. 왜 솔직하게 그렇게 말할 수 없는 건가?

—죽은 자는 되살아나지 않아.

세토라의 말이 뇌리에서 떨어지지 않는다. 제시. 그 기묘한 남자가 말했다.

—이건 보통이 아니야. 사람이 되살아나지 않는다는 것은 상식이고, 사실 그게 맞다.

그렇다. 그것은 특수한 사정이 있는 특별한 사건이었다. 그래도 제시는 이렇게도 말했다. 되살아나서 자기 속의 뭔가가 극적으로 변한 것은 아니라고. 조금은 변하는지도 모른다. 하지만 그것은 극적인 변화는 아니다. 분명 메리는 아직 그 약간의 변화에 익숙해지지 않은 것이다. 그러니까 위화감 같은 것이 느껴져 당황하고 있는 건지도 모른다. 과도기라는 것이겠지.

아무것도 아닐 거야, 라고 그렇게 얼버무리려고 했을 때, 밤의 어둠 저 너머에서 키이치가 뛰어왔다.

세토라가 유메를 밀쳐내며 일어섰다. 키이치가 세토라 주변을 맴돌며 캬아캬아—라는 느낌의 가늘고 높은 소리를 내며 울었다.

"…키이치가 뭔가 발견한 모양이다. 아무래도 여기를 뜨는 게 좋을 것 같다."

"쿠자크, 불을 꺼."

하루히로가 지시를 내렸고 쿠자크는 "넵!" 이라고 대답을 하자마자 장작불을 발로 밟기 시작했다. 각자 짐을 든다. 떠날 준비는 눈 깜짝할 사이에 끝났다.

"아침까지 조금은 잘 수 있으면 좋겠는데…."

시호루가 한숨 섞어 중얼거렸지만 쓴웃음을 짓는 것을 보니 반은 농담으로 한 말이겠지. 체력 면에서 뒤떨어지는 마법사인 시호루조차 이 정도로 좌절할 만큼 약하지는 않다. 세토라는 그렇다 쳐도, 다들 평범한 사람들만 모인 파티지만 무슨 인과인지 평범하다고는 말하기 힘든 의용병 생활을 해왔다. 덕분에 그런대로 단련은 되었다.

살다 보면 산도 있고 골짜기도 있다고나 할까, 요즘엔 산뿐이었나? 정말로 여러 가지 일이 있었지만. 우리들, 살아 있어. 마나토, 모구조.

이렇게 지금은 죽고 없는 동료들에게 마음속으로 말을 걸 수 있는 것도 살아 있기 때문에 가능한 것이다.

3. 밤의 마물

…키이치가 발견한 뭔가는 이것이었나?

하루히로는 나무 그늘에서 숨을 죽이고 드워프 구멍산 대거의 감촉을 확인했다. 이 대거, 정말로 백 년 전의 것일까? 다소 믿기 힘들다. 드워프 장인이 뛰어나게 솜씨가 좋다는 이야기는 자주 들었다. 그 평판은 과연 헛소문이 아닌 모양이다. 검신과 칼자루에 자잘한 장식이 새겨진 점을 제외하면 보기에는 보통 대거인데, 들어보면 차이가 느껴진다. 밸런스가 좋은 것이다. 분명히 다루기 쉽다. 날도, 잠깐 갈았을 뿐인데도 미끈미끈한 것 같은 날 표면이 확실히 나타났다. 불꽃 단검이라 이름을 붙인 쪽도, 모양은 독특하지만 그 형태에도 무슨 비밀이 있는 듯, 휘둘러본 느낌이 제대로였고 아주 잘 베인다.

좋은 무기가 손에 들어오면 심적으로 든든하다. 몸의 중심에 보이지 않는 기둥이 세워져 있는 것 같다. 만약 위험해지면, 다소의 일로는 흔들리지 않을 그 기둥에 기대면 된다.

지지, 직….

지, 지지, 지지지, 직….

무거운 것을 끄는 듯한 소리가 들린다.

덜컥덜컥… 덜컥덜컥, 덜컥덜컥… 덜컥덜컥덜컥, 덜컥덜컥덜컥….

딱딱한 것들끼리 쓸리는 소리도 희미하게 들린다.

동료들은 이미 근처 산등성이로 대피했다. 하루히로는 혼자서 상황을 살피러 왔다. 그렇기는 해도, 가까이 접근할 만한 배짱은 없고 그럴 필요도 없다. 하루히로도 산등성이에서 완전히 내려온 것이 아니라서 그들은 여기서부터 10미터 정도 아래의 골짜기를 이동하고 있다.

구름이 흘러가고 달빛이 비쳤다.

그들의 모습이 보였다.

인간이거나 인간과 비슷한 종족 같다. 대부분 무장했다. 그 걸음은 빈말로라도 빠르다고는 할 수 없다. 피곤에 지친 것처럼 천천히 걷거나 이상하게 어색하거나 했다. 한쪽 어깨가 부자연스럽게 처졌거나 온몸이 기울어진 자도 있고, 싸움에서 부상을 입은 패잔병들이 줄지어 가는 것 같기도 하다.

데드멘스 퍼레이드(죽은 자의 행렬)라고 불리는 모양이다.

그들은 죽은 사람들이다. 단 한 명도 살아 있지 않다. 움직이는 시체들이다. 그들을 굳이 분류하자면, 부패했지만 살점이 남아 있는 자는 좀비, 뼈만 남은 자는 스켈톤이라고 하는 것이겠지.

스켈톤이든 좀비든, 그들의 신경이며 근육이 완전하게 제 기능을 한다고는 생각할 수 없으니까 원래대로라면 움직일 리가 없다. 움직일 수 없어야 한다. 노 라이프 킹의 저주가 그것을 가능케 한다는데, 구체적으로 도대체 무엇이 어떤 시스템으로 그들을 움직이는 건가? 혹은 조종하는 건가?

그들에게도 조금씩 다가가고 싶어졌다.

아니, 아니다. 하루히로에게는 시험해보고 싶은 일이 있었다.

호흡을, 깊이, 깊이 한다.

기본 기법은 세 가지.

첫 번째, 자기 존재를 지우는 잠(潛)—하이드.

두 번째, 존재를 지운 채로 이동하는 부(浮)—스윙.

세 번째, 감각을 총동원해서 타인의 존재를 알아차리는 독(讀)—센스.

이미지로는 이렇다. 땅 밑까지 소리도 없이 가라앉는다. 푹 잠기면 그곳은 흙속이라기보다는 바다 속 같다. 자유자재로 이동할 수 있다. 그리고 눈과 귀만 지표면에 내놓고 지상의 사물을 보고, 듣고, 느낀다.

스텔스(은폐).

쏙 들어가게 되었다.

예전에는.

안 된다.

가까이까지는 갈 수 있다. 조금만 더. 여기만 지나가면 들어갈 수 있다. 그런데도 뭔가가 하루히로를 가로막는다. 당연히 스텔스는 그리 간단하지는 않다. 하지만 할 수 있었다. 한때에는 순식간에 온과 오프를 전환하는 일까지도 가능했다.

하루히로의 머릿속에는 완전히 들어간 느낌이 뚜렷하게 각인되어 있는 것이다. 시야가 단숨에 넓어지고, 보이지 않았던 것이 보이고, 들리지 않았던 소리가 들리고, 멀리 있는 것에 닿는 느낌까지도 가능했다. 지나치게 잘 보이고, 너무 잘 들리고, 의식이 육체에서 떨어져나가 자기 자신과 주위 일대를 비스듬히 위에서 내려다보는 것 같은 착각을 일으킨다. 나도 제법이잖아, 생각했다. 나처럼 평범한 인간이라도 꾸준히 노력하면 이런 일도 가능하게 되는 거구나. 사람의 가능성이란 건 대단한데.

하지만 지금은 그렇게까지는 안 된다. 한 걸음만 더, 아니, 반걸음 정도인지도 모르지만, 그 차이가 크다. 들어가게 되는지 들어가게 될 수 없는지는 큰, 너무나 큰 차이이다. 스텔스에 잘 들어가면, 살기등등해서 자기를 찾는 적에게도 뒤에서 접근할 수 있다. 실패할 것 같은 느낌이 들지 않는다. 상대가 돌아볼 것 같으면 분명하게 알아차리기 때문이다.

하루히로는 몸을 웅크리고 앉았다.

"…슬럼프라는 건가?"

언제부터지? 무슨 계기가 있었던 건가? 있었다. ―있었는지도 몰라.

귀렐라들한테 쫓겨 감옥 같은 건물로 도망쳤다. 그래도 밀어닥치는 귀렐라들을 어떻게든 해야만 했다. 리더니까. 리더 격인 귀렐라를 해치우는 수밖에 없다. 그러기 위해서 하루히로는 스텔스에 들어가려고 했으나, 분명 너무나 지쳤던 탓으로 잘 들어갈 수가 없었다. 그래서, 메리가.

하루히로는 숨을 들이켜면서 점프하는 것처럼 벌떡 일어났다. 대거를 쥔다.

심장이 멈추는 줄 알았다.

메리가 눈을 크게 뜨고 우두커니 서 있었다. 하루히로에게서 3미터도 채 떨어져 있지 않았다. 상당히 놀란 모양인데, 그것은 하루히로도 마찬가지였다. 아니, 하루히로가 훨씬 더 놀랐다.

"뭐…."

아니, 아니야. 큰 소리로 대화할 수는 없다. 여기서부터 좀 내려간 곳에 있는 골짜기에는 좀비와 스켈톤이 득시글거린다.

하루히로는 발소리를 내지 않도록 주의하면서 메리에게 천천히 다가갔다.

"…왜 여기에?"

작은 목소리로 묻자, 메리는 고개를 숙이고 잠시 생각하더니, 속삭이는 것 같은 목소리로 "마음에 걸려서" 라고 대답했다.

"하루의 태도가 좀 이상했으니까."

"어? 그래? 그렇지… 않다고 생각하는데."

"내 기분 탓인지도. 미안해."

"아니, 사과할 것까지야. …혼자서 온 거야?"

"괜찮으니까."

하루히로는 "…그런가" 라며 애매하게 고개를 끄덕였다. 메리가 걸음을 옮겼다. 곧바로 다시 멈춰 섰다. 그곳에서 골짜기를 내려다본다.

"죽은 사람들…."

"응."

하루히로는 메리 옆에서 대거를 칼집에 넣으려다가 그만두고 다시 고쳐 쥐었다. 그러다가 역시 칼집에 넣었다.

"노 라이프 킹의 저주라고 하던데."

"하루는 그렇게 생각해?"

"…글쎄. 뭐, 저주라고, 다들 그러니까."

"나."

메리는 입술을 깨물었다. 턱이 떨린다. 아프겠다. 입술, 찢어지겠어. 말해주고 싶다. 하지만 어째서인지 말할 수 없다. 메리는 잡아먹을 듯 빤히 죽은 사람들을 응시하고 있다. 문득 하루히로는 생각했다. 메리는 하루히로가 마음에 걸린 것이 아니라 죽은 사람들을 그 눈으로 확인하고 싶었던 것이 아닐까? 하지만 무엇 때문에?

"…나, 이상하지? 모두 신경 쓰고 있어. 나 알고 있어."

"신경은, 쓰겠지. 그야. …동료, 니까. 상관없는 사람이 아니니까."

"아마도, 석연치 않은 것뿐일 거야. 나는, 나인데."

"나는 있잖아… 우리는, 아무것도 달라지지 않았어."

"그것도 알아."

메리는 여전히 죽은 사람들에게로 시선을 향하고 있다. 하루히로 쪽을 보지 않은 채, 아주 살짝 그 얼굴에 웃음이 어렸다.

"시호루도, 유메도 나에게 다가와줘. 쿠자크도, 나를 피하거나 하지 않아. 물론 하루도. 세토라도 좋은 사람이라고 생각해. 회색 냐아는 귀엽고. 현실이 아닌 것 같아. 잠드는 것이, 좀 무서워. 흔한 이야기지만, 전부 꿈이면 어쩌나 하고. 꿈이라면, 뭐가 사실이고 뭐가 꿈인 건지. 차라리 분명히 하고 싶어. 하지만, 무서워. 알고 싶지 않아."

"메리."

"나는 도망치고 있는 건지도 몰라. 도망치면 안 된다고 생각해. 나, 이상한걸. 나는 분명 변해버린 거야. 하지만 그렇게 생각하고 싶지 않아. 내가 이상하면, 이상하다고 말해줬으면 좋겠어. 말을 듣는 것은 무섭지만, 말하지 않는 것도 무서우니까."

"있잖아, 메리…."

"나를 말려줬으면 해. 나는 여기에 있는 게 맞는데, 다른 곳에 있는 것 같아. 나는 어디에 있는 거지? 알고 있어. 나는 여기에 있어. 그런데도, 모르겠는 거야. 늘 그런 건 아니지만 때때로 알 수 없게 돼. 세찬 바람이 불어서, 날려갈 것 같아. 나는 어디에 있는 거지? 누가 좀 가르쳐줘. 나는—."

내버려두니 메리의 목소리가 점점 커졌다. 급기야 외치기 시작했다. 과연 이건 좋지 않다. 어떻게든 해야 한다. 하루히로의 머릿속에 있던 것은 그런 마음뿐이었다고, 과연 말할 수 있을까? 순간적인 일이었고, 내 마음이 여차저차해서 그러니까 이래저래해서—라고 이유를 상세하게 설명할 수는 없다. 아무튼 그렇게 하지 않을 수가 없었다.

메리를 끌어안는 것 이외의 선택지가, 그때의 하루히로에게는 없었다.

하루히로는 바보인지도 모르지만, 메리는 아니다. 그녀는 반사적으로 분명히 자기 몸을 지키려고 했다. 그 탓에 하루히로와 메리 사이에는 움츠러든 그녀의 두 팔이 끼었다. 놔주는 게 좋을까? 오히려 놔줘야 하는 게 아닐까? 당연하잖아. 뭐하는 거야? 껴안다니. 바보인지도 몰라. 그게 아니라 틀림없는 바보잖아.

그래도 메리는 팔을 움직이지 않는다. 몸부림치지도 않는다. 몸을 움직여 하루히로를 밀어내려고 하지 않는다.

메리는 여성치고는 키가 큰 편이고 하루히로는 크지는 않다. 하지만 여자구나—라고 느꼈다. 골격이나 근육의 양이 남자와 여자는 다른 거겠지. 이렇게 정면에서 껴안아도 메리는 하루히로의 품에 쏙 들어온다. 나 따위가 그녀를 지킨다거나 붙잡아놓는다거나 할 수 있을 거라고는 솔직히 조금도 생각하지 않았다. 그런 자격도, 능력도, 배짱도 자기에게는 없다고 하루히로는 생각했었다.

할 수 있는지 없는지를 신경 쓰지 않는다면, 그야 물론 무엇보다

도 그녀를 지키고 싶지만.

하지만 그야말로 무섭고, 다리가 움츠러들어서, 발을 내밀어 디딜 수가 없다. 아니, 그게 아니다. 내디딜 수 없는 것이 아니라 내딛지 않았었다.

"메리는 여기에 있어. 내 곁에. 어디에 있는지 모른다는 그런 생각은 하지 않아도 되고, 생각하게 하고 싶지 않아. 메리가 여기에 있다는 걸 나는 느끼니까."

이상한 말을 지껄이는 건 아닌가 하고 움찔움찔했다. 내가 무슨 말을 한 건지, 바로 한 박자 뒤에는 기억이 나지 않는 판국이라서, 이상한지 아닌지 애초에 판단이 서지 않지만.

메리가 숨을 내쉬었다. 그녀의 몸은 이제 거의 긴장하고 있지 않았다.

"줄곧, 이렇게 해주길 바랐어."

어, 그건 무슨 의미? 라고 묻는 것보다도 빨리 하루히로는 메리의 왼쪽 귀 조금 위 부근에 입술을 가까이 가져갔다. 메리는 몸을 떨며 숨을 내쉬었다. 메리의 머리카락에 얼굴을 묻고 있다. 메리 냄새가 난다. 위험해. 나, 변태 같은가? 그렇지도 않은가? 이 행위가 어떤 범주에 들어가는지, 그야 경험이 없으니 하루히로는 알 수 없다.

상당히 대담한 일을 하고 있는 것 같은 느낌은 든다. 더 이상은 무리라고도 생각한다.

무리, 인 건가? 이것이 한계인 건가? 모처럼 여기까지, 하루히로로서는 상당히 애썼는데, 후회하는 꼴이 되지는 않을까? 그야 이런 상황은 두 번 다시 오지 않을지도 모른다. 아마도 오지 않지 않을까? 메리는 싫어하지 않았다. 분명. 그렇다면, 더욱 가보는 걸 목표로 해야 하지 않을까? 더욱? 더 가다니? —더? 더라는 건?

이것 참.

모르겠는데요. 그건요. 갖고 가서 검토해봐도 될까요? 안 되나? 안 되겠지. 지금인가? 지금밖에 없다. 그야 그렇지.

"그…."

그리고 이제부터 어떻게 하면 되지? 라는 말이라도 하루히로는 하려고 했던 걸까? 물어봐? 물어봐버려? 메리한테? 그건 어떨지. 어떻긴 뭐가 어때. 물어보는 것은, 안 돼. 절대로. 아무리 하루히로라고 해도 그 정도는 판단이 선다.

"…만, 돌아갈까?"

한순간 공백이 있었다.

"응."

메리는 고개를 끄덕이고는 풋 웃었다.

왠지, 미안해—라고 사과하는 것도 좀 그렇겠지만, 하루히로는 지금 엄청나게 사과하고 싶다. 전설의 엎드려 조아리기 마스터에 뒤지지 않는 엎드려 조아리기를 시전하고 싶다. 안 할 거지만. 할 리가 없잖아. 할 수 없다고.

하루히로는 뒷걸음질 치면서 두 팔을 메리에게서 풀었다. 적어도 고개를 숙이고 사과하고 싶다. 아니, 그러니까, 그런 일은 하지 않을 거지만요. 그래도 몸은 정직하다. 고개가 멋대로 내려가버린다.

"분명 다들, 기다리고 있을 거야."

메리가 그렇게 말해주지 않았다면 하루히로는 언제까지고 그 자리에서 한 발자국도 움직이지 않았겠지.

그리고 하루히로와 메리는 동료들이 있는 산등성이로 돌아갔다. 시호루와 유메는 나무에 등을 대고 서로에게 어깨를 기대고 앉아 숨소리를 내며 잠들어 있었다. 쿠자크도 반쯤 졸았던 것 같은데, 하루히로와 메리가 온 것을 알아차리고 "오…" 라고만 말하며 가볍게 아는 척했다. 뭐야? 그 태도. 도대체 뭐냐고?

키이치는 순찰이라도 돌고 있는 건지 모습이 보이지 않는다.

세토라만 서 있었다.

"뭐야? 너희들. 일찍 왔네."

"…그래? 그런가?"

어, 그건 무슨 의미? 일찍 왔다니, 뭐가? 왜?

물어볼 수 없었다.

하루히로는 그날 괜스레 잠들지 못하는 밤을 보냈다.

각설하고, 하루히로 일행은 거의 동쪽으로 가고 있다.

동쪽으로 가면 바다와 맞닥뜨린다. 그래서 바다를 따라 남하하면 언젠가는 자유 도시 베레에 도달한다. 베레와 오르타나는 서로 왕래가 있다. 대상인지 뭔지를 따라가거나 호위 임무라도 의뢰받을 수 있다면 오르타나로 돌아갈 수 있겠지.

대충 짠 계획이지만, 어쩔 수가 없다. 이쪽은 인간족의 영역에서 한참 떨어진 적지다. 지도도 없어서 면밀한 예정은 세울 수가 없다.

먹을 것과 마실 물을 확보하면서 동쪽으로. 산길이랄까, 길 같은 건 아무 데도 없는 산속이다. 오로지 똑바로 동쪽을 향하는 것은 그리 마음처럼 되는 것이 아니지만, 북쪽이라면 몰라도 남쪽으로 치우친 진로를 잡는 것은 문제없다.

하지만 산은 위험하다.

아마도 이 근방도 쿠아론 산맥에 포함되겠지. 단, 그리 높은 산은 없다. 1천 미터급, 수백 미터급의 산이 끊임없이 이어져 있는 느낌이다. 이것이 은근히 골치 아픈데, 업다운이 격하다. 경사가 급하면 똑바로 오르내리는 것은 상당히 위험하기도 하고 애초에 불가능하기도 하다. 꼬부랑 고갯길을 10킬로미터 이상 걸었지만, 수평 거리로 따지면 몇 킬로미터밖에 전진하지 못했다. 그런 일이 종종 있었다.

그래도 간신히 토지가 그런대로 평평해졌다. 동쪽에서 남쪽에 걸쳐 땅 끝에 반짝이는 수면 같은 것이 보였을 때, 쿠자크는 “히요—” 라는 이상한 소리를 내며 펄쩍 뛰더니, “저건, 바다 아닌가?!” 라고 외쳤다. 그 마음은 이해한다. 하루히로도 기뻤다. 히요—라고는 말하지 않지만.

훨씬 기합이 들어갔다. 하지만 서두르다가는 일을 그르친다고 하니, 쓸데없이 페이스를 올리지 않는 편이 좋다. 하루히로의 그리 많지는 않은 장점 중 하나인데, 그런 쪽의 컨트롤은 잘하는 편이다. 재미없는 똥 덩어리 녀석, 그런 점이 인간으로서 노잼이라는 거다, 쓰레기 녀석. 그렇게 욕설을 퍼붓는 바보도 지금은 없기 때문에, 자제하고 억누르며 하루히로 일행은 천천히 걸어갔다.

"있잖아, 있잖아!"

가는 방향에 있는 10미터 정도 불룩 솟아오른 작은 언덕 위에서 유메가 두 팔을 흔든다.

"여기서 저녁밥 먹으면 안 될까?! 여기, 바람이 뇨—옷 하고 불어서, 있지, 기분이 웅냐—하게 좋으니까!"

일몰이 다가온다. 서두르지는 않았다고 해도 한나절 정도 거의 걷기만 했는데도 유메는 기운이 넘쳤다.

"밥 같은 건 어디서 먹든 똑같다고 생각하는데…."

세토라는 어이가 없는 것 같았지만, 성큼성큼 걸어가더니 언덕 앞에서 식사 준비를 시작했다.

"어이, 충견. 불을 피워."

"넵."

쿠자크는 곧바로 반응하고 불을 피울 준비에 착수하다가, "…아니, 충견이라니" 라고 고개를 갸웃거렸다.

"적어도 세토라 씨의 개는 아니라고 생각하는데요, 나는. 어떻게 좀 안 됩니까? 그 호칭."

"안 됨다."

"흉내 내지 마…."

"그럼 잠자코 할 일을 해. 나는 바쁘다. 방해하지 마, 충견."

"멍 하고 짖고 싶어지네, 뭔가 이제…."

짖고 싶으면 짖어도 된단다, 마이 프렌드. 그렇게 속으로 충견에게 말해주면서 하루히로는 아무 생각 없이 메리를 보았다. 어떻게 된 걸까? 아니, 단순한 우연이겠지. 메리도 하루히로 쪽으로 시선을 향하고 있었다. 덕분에 눈이 마주쳤다.

자, 어쩌지?

여행의 신사라면, 어이, 안녕. 이런 우연이 있나. 하하하. 그렇게 인사할 장면이다. 하지만 하루히로는 여행의 신사 같은 것이 아니다. 그보다 여행의 신사가 뭐냐고?

하루히로와 메리는 지금 서로 마주 보고 있다. 하지만 결과적으로 그렇게 된 것뿐이지, 거기에 특별한 의도는 없다. 예를 들어 메리가 아무 일도 없었던 것처럼 눈을 피한다고 해도 하루히로는 이상하게 생각하지 않겠지. 그건 메리도 마찬가지겠지. 아마도 분명 마찬가지 아닐까? 하지만 하루히로는 메리가 아니니까 단언은 할 수 없다. 그러니까, 아, 뭐지? 혹시나 나를, 피하는 건가? 라는 식으로는, 만에 하나라도 상대에게 느끼게 하고 싶지 않고. 그런, 피하거나 할 리 없잖습니까. 무슨 말을, 참 내.

메리도 하루히로와 비슷한 이유로 눈을 돌리기 힘든 건지도 모르겠다. 그렇다면 지금은 용기를 내서 하루히로가 먼저. 아니, 그래도, 오해를 사고 싶지는 않다.

시호루가 영차영차 언덕을 올라간다. 하루히로는 시야 구석으로 그 모습을 포착하고 있었다. 잠깐, 잠깐? 어이?

이런 때에는 한마디 정도 해달라고, 시호루. 부탁한다고. 뭐하는 거야? 왜 그래? 라거나. 한마디 해주면, 어, 뭐가? 아무렇지도 않은데—라는 식의 대답을 계기로 해서 이 교착 상태에서 벗어날 수 있을 텐데. 왜 하루히로와 메리는 다들 내버려두는 건가? 혹시나 둘만 왕따 당하는 건가? 다들 은밀히 결탁한 거야? 하루히로와 메리를 따돌리기로? 은따 당하는 거야? 설마 그건 아니겠지. 아니야, 아니야. 그건 아니야.

"…응?" 유메가 목소리를 냈다. 나이스, 유메. 이럴 때에는 궁금해져서 유메 쪽을 보는 게 자연스러운 흐름이다. 하루히로는 실제로 그렇게 했다. 유메는 고개를 갸웃거리며 발밑으로 시선을 내리고 있었다.

"어라라? 지금 있잖아, 뭔가…."

언덕을 올라가는 도중이던 시호루가 "힉" 하고 작은 비명을 질렀다.

"시호루 씨?! 왜 그래—요아아아아아아아…?!"

쿠자크가 펄쩍 뛰었고, 세토라도 "이게 뭐…" 라며 언덕을 올려다보았다.

언덕, 인 건가? 어쩌면 언덕이 아닌지도 모른다. 적어도 보통 언덕은 아니겠지. 그야말로 언덕스러운, 언덕다운, 보통의 언덕은 움직이지 않잖아?

"냐, 냐, 냐앗…."

유메가 언덕 위에서 비틀거렸다. 그게 아니라 넘어지지 않으려고 어떻게든 균형을 잡으려고 하는 건가?

들풀로 뒤덮인, 직경 10미터에서 15미터, 높이는 10미터 정도의 불룩한 언덕이, 흔들리고 있다.

"히이우우우…."

시호루는 울퉁불퉁한 언덕 경사면에 매달려 구슬픈 목소리를 내고 있다. 언덕의 절반 정도 되는 위치니까, 지면부터 5미터 정도 높이일까?

"어이, 뛰어내려, 마법사!"

그렇게 외치는 세토라의 다리 옆에서 회색 털을 곤두세운 키이치가 하악—하고 이빨을 드러냈다.

"…뛰, 뛰어내리라니, 마, 말은 쉽지만…."

"빨리 해! 그 언덕, 살아 있어! 사냥꾼도 이틈에 내려와!"

"응차!"

결단력이 있는 유메는 곧바로 언덕을 뛰어 내려가기 시작했다. 하지만 시호루는 아래를 보고서 주저하고 있다.

"어, 언덕이 살아 있다니…." 하루히로는 머리를 흔들었다. "—아니, 지금 그럴 때가 아니지. 시호루, 세토라 말대로 해! 쿠자크, 시호루를 받아줘!"

"멍!"

"짖네…."

"나도 모르게 그만?! 시호루 씨! 자, 괜찮으니까! 내가 캐치할 테니까!"

쿠자크는 시호루의 바로 아래에 자리를 잡고 두 팔을 벌렸다.

언덕이 살아 있다. 어떻게 된 일인가? 흔들리는 것뿐만이 아니라 형태를 바꾸려고 한다. 원래는 다소 요철은 있어도 전체적으로 둥그스름한 언덕이었다. 하지만 지금은 그렇지 않다. 여기저기가 튀어나오기도 하고, 움푹 들어가기도 했다. 그에 따라 마치 산사태처럼, 흙이, 거기에 달라붙어 있던 들풀과 함께 쏴아아아 흘러내린다.

"시호루!" 메리가 재촉했다.

그제야 결심이 섰는지 시호루가 경사면에서 떨어진 직후, 바로 방금 전까지 그녀가 있던 장소가 크게 함몰했기 때문에 아슬아슬했다. 쿠자크가 시호루를 받아냈다.

"물러서!"

하루히로는 지시를 내리면서 뒷걸음질을 쳤다. 자신은 아직 물러설 생각은 아니었지만, 자기도 모르게 후퇴해버렸다. 언덕이 살아 있다. 이런 의미인가?

언덕은 일어서고 있었다.

물론, 언덕은 일어서지 않는다. 보통 언덕은, 라고나 할까, 보통이 아닌 언덕이라도 역시 일어서지는 않겠지. 그러니 그것은 애초에 언덕이 아니었다. 생물이었던 것이다. 그것은 거기에 아마도 한참을, 상당히 긴 시간 동안 웅크리고 있었던 것이겠지. 비바람을 맞고 흙먼지를 뒤집어쓰고 마침내 식물이 싹을 틔웠다. 그래서 결국엔 언덕처럼 되어버렸다.

"…크네." 메리가 중얼거렸다.

그러게. 정말.

그것은 먼저 무릎을 짚더니 거기서부터 엉거주춤한 자세가 되고, 나아가 직립하려고 하는 것 같았으나, 노인처럼 허리가 굽어서 상체를 제대로 일으키지 못하는 것 같았다. 아직 들풀이나 흙이 잔뜩 달라붙어 있다. 부분적으로는 풀밭과 동화된 것처럼 보이지 않는 것도 아니다. 표면에 풀이 자라기도 한 것 아닐까? 하지만 인간이다. 인간형이라고 해야 할까? 몸 형태는 하루히로 일행과 닮았다. 다만, 사이즈는 전혀 다르다. 그야 저렇게 허리가 굽었는데도 15미터 이상, 어쩌면 20미터 정도는 될 것 같으니까?

"들어본 적이 있다. 숲의 거인이다."

어느 틈엔가 키이치를 데리고 세토라가 하루히로 옆에 와 있었다. 하루히로가 그 옆얼굴을 쳐다보자 세토라는 어째서인지 게걸음으로 옆으로 쓱 떨어졌다.

"거인족의 일종으로, 동면하는 짐승처럼 잠을 자면서 몇 백 년이나 산다고 해. …정말로 있을 거라고는 생각하지 않았지만."

"오, 와, 와, 와, 왓…!"

쿠자크가 시호루를 안아 든 채로 이쪽으로 달려온다. 하루히로는 눈을 부릅떴다.

"아, 잠깐, 큭—."

숲의 거인이 앞으로 넘어지는 것처럼 하며 팔을 뻗었다. 쿠자크다. 쿠자크를 노린다. 어? 뭐, 뭐, 뭐? 붙잡아서 어쩌려고? 혹시나 잡아먹는다거나? 동면에서 깨어나 배가 고픈 거야?

쿠자크가 "우아아아아아아아아아아아아" 하고 외치면서 열심히 다리를 움직였다. 시호루는 쿠자크에게 매달려 "꺄아아아아아아아아아" 하고 절규한다. 두 사람을 구하고 싶다. 하지만 상대가 너무 크다. 저런 놈, 어떻게 해도 막을 수 없다. 그래도 어떻게든 해야 해. 쿠자크와 시호루는 소중한 동료이고 하루히로는 리더니까. 하지만 숨김없이 털어놓자면, 이건 무리 아닐까 하고 생각해버린 단계에서 이미 하루히로의 머릿속은 완전히 정지했다. 그때의 하루히로는 방

관자 이외에 아무것도 아니었다.

"데름 헬 엔 바르크 젤 아르부…!"

주문. 마법이다. 시호루가 아니다.

메리다. 메리가 주문을 읊어 마법을 발동시켰다. 아르부 매직(화열 마법)인 블래스트(폭발)다. 그러자 숲의 거인의 안면에서 폭염이 일었다. 숲의 거인이 비틀댔다. 쓰러질 것 같은, 게 아니라 정말로 쓰러져버린다. 거체가 비스듬히 기울더니 그대로 지면에 처박힌다.

쿠자크와 시호루는, 괜찮다. 상당히 위험했지만, 간신히 숲의 거인에게 붙잡히지 않았다. 하루히로는 팔을 흔들었다.

"다들, 뛰어!"

세토라와 키이치가 달려간다. 유메는 일시적으로 다른 방향으로 대피했다가 나중에 합류할 셈인 모양이다. 시호루를 안아든 쿠자크도 제대로 따라오고 있다.

"메리?!"

보니 메리는 이마를 짚고서 눈을 감고 이를 악물고 있다. 괴로운 것 같다. 달려가서 어깨에 손을 얹자, 메리는 "…응. 나는 괜찮아"라고 대답했으나, 전혀 괜찮아 보이지 않는다. 이런 때가 아니라면 누워서 쉬게 해주거나 적어도 앉혀서 물이라도 먹였을 것이다. 하지만 안타깝게도 지금은 여유가 없다. 숲의 거인은 멀쩡한 것은 아니겠지만 그래도 일어나려고 했다. 하루히로는 메리의 손을 잡아끌었다. 차가운 손이었다. 꼭 쥐자 맞잡는다. 두 사람은 말없이 뛰기 시작했다.

5. 젊음과 힘과 근성과

동쪽으로.

도중부터는 남동으로.

좋은 일만 있는 것은 아니었다. 아니, 그 정도가 아니라, 좋은 일은 좀처럼 없었지만 나쁜 일만 있는 것도 아니었다. 예를 들면 폭풍우가 휘몰아치는 와중에도 피난할 만한 동굴이 때마침 발견되기도 하고. 그 뒤에 거짓말처럼 맑게 개고 상쾌해진다거나. 세토라가 지어준 밥이 유난히 맛있었다거나. 변덕이겠지만, 키이치가 몸을 비벼대서 쓰다듬어주었더니 목을 그릉그릉 울려서 귀여웠다거나. 소소한 행복은 의외로 여기저기에 널려 있었다. 단, 거기에 있다는 것을 좀처럼 깨닫지 못하는 것뿐이겠지.

이 여행은 여러 가지 것들을 가르쳐주었다. 나쁘지 않은 여행이었는지도 몰라.

하루히로는 자기도 모르게 이렇게 우리 여행은 끝났다—는 듯한 감회를 느끼고 있었다.

"이것이 바다인가?" 세토라가 중얼거렸다.

키이치가 그녀의 다리에 딱 달라붙어 바짝 세운 꼬리를 살랑살랑 흔든다.

"바다구먼…."

유메는 눈을 가늘게 뜨고서 히죽 웃고 있다.

시호루는 쪼그리고 앉아 휴… 숨을 내쉬었다.

"하루히로."

쿠자크가 이쪽을 본다. 진지한 얼굴이다.

"…뭐야?"

"소리 질러도 됩니까?"

"어. 소리칠 거야? 뭐, 괜찮긴 한데…."

"그럼 나, 소리 지른다."

쿠자크는 두 손을 나팔처럼 모아 입에 대고는 몸을 뒤로 젖히고 스으으읍… 숨을 들이켰다.

"바다다아아…!"

"…바보 같아."

메리가 중얼거리듯 말했다. 정말 동감이지만, 쿠자크의 기분을 하루히로도 모르지는 않는다.

하루히로 일행은 최후의 산 정상에서 바다를 내려다보고 있었다. 표고 300미터 정도겠지. 이 산을 내려가면 그곳은 바닷가다. 그 앞에는 당연히 새파란 바다가 어디까지고 끝없이 펼쳐져 있다. 산은 이제 지긋지긋하다. 평생 몫의 산을 전부 오르내린 것 같은 느낌이 든다. 이제야. 간신히다. 마침내 이것이 최후의 산이다.

전날은 이 최후의 산 정상을 눈앞에 두고 굳이 다 올라가지 않고 야영했다. 날이 밝기도 전에 기상해서 산 정상에서 일출을 보려고 할 정도로는 다들 들떠 있었다. 하지만 결과적으로는, 생각했던 것보다 산 정상까지 시간이 많이 걸려서, 태양이 바다 저 너머에서 얼굴을 내미는 순간은 보지 못했다. 이른바 일출은 놓쳤지만, 그래도 충분히 근사한 전망이다. 만약 하루히로에게 문학적 감수성이 있었다면 시 한두 소절쯤은 읊었을 것이다.

"…아무것도 떠오르지 않네."

"뭐가?"

메리가 묻는다.

"아, 아니, 뭐긴…."

그녀는 아직 어슴푸레한 하늘이 드리운 그림자를 걸치고 있으면서도 동시에 아침 햇살을 받아 반짝반짝 빛나고 있었다. 시인이라면 아름다운 어휘로 그녀를 칭송할 수도 있었을 것이다.

"…머릿속이, 새하얗게 될 정도로, 예쁘구나 하고."

"정말로."

메리는 바다를 보며 가만히 한숨을 내쉬었다.

바다 이야기를 한 게 아닌데.

수면에 백억 개의 보석을 흩뿌려서 반짝거리게 만드는 태양이 예쁘다는 게 아니라, 메리가 그렇다는 건데.

"그런데, 하루."

세토라가 노려본다.

"…네?"

"나는 너를 보고 있으면 가끔씩이랄까, 때때로 답답해서 살상하고 싶어진다."

"살벌하네…."

"그렇군. 아무쪼록 내가 살상을 저지르지 않게끔 조심해."

"어, 그게… 조심하고 싶은 마음은 굴뚝같지만, 구체적으로 어떻게 하면…?"

그러자 어째서인지 쿠자크가 시호루 옆에 주저앉아서 "…멍" 하고 짖었다. 시호루는 쿠자크의 등뿐만이 아니라 머리까지 쓰다듬어 주고 있다. 점점 개[犬]화가 진행되는 것 아니야?

아무래도 전부 내 탓인 것 같다—는 것쯤은 하루히로도 추측하지 못하는 것도 아니지만. 하지만 말이야, 어쩔 수 없지 않아? 나도 이렇게 우유부단한 성격이라고 하나? 이걸 어떻게 좀 하고 싶다고. 바꿀 수 있는 거라면 바꾸고 싶고. 이때다 싶을 때에는 앞으로 한 발 나아갈 생각이지만, 그걸로는 부족하겠지. 좀 더 가야 하나? 아직 좀 더? 한편으로는 실제로 앞으로 나아갈 경우, 어떻게 되어버릴지 모른다는 문제도 있다. 각 방면에 미칠 영향이랄까. 이래 봬도 리더잖아? 그러니까 생각하지 않을 수는 없고. 그런 이유도 있어서 간단하지가 않다고. 어려워. 인생, 너무 어려워….

"그런데 말이야?" 유메가 바다 쪽을 가리켰다. "저기에 배 같은 게 있는 것 같은데. 기울지 않았어? 아니면 유메의 기분 탓인가?"

아니, 결코 기분 탓이 아니다. 해안에서 어느 정도 떨어져 있는 걸까? 가깝지는 않지만 그렇게 아주 멀지도 않다. 그 범선은, 항행하는 것이 아니라 정박 중이라고 표현해야 할지도 모르겠지만, 뭔가 이상하다. 유메 말대로 분명하게 기울었다.

"…좌초된 것, 이라거나?"

어느 쪽이든, 여기에서는 판단을 내릴 수가 없다. 하루히로는 바다를 향해서 하산했다. 이것이 최후의 산이라고 생각하니 피크닉 기분으로 콧노래 정도는 흥얼거리고 싶어지지만, 방심하면 일을 그르친다. 그것이 여행이라는 것이다. 체감 시간이긴 하지만 두 시간 정도 만에 산을 다 내려와서 거기서부터 30분 정도 걸어가니 바위 해안을 내려다보는 작고 높은 들판에 도착했다.

정면 방향에 아까 그 배가 있었다. 돛은 하얗고 선체는 낡지 않았다. 즉, 오랫동안 거기에 방치되어 낡은 것 같은 상태는 아니니까,

최근에 좌초한 배가 아닐까? 초심자 생각이기는 하지만 그런 인상을 받았다.

그리고 바위 해안에는 놀랍게도 인간이 있었다. 아니, 인간인지 아닌지는 모르지만, 인간형 생물이 여럿, 열 명 넘게 앉아 있거나 우두커니 서 있거나 어슬렁거리고 있다.

"저 배의 선원들인가?"

하루히로 일행은 일단 옆으로 나란히 땅바닥에 엎드렸다. 저쪽에서는 아마도 하루히로 일행의 모습은 보이지 않을 것이다.

유메가 "우늣…" 하고 눈을 부릅떴다. 이중에서 제일 시력이 좋은 것은 사냥꾼인 유메다.

"남자가 여섯 명… 인가? 인간이라는 의미인데 말이야. 그리고 인간이 아닌 사람도 있나? 한 명은 오크인지도. 아마도지만, 코볼트도 있네. 그리고 고블이도? 얼굴까지 전부 다 붕대 같은 걸로 친친 감은 사람은 도대체 뭘까? 좀 잘 모르겠지만. 여자도 한 명 있어. …흐음. 여자아이 맞나?"

인간뿐이라면 몰라도 오크에 코볼트, 고블린까지 있다. 그러면서 인간 여성도 한 명 섞여 있다고 한다. 도대체 어떤 집단인 건가?

"베레에서는 인간과 오크가 공존하는 모양이던데…."

세토라도 그녀답지 않게 자신이 없는 것 같다.

불확실 요소가 너무 많다. 상관하지 않는 편이 좋을까? 마음에는 걸리지만, 호기심은 몸을 망치는 원인이 될 수도 있다. 과거에 우리 파티에 있던 바보는 그로 인해 종종 재난을 초래했다. 응. 그만두는 게 좋을지도. 아무것도 안 본 걸로 치고 조용히 이곳을 뜨는 게 좋겠어.

"이대로 포복 후퇴해서 그대로 남쪽으로…."

포복 전진이 아닌 포복 후퇴는 말로 하면 좀 와 닿지 않아 이해하기 힘든가? 고쳐서 말하려고 하는데 유메가 "하우왓" 하고 맥을 끊는 목소리를 냈다.

"왜, 왜 그래? 유메."

"손을 있지, 흔들고 있어."

"엉? 누가?"

"여자아이. …하지만 있잖아, 저 여자아이, 수염이 있는데. 여자아이가 수염이 나나? 유메는 안 나지만."

"뭐 그건 사람에 따라서는 나는지도―그게 아니라, 뭐? 손…?"

그쪽을 보니 분명히 여자인 듯한 인물이 이쪽을 향해서 손을 흔들고 있었다. 하지만 이건, 나한테? 라고 생각하게 만들고, 실은 다른 사람한테 흔든 거였다거나 그런 전개 아닌가? 하루히로 뒤에 있는 누군가나 저 여자의 동료나 친구가 이쪽에 있다거나. 그것은 그거대로 위험한가? 그렇다. 틀림없이 위험하다. 하루히로는 뒤를 돌아보고 확인했다. 없다. 개미 새끼 한 마리 없다.

"어―이!" 마침내 여자로 보이는 인물이 외치기 시작했다.

보고 있네.

확률로 따지자면 88퍼센트 이상, 이쪽을 보고 있는 거다. 98퍼센트일까? 99퍼센트일지도 모른다. 어쩌면 100퍼센트인가?

"어어―이이! 거기 있는 놈―! 나와―! 적이라면 죽―인다…!"

"…싸, 싸워?"

쿠자크가 대검을 뽑으려고 했다. 하루히로는 "기다려" 라고 말렸다. 싸울 정도라면 차라리 도망쳐야 한다. 여기서부터 집단이 있는 곳까지 50미터 이상 떨어져 있다. 후퇴하라고 호령하려고 했는데 붕대를 친친 감은 듯한 수수께끼의 인물이 여자로 보이는 인물에게 뭔가 통 모양 물체를 건넸다. 뭐지? 저건. 그리고 여자로 보이는 인물이 그 물체를 이쪽으로 향했다.

"쿵!"

여자로 보이는 인물이 그렇게 말하는 것과 동시에, 쿵이랄까, 팡이랄까, 탕 같은 커다란 소리가 울렸고, 하루히로는 팔굽혀펴기를 하는 것처럼 몸을 일으켰다. 뭔가, 지금, 충격이 온 것 같은데? 뭔가가 날아와 바로 가까이의 지면에 엄청난 기세로 접촉했다. 여자로 보이는 인물이 든 물체 끝에서 연기가 피어오른다.

"…설마, 철포?"

시호루가 그야말로 하루히로가 하려던 말을 입에 올렸다.

"어이—! 냉큼 기어 나와! 다음은 맞힌다! 맞으면 아프다! 나는 스파이시한 스나이퍼! 란 말이다! 아니지만!"

여자로 보이는 인물이 알쏭달쏭한 말을 외쳐댄다.

"저건, 마법… 인 건가?"

천하의 세토라도 간담이 서늘해진 모양이다. 키이치는 바닥에 달라붙은 것처럼 자세를 낮추고 포복 후퇴를 개시하고 있다.

"아니야. 마법이 아니야. 무기다."

하루히로는 입술을 깨물었다가, 핥았다. 철포. 왜 철포 같은 것이? 아니야, 무엇보다도, 철포라는 게 있었던가? 본 적은 없는—것 같은? 그렇다면 어째서 하루히로는, 게다가 시호루도, 그 존재를, 그리고 이름을 알고 있는 것일까? 그림갈에 오기 전의 기억이며 지식인 건가? 아무튼 저것은 화약으로 탄환을 날리는 무기다. 철포.

총이라는 명칭도 있다. 여자로 보이는 인물이 말한 것처럼, 탄환에 맞으면 성치는 못할 것이다. 메리가 있으니 치명상이 아니라면 치료해주겠지만, 잘못 맞으면 즉사할 가능성도 없지는 않다.

"쏘지 마!" 하루히로는 한 손을 들고 외쳤다. 무릎을 세운다. 동료들은 당황하는 것 같았다. 독단적인 행동이 되어버려서 미안하지만 어쩔 수 없다. 긴급 사태다.

"나오면 안 쏘지—!" 여자는 아직도 총을 겨누고 있다. "단, 전원—다 나올 것! 이라는 말이다! 내 눈은 송이구멍이 아니거든! 잘못 말했다. 옹이구멍이었습니닷—!"

"…쏘지 않는다는 보장은?"

"어, 그건, 약속한다! 손가락 걸고 약속!"

"손가락을 어떻게 걸어? 이 거리에서!"

"그도 그러네! 하지만 그래도, 그 점은 나를 믿어주는 수밖에 없겠네—!"

"믿으라고 해도 네 정체가 뭔지조차 우리는 모른다!"

"나도 그쪽 정체를 몰라—! 피차 마찬가지잖아?! 라는 말이다!"

말투도 포함해서 상당히 이상한 여성이지만 바보는 아닌 모양이다. 우리가 의용병이라고 알려줘도 괜찮을까? 아무튼 이곳은 적지고, 망설여진다.

"…하루히로 군." 시호루가 부른다.

쳐다보니 시호루는 고개를 끄덕여 보였다. 그렇지. 그렇겠지. 물론 확실하지는 않지만, 아마도 그들은 인간족을 적대시하는 세력에는 속하지 않을 것이다. 왜냐하면, 만약 그랬다면 하루히로의 모습을 본 순간에 주저 없이 공격했을 것이다.

"다들, 일어서."

하루히로의 말을 따라 동료들이 차례로 일어섰다. 그러자 여자는 붕대를 친친 감은 듯한 수수께끼의 인물에게 총을 던져주고 이쪽으로 손가락질했다.

"좋—았어! 그럼, 이쪽으로 와서 누구 한 명, 나와 승부한닷—! 누구든 좋아. 덤벼봐! 라는 말이다!"

…아무래도 생각했던 것보다 더 이상한 여성인 모양이다.

하루히로 일행은 바위 해안으로 내려가 집단과 마주 섰다.

그들은 역시 선원인 모양이다. 그야 선원에 관해서 자세히 아는 것은 아니지만, 왠지 바다 위에서의 작업에 적합할 듯한 차림새를 하고 있고, 인간뿐만이 아니라 오크나 고블린도 바닷바람과 햇볕에 그을린 몸이었다. 그야말로 바다 사나이라는 풍모다.

양옆 챙이 말려 올라간 모자를 쓴 여자는 남장을 하고 콧수염을 길렀다. 아니, 붙인 건가? 십중팔구 가짜 수염이다. 남자인 하루히로가 아무리 방치해도 분명 저렇게 수북하게는 되지 않겠지.

장난하는 건가?

하지만 그런 느낌도 아니란 말이지.

여자는 가슴을 펴고 팔짱을 끼고 하루히로 일행을 둘러보았다. 날카롭다고나 할까, 위압적인 안광이다. 몸은 왜소한데도 그렇게 느끼게 만드는 박력이 있다.

"나는 K&K의 K! M! O! 모모히나! 란 말이다! 이름을 대랏—!"

"…K&K?" 메리가 눈썹을 찡그렸다.

모모히나라는 이름인 듯한 여자아이가 눈을 번쩍 크게 뜨며 "이름을 대라—!" 반복하자, 남자들이 "우랴앗!" "이름 대라고 하잖아,

얼간잇!" "놈팽이는 죽이고 여자는 범한다, 짜샤!" "오히려 하고 싶다, 나는!" "욕망 분출하지 맛, 쓰레기!" 마구 고함을 질렀다. 이건 무섭다. 여성진은 겁을 먹었다. 쿠자크는 열을 받아서 앞으로 나가려고 했다.

"타이업…!"

그러나 모모히나가 일갈하자 남자들은 입을 딱 다물었다.

하루히로는 멍해졌다. 타이업이라니…?

모모히나는 헛기침을 했다.

"…실수. 정답은, 샬업—이 아니라 셧업! 이었습니다. 이런 일도 있습니닷—. 이상, 현장에서 전해드렸습니닷. 이라는 말이닷."

얼굴이 빨갛다. 창피한 모양이다.

"응, 응…."

유메가 연거푸 끄덕이고 있다. 아, 그 점, 공감하는 거야? 하긴, 공감할 만한가? 유메와 모모히나. 이 두 사람은 묘하게 닮은 구석이 있다. 그래도 유메는 가짜 수염 같은 건 달지 않는다. 총으로 쏜다거나 하지도 않는다. 갑자기 승부하자고 말하지도 않는다.

"저기, 승부란 건, 어떤?"

만약을 위해 물어봤더니 모모히나는 아직 뺨이 붉어진 채로 씩 웃더니 엄지를 세워 보였다.

"그야 맞짱 맨몸 격투지. 당연하잖앗—. 어기여차—."

"어기여찻—!" 남자들이 탁한 목소리로 복창했다.

맞짱 맨몸 격투. 1대1로 무기 없이 승부한다는 건가?

"받아주지."

쿠자크가 팔을 돌리며 앞으로 나서려고 했을 때, 모모히나의 가

짜 수염이 비뚤어지더니 툭 떨어질 뻔했다.

"우와앗?!"

모모히나는 곧바로 가짜 수염을 눌러 다시 붙였지만, 쿠자크는 장난 아니게 기가 팍 꺾였다. 쿠자크니까, 상대가 여자라는 사실을 새삼 인식하고, 맨몸 격투하기, 아니, 좀 이상한 단어지만, 지금은 아무래도 상관없나. 아무튼 여자아이와 맨몸 격투를 한다는 건 좀? 이라는 것 때문에 고민하게 된 것이겠지. 하루히로도 여성과 맨몸 격투하는 것은 내키지 않지만, 그렇다고 해서 여성진에게 맡기는 것도 글쎄?

"…그럼, 내가."

"니헤혯. 덤벼봐. 나한테는 껌이다—. 라는 말이다."

모모히나가 윗도리를 벗어던졌다. 남자들이 환성을 질렀고 하루히로는 당황해서 고개를 돌렸다. 모모히나는 무릎까지 오는 코트를 걸치고 있었는데, 그 안에는 당연히 셔츠라도 입었을 것이라 생각했는데, 아니었다. 맨살이다. 나체는 아니지만, 속옷 대신인지 가슴에 천을 감은 것뿐이라서 좀처럼 직시하기 힘든 부분이 있다.

"왜 그래—? 짜샤—. 덤벼보라고—."

"…윗도리를 입어주지 않을래?"

"싫어."

"왜…?"

"움직이기 힘들다고—. 네가 알아—? 이 기분—. 크앙—."

"잘은 모르겠지만, 이쪽 기분도 이해해줘…."

"그런 건 상관없으니까, 한다! 우랴! 안 덤비면 내가 먼저 공격해도 괜찮은 거지—? 간닷—!"

모모히나가 달려온다. 한순간에 스위치가 켜진 것처럼 하루히로의 몸이 가동 상태가 되고 필사적으로 비스듬히 뒤쪽으로 물러났다. 위험해. 빠르다. 뭐지?

"—냐핫. 보아하니 초심자가 아니네—?"

저 자세. 왼쪽 발, 왼쪽 손을 앞으로 내밀고 허리를 낮추고 두 팔을 가볍게 벌렸다. 몸 어디에도 쓸데없는 힘이 들어가지 않았다. 이완된 것처럼 보이기까지 하는 상태에서 단숨에 가속한다. 초심자가 아닌 것은 그쪽이잖아.

"나를 즐겁게 해줘봣. 이라는 말이다—."

펀치도 손바닥치기도 아닌, 팔, 손목, 손가락까지 휘어지며 공격한다. 그런 일은 없겠지만, 만약 저기에 맞으면 잘려나갈 것 같다. 하루히로는 반사 신경에 의존해서 모모히나의 공격을 피했다. 이러니까 이렇게 하고, 저렇게 해서, 그리고 이렇게 한다—는 식으로 머릿속으로 생각하다가는 도저히 따라갈 수가 없다.

"쵸리쵸리쵸리쵸리쵸리쵸리쵸리쵸리쵸리잇…!"

엄청난 맹공이다. 빠르고, 흐름이 있다. 끊김이 없다. 하루히로는 금방 전부 피할 수 없게 되어 가까스로 팔로 막아냈는데, 튕겨나간다기보다 밀려나서 자세가 흐트러졌다. 눈 깜짝할 사이에 거리가 좁혀졌다. 달리 방법이 없다. 어쩔 수 없이 하루히로는 반격에 나섰다. 반격이라고는 해도 때리거나 차는 건 잘하지 못한다. 하루히로는 일부러 모모히나의 연속 공격을 맞고 버티며 팔을 붙잡으려고 했다. 도적의 싸움살법 중에 어레스트(결박)라는 스킬이 있는 것이다.

지금이다.

—라고 생각했을 때에는 역전된 상태였다. 반대로 팔을 잡혀 내던져진 모양이다.

"아까웠네—!"

그렇게 말하면서 모모히나가 하루히로의 안면에 일격을 날리려고 했다. 역시 주먹이 아니다. 주먹을 쥐지도 않은 손으로, 뭘 하려는 건가? 잘은 모르겠지만 저 한 방은 분명 타격이 클 것이다.

의식한 것이 아니다. 멋대로 뇌의 리미터(제한 장치)가 풀렸다.

어설트(强襲, 강습).

하루히로는 모모히나에게서 펄쩍 뛰어 떨어진 다음, 곧바로 점프했다. 손을, 발을 어떻게 사용하겠다거나, 페인팅으로 결정타를 때려 넣겠다거나, 그런 건 생각하지 않는다. 상대의 움직임을 보지 않고, 느끼려고도 하지 않고, 반응을 차단하고, 오로지 공격한다. 공격한다. 심장이, 혈관이 몇 배나 확장되고 엄청난 속도로 혈액이 온몸을 도는 것 같다. 상대가 여성, 아니, 인간이라는 사실조차 지금의 하루히로에게는 상관없다. 육체를 육체에 부딪쳐 박살 낸다. 피차 산산조각이 나도 좋다. 오히려 바라는 바다. 어설트로 공격하는 하루히로는 하루히로이면서 하루히로가 아니다. 이래도 부족한 건가?

모모히나는 하루히로의 오른손을, 왼손을, 오른발을, 왼발을 쓱쓱 빠져나가 피했다. 갖고 노는 것 아닌가? 마치 어린아이 취급이다.

틀렸다, 이건.

모모히나는 이상한 여성이지만 바보가 아니다. 분명 처음부터 알고 있었던 거다. 격투전이라면 자기가 질 리가 없다고. 반드시 이길 수 있는 결투에 하루히로를 끌어들였다. 그 시점에서 승부는 났다.

"그것이! 너의! 풀 파워! 뿜뿜인가—?!"

모모히나는 하루히로의 사력을 다한 공격을 잘 요리해내고 타이밍을 노려 공격으로 전환했다. 어설트는 이성의 끈을 놓아버리고, 공방에서 방어를 완전히 버리고 공격에 모든 것을 쏟아붓는 것이다. 공격당하면 그냥 당할 뿐이다.

"데름!" 모모히나가 하루히로의 왼쪽 옆구리를 손바닥 아래쪽으로 때렸다. 직접 타격을 입은 것은 옆구리인데 정수리까지 울린다. 휘청거리면서도 상대를 거칠게 붙잡으려고 하는 하루히로의 오른쪽 어깨에 "헬!" 왼쪽 어깨에 "엔!" 그리고 명치에 "바르크!" 하고, 모모히나는 연속으로 못을 박는 것 같은 아픈 공격을 퍼부었다. 그 시점에서 하루히로는 의식이 날아가버릴 뻔했다. 쓰러지지 않은 것은 의지인가? 근성인가? 아니면 우연인가?

"젤!" 모모히나는 앞으로 내딛으면서 하루히로의 왼쪽 무릎 뒤쪽에 다리를 걸었다.

벌렁 쓰러졌다. 이제 버틸 수 없다.

"아르부!"

그리고 모모히나가 내리친 손바닥이 턱에 깨끗이 맞았다면 하루히로는 어떻게 되었을까? 어쩌면 죽었을지도 모른다.

모모히나는 일부러 빗나가게 한 것이리라.

그뿐만이 아니다. 쓰러지려는 하루히로를 모모히나는 헛스윙을 한 오른팔로 쓱 받아내서 빙글 회전시켰다. 동시에 조금 떨어진 장소에서 쿵 하고 폭발이 일어났다. 비명과 환호의 목소리가 엇갈리고 모모히나는 하루히로를 땅바닥에 앉혔다.

싸우는 와중에 떨어져 나간 것이겠지. 가짜 수염이 없다. 모모히나의 맨얼굴은 그야말로 여자아이 그 자체였다. 실제 나이는 불명이지만 하루히로 파티보다 어린 것처럼 보이기도 했다. 그보다, 뭐였지? 방금 전의 폭발? 혹시나 블래스트? 데름 헬 엔 바르크 젤 아르부. 그러고 보니 주문을 읊은 것 같은? 어? 그렇다는 건, 뭐지? 이 사람, 마법사라는 뜻…?

"내가 모모히나! K&K 해적 상회의 KMO! 쿵푸마스터이며 마법사인 여자. 우옷—!"

남자들이 주먹을 치켜 올리고 "오오오오오오오오옷—" 하고 걸쭉한 목소리를 냈다.

K=쿵푸마스터

M=마법사

O=여자

그거였어?

아니, 그거고 뭐고 간에 그대로 줄인 것뿐이잖아요….

"어떠냐!"

모모히나는 거만하게 하루히로를 내려다보았다. 엄청… 의기양양한 얼굴입니다.

"완! 승! 해냈습니닷! 졌지?"

"…졌습니다."

"좋—았어! 그럼 지금부터 너희는 모모히나의 부하닷! 똘마니, 똘마니, 마니, 마니니까 알아들었지!"

"헛…? 그, 그런 거야…?"

"당연하지, 멍청아앗! 맞짱 맨몸 격투로 피의 맹세를 한 거닷!"

"한바탕 싸우고 나서 우정이 싹트는 것도 아니고. 아니, 비유가 적절치 않나?"

"괜—찮아, 괜찮아! 사소한 건 신경 쓰지 맛! 젊음! 힘! 근성! 젊힘근! 이것이 해적의 규율이니까! 라는 말이다!"

"해적…."

그러고 보니 K&K 해적 상회, 라고 말했던 것 같은데. 남자들은 모두 뱃사람이고 모모히나는 보아하니 그들의 두목인 모양이다. 저기에 좌초된 배도 있다. 그런가. 이 집단은 해적이구나. 저 배는 해적선이고 모모히나는 그 선장이겠지. 그래서 수염을? 아니, 별로 수염은 없어도 될 것 같은데?

"…그보다, 부하? 우리가, 해적의? 어? 진짜로…?"

6. 칼슘

살다 보면 무슨 일이 일어날지 모른다. 한 치 앞은 어둠. 혹은 그것이 바로 인생인 건지도 모른다.

"좋—았어! 다음! 우랏!"

모모히나가 의문의 자세에서 지르기를 하자, 그 앞에 나란히 선 유메와 시호루, 메리, 세토라 네 명이 "우랏!" 하고 기합을 발하며 지르기를 했다.

"다음이얏. 우랏! 얏—! 짠, 짠! 이얍!"

모모히나가 돌려차기, 손날, 연속지르기, 뒤돌려차기로 연결시키자, 유메네도 그것을 따라 한다.

"우랏, 얏, 짠, 짠, 이얍—!"

유메와 메리, 세토라는 제법 그럴듯했지만 시호루는 번번이 갈팡질팡했다. 어쩔 수 없다. 그야 시호루는 마법사다. 하긴 그렇게 말하자면 모모히나도 그렇지만, 그녀의 경우는 특수하니 예외적이라고 간주하는 것이 공평하겠지.

"다음! 초랏! 응타앗! 흐밋! 슛, 샷, 블링!"

"초랴, 응타, 흐미, 슈, 샤, 블링!"

"기운이 없다! 자, 힘차게 한다! 으라차!"

"으라차!"

"좋아! 그 상태로!"

바위 밭에서 소위 쿵푸 수련은 이어지고 있었다. 왜 일이 이렇게 된 건가? 하루히로는 잘 모르겠다. 아무튼 유메를 비롯한 여성진은 모모히나에게서 쿵푸를 배우게 되었고, 하루히로와 쿠자크는 다른 남자들과 함께 육체노동에 매진하고 있다.

하지만 노동이라고 해도, 해안에 떠내려 온 부유물을 모으거나, 땔감을 주워오거나, 판잣집 오두막을 짓거나 뗏목을 만들려고 하는 뱃사람—요컨대 해적 사내들을 거드는 것뿐이다. 게다가 그런 작업에 긴급성은 전혀 없다.

좌초된 해적선에 실었던 나무통이 몇 개나 육지로 떠내려왔는데, 그 내용물은 물고기나 고기를 소금에 절인 것과 야채 장아찌이므로 먹을 것은 당분간은 곤란하지 않다. 물도 근처의 강에서 길어 와서 끓이면 마실 수 있다. 뭣하면 강물을 그대로 벌컥벌컥 들이켜도 뭐 죽지는 않는다.

즉, 해적들은 한가한 것이다. 술이 있으면 술판이라도 벌이겠지만, 다 마셔버린 모양이다. 할 일이 없다 보니 어쩔 수 없어 어슬렁 어슬렁 뭔가 하고 있다. 그런 심심풀이조차도 귀찮은지 바위 위에 널브러져서 코를 고는 해적도 적지 않았다. 그러나, 하루히로와 쿠자크는 신참 중에서도 말단이다. 쉬고 있으면 "어이, 일해!" 라며 야단맞는다. 어차피 아무것도 하지 않는 것도 따분하니까 움직이는 해적들을 그저 거들어준다. 그런 일을 하는 동안에 날이 저문다. 어두워지면 장작에 불을 피우고, 보초를 서기도 하고 서지 않기도 한다. 어디 근처에서 마음 내키는 대로 지내는 듯한 키이치가 돌아온다. 이윽고 날이 밝는다. 아직 새로운, 변함없는 하루가 시작된다.

해적 라이프는 상상했던 것과 좀 다르다.

아니, 상상한 적은 없었지만. 해적과는 연이 없었고. 관여하게 될 거라고는 생각지도 못했다. 그런데 지금은 어떤가? 지금 하루히로 일행은 해적의 한패다. 하지만 이것이 해적 패거리가 하는 일인 건가? 라고나 할까, 사실 아무것도 하지 않는 것 아니야? 그렇지도 않은가? 유메와 여자들은 쿵푸 연습에 몰두하고 있다. 뭐, 그것도 시간이 남아도는 모모히나의 '스승과 제자' 놀이에 맞춰주는 것뿐이라는 설이 유력하다. 하루히로 일행은 부하이기 때문에 K&K 해적상회 KMO인지 뭔지인 모모히나가 시키면 거절할 수 없는 거고. 부하가 되어버린 것은 하루히로가 맞짱 맨몸 격투에서 진 탓이므로 깊이 반성하고 있다. 하지만 뭔가 이제 반성하는 것도 한심할 정도로, 지나치게 평화롭다고 할 정도로 평화로운 바위 해안 라이프인데…?

5일째에 배가 왔다.

사실 모모히나 일행이 아무런 믿는 구석도 없이 이 바위 해변에 머물러 있던 것은 아니었다. 동료의 배를 기다리고 있던 것이다.

배는 먼 바다에 닻을 내리고 작은 배를 보냈다. 작은 배에는 세 명의 해적이 타고 있었다. 두 사람은 인간이지만 한 명은 놀랍게도 반어인(반 물고기 인간)이었다.

"모모히나 씨—! 접니다, 저요! 긴지입니다. 긴지가 마중 왔습니다요! 모모히나 씨이—, 들립니까?! 긴지가 마중 왔다고요오—?!"

오크와 고블린, 코볼트 해적까지 어눌하기는 하지만 인간의 말을 하기 때문에 놀랄 만한 일은 아닌지도 모른다. 하지만 의표를 찔렀다. 반어인이라는 이름의 종족은 아닌지도 모르지만, 아무튼 저 해적은 상당히 물고기스럽다. 모모히나의 외투와 비슷한 장식의 옷을 입고 모자도 썼지만, 제법 물고기 느낌이다.

"아아—. 긴지구나…."

모모히나는 실망한 건지 약간 짜증스러운 것 같다. 해적 사내들도 기다리고 기다리던 동료가 이제야 나타난 것치고는 흥분도가 낮다.

"체념하세요, KMO."

붕대를 둘둘 감은 해적이 모모히나에게 말했다. 그는 지미라는 이름으로, 보아하니 모모히나의 보좌역 비슷한 입장인 모양이다.

"선장은 그렇다 치고, 그래도 만티스호는 정상적인 배입니다. 아무튼 이걸로 에메랄드 제도로 돌아갈 수 있으니까요."

"그러네—. 그렇긴 하지만—. 흠…."

"KMO는 저보다 긴지와 오랜 인연이 아닙니까?"

"저기 말이야, 그런 만큼 쓸데없는 이야기를 잔—뜩, 왕—창, 들었거든—?"

"아하, 그렇게 생각하니 그것은 좀 참을 수 없네요…."

"금방 기세등등해져서 너무 지껄여대니까. 그런 짜증스러운 점만 없다면 나쁜 아이는 아니지만—. 긴지—."

뭔지 심한 말을 하는 것 같았지만, 해안에 도착한 작은 배에서 바위 해안에 내린 반어인 긴지는 사실 도저히 호감을 느낄 만한 분위기는 아니었다.

"이야—. 좀 예정보다 늦어버려서 죄송합니다. 죄송하다고는 생각하지만요, 어라? 뭐지? 이 별로 환영받지 못하는 듯한 분위기? 어라, 어라, 어라라라? 이상하네. 이상하다고 생각하는데요. 왜냐하면 저는 당신들을 마중 온 건데요? 폭풍을 만났다고는 해도 이런 곳에서 배를 좌초시킨 얼간이 씨 동료들을 이렇게 일부러 마중 온 건데요—. 뭐, 만세 삼창을 하라고까지는 말하지 않겠지만요, 고맙다는 인사 한마디쯤은 있어야 마땅하지 않을까요? 아니, 아니, 그렇다고 해서 이대로 돌아가버리거나 하지는 않을 거거든요? 그런 일을 할 리가 없지 않습니까—. 마음만 먹으면 그러지 못할 것도 없지는 않지만요? 안 그러겠다고요. 안 한다니까요. 아니, 진짜로."

"도대체 뭡니까? 이 녀석…."

쿠자크가 그만 입 밖에 내어 말해버리자, 긴지는 어안으로 희번덕 노려보더니 "뭐라고?!" 라며 위압하려고 했다.

"그건 이쪽이 할 말인데요—?! 그쪽이야말로 도대체 뭡니까? 본 적도, 먹어본 적도 없는 얼굴인데요—?! 먹어본 적 있다면 무섭다고요? 사하긴(주1) 조크랍니다—?! 네, 이럴 땐 웃는 겁니다! 왜 빵 터지지 않는 건지 이해 불가능인데요—?!"

"시, 신참입니다."

일이 성가셔질 것 같아서 하루히로는 쿠자크에게 억지로 "자, 일단 사과해둬" 라고 고개를 숙이게 했다.

"모모히나… KMO와 1대1로 맨몸 격투를 했다가 져서, 부하로… 그런 비슷한."

"어어어어어어—?! 당신, 모모히나 씨와 결투했습니까? 게다가 맨몸 격투?! 맨몸몸몸몸…?!"

"어. 아, 그렇죠. …저기, 눈, 튀어나왔는데요."

"그야 눈이 튀어나올 만도 하지요! 모모히나 씨는 엄청 세니까요! 당신, 용케도 아직 살아 있네요?!"

"…봐준 덕분에."

"그렇지요—?! 안 그랬다가는 지금쯤 당신, 물고기 뼈가 되었을 겁니다. 아, 내가 태어난 마을에서는 죽은 사하긴의 시체를 호수에 던져 물고기 먹이로 하는 풍습이 있었고, 마을 사람들은 그 물고기

주1) 사하긴: 반어인(半魚人). 물고기 인간.

를 잡아먹는데요, 이건 기분 나쁘지 않나요? 기분 나쁘다고 생각하지요?"

"좀 거부감은 드네…."

"그렇지요—?! 저는 줄곧 역겹다고 생각했답니다. 아무튼, 물고기 뼈가 된다는 표현은 이런 점에서 유래했다는 이야기인데요. 콩알 지식입니다. 트리비아. 메모 안 해도 되나요?"

"…괜찮습니다."

"또 그러신다—. 메모하는 게 좋다고요. 아니면 당신, 잊어버리는 건 상관없다, 중요한 일이라면 절대 잊어버리지 않는다 계통의 사고방식을 가진 파벌의 사람입니까? 하지만 중요한 일도 꽤 잊어버린다거나 하거든요! 안타깝게도!"

…일 났네.

지금 당장 이 사하긴인지 뭔지의 뒤로 돌아가 목을 비틀어버리고 싶다. 사하긴의 몸 구조는 잘 모르지만, 우선 틀림없이 목에는 중요한 신경이 있겠지. 거기에 순식간에 큰 손상을 가하면 아마도 후련해지지 않을까? 하루히로는 어떤 바보에게 꽤나 단련되어서 짜증스러운 상황에는 남들보다 더욱 내성이 있는 편이라고 생각하지만, 긴지의 짜증스러움 차원은 인간의 범위를 초월했다. 반어인이라서인가?

"실례합니다. 한 가지 물어봐도 될까요?"

"네, 네. 어쩔 수 없네요. 제가 대답할 수 있는 일이라면 뭐, 대답해주지 못할 것도 없을까? 어떻게 할까? 신참이고 하니. 어차피 말단이니까."

"…아, 역시 됐습니다."

"물어봐! 이럴 땐 물어보는 거야! 당신 아직 젊지?! 나도 젊은이지만, 그렇게 소극적인 마인드로 앞날을 헤쳐 나갈 수 있을 정도로 세상은 만만치 않다고요?!"

"아니, 하지만 뭔가, 질문을, 까먹어서. 오히려 이제 아무래도 상관없다고나 할까."

"띠용—!" 긴지는 몸을 새우처럼 뒤로 젖혔다. …물고기인데, 새우처럼. 이 말을 입 밖에 냈다가는 또 이 반어인은 신나서 떠들어댈 것 같다.

"…사하긴 사람은 모두, 당신처럼… 뭐랄까, 말을 잘하나 하고."

"네, 그런데요. 그게 왜요?"

"…흠. 그렇군요. 사하긴 사람은 만난 적이 없어서."

"거짓말—!"

"네?"

"거짓말입니다! 저는 사하긴 중에서도 특히 말을 잘하는 편입니다욧! 야호—. 속았지롱—. 오홍! 오홍!"

새우처럼 계속 몸을 뒤로 젖히는 긴지에게 스파이더(거미 죽이기) 같은 기술을 걸어 스트레스 요인을 말소하려고 하지 않았던 자신을, 하루히로는 칭찬해주고 싶어졌다.

그리고 작은 배는 몇 번인가 해안과 긴지의 배 만티스호 사이를 왕복했다. 전원이 다 승선하자 만티스호는 출범하고 닻을 올렸다.

목적지는 여기서부터 동쪽, 다소 남쪽으로 치우친 방향에 있는 에메랄드 제도다. 그야 하루히로 일행에게는 전혀 목적지가 아니지만, 막상 배를 타고 나니 그런 말을 할 수 없게 되었다.

그렇다. 뱃멀미였다.

하루히로 일행은 배 난간에 사이좋게 나란히 앉아 치밀어 오르는 구역질과 싸우기도 하고, 토하기도 하고, 또다시 구역질과 싸우기도 했다. 지칠 대로 지쳐 드러누우려고 하니 해적들이 말렸다. 누웠다가는, 누워 있을 때에는 괜찮지만 일어나면 더 힘들어진다고 한다. 때때로 라임 같은 것을 넣은 물을 마시면서 오로지 견뎠다. 가급적 아래를 보지 않는다. 그렇게 하고 있으면 조만간 익숙해진다—라고 하는데, 정말일까? 믿을 수 없는데요?

"구역질 때문에 죽은 사람이 있다는 말은, 견문이 좁긴 해도 아직까지는 들은 바가 없으니까요."

붕대로 친친 감은 지미는 가끔씩 하루히로 일행의 상태를 보러 와줬다. 해적들 중에서 이 사람이 제일 정상적인지도 모르겠다.

"당신들보다 훨씬 나약한 놈도 모두가 거쳐 온 길입니다. 어떻게든 됩니다. 이렇게 말하는 저도 뱃멀미 경험은 없으니까 어떤 것인지는 잘 모르지만."

"…멀미를 하지 않는 사람도 있군요. 체질일까?"

"글쎄요. 뭘까요? 저는 언데드(불사족)니까 제대로 살아 있는 사람들 일은 아무래도 잘은 몰라서."

"…앗. 그렇군요."

지미는 눈과 입 이외는 거의 노출하지 않았다. 얼굴뿐만이 아니라 목과 손, 손가락까지 붕대를 감았다. 언데드의 피부는 대개 흙빛이다. 그것을 감추기 위해서인가? 하지만 이 해적단에는 오크나 고블린도 있으니 언데드가 있어도 신기할 것은 없다. 게다가 지미는 스스로 언데드라고 밝혔다. 종잡을 수가 없다. 역시 지미도 뭔가 이상하다.

과연 유메는 한나절 정도 만에 익숙해져 키이치를 데리고 배 안을 견학하러 갔다. 모모히나에게서 쿵푸를 배우기도 하는 모양이다.

하루히로, 쿠자크, 시호루, 메리, 세토라는 배 가장자리에서 좀처럼 벗어나지 못했다. 물론 계속 토한 것은 아니니까 이야기 정도는 할 수 있다. 대화를 하는 편이 속이 편해질 것 같은 느낌도 들지만, 누군가 한 명이 구역질을 시작하면 아무래도 덩달아 하게 된다. 이런 상황에서는 말수가 많아질 리가 없다.

"이래서는—너희들, 훌륭한 해적은 될 수 없닷—? 이라는 말이다!"

모모히나가 비웃었다. 정말 그 말이 맞는다고 생각하므로 아무쪼록 배에서 내려주길 바란다. 하지만 당장 그럴 수도 없다는 것이 배의 무서운 점이다. 바다 위라서 도망칠 곳이 없다.

날씨는 좋았지만 파도가 높고 배가 심하게 흔들린 탓일까? 결국 배가 움직이기 시작하고 사흘 후에 섬의 그림자가 보일 때까지, 유메와 키이치를 제외하고는 누구도 완전히 뱃멀미에서 해방되는 일은 없었다. 단, 안도감이 드니까 증상이 조금씩 가벼워진 걸 보면 의외로 마음먹기 나름이라는 측면도 있는지도 모른다.

그러나 섬에 가까이 가자 아무래도 상태가 이상하다고 느꼈다.

긴지의 만티스호는 섬 어귀에 만들어진 항구로 향하고 있다. 그런데 그 바깥쪽에 배가 잔뜩 있었다. 항구이고 아직 저녁도 되지 않았다. 배가 빈번하게 출입하는 거라면 이해가 간다. 그런데 움직이는 배보다 정박한 배가 많은 것이다. 만티스호의 선원들도 명백하게 신경이 곤두서 있다.

이 배의 선수에는 배 이름 그대로 사마귀 형상을 한 동상이 달려 있다. 모모히나는 얼마 전부터 그 동상 위에 앉아 미동도 하지 않고 있다. 항구 쪽에 시선을 향하고 있는 것 같다. 떨어질 것 같아서 위태위태하지만 모모히나이니 무섭지는 않겠지.

하루히로 일행은 여전히 배 가장자리 부근에 있다. 때마침 지미가 옆을 지나가기에 물어봤더니 "설명하는 것보다 저것을 보는 게 빠를까" 라는 대답이 돌아왔다.

지미는 항구 쪽을 가리켰다.

"…새?"

하루히로는 고개를 갸웃거렸다. 항구 상공을 새 같은 생물이 선회하고 있었다. 두 마리나 세 마리. 세 마리 있는 것 같다. 날고 있으니 새 종류가 맞겠지?

"하지만—."

"크지 않아?" 유메가 말했다.

그랬다. 새치고는 상당히 크다.

세토라가 "…와이번인가?" 라고 중얼거렸다. 그렇구나.

확실히 쿠아론 산맥 북쪽에 서식하며 안개가 걷히면 사우전드 밸리로 날아오는 그 와이번을 닮지 않은 것도 아니다.

"에메랄드 제도에는 오랜 옛날부터 용이 살고 있다."

그것이 지미가 한 말이라면, 흠, 그렇구나—라고 감탄하고 끝났을 것이다.

하지만 하루히로뿐만이 아니라 그 자리에 있는 사람 전원이 일제히 메리를 보았다. 어째서 메리가 그런 사실을? 손으로 자기 입을 막고 고개를 숙이는 메리보다 하루히로가 더 당황해서 허둥대며 말했다.

“아, 그건 말이지, 저기, 뭔가, 나도 들은 적이 있다고나 할까, 뭐, 얼핏 들었나 하는 정도인 그거니까, 생각해보니 그렇구나 싶은, 응….”

“아앗!” 시호루가 갑자기 큰 소리를 냈다. 눈치를 살펴준 건가? 아니, 꼭 그런 것뿐만은 아닌 것 같다. 해적들도 술렁거리기 시작했다.

옛날부터 에메랄드 제도에 살고 있다는 용이 하강하기 시작한 것이다. 용이라면 날아다녀도 새보다는 들짐승 쪽에 가깝겠지. 세 마리 중 한 마리가 분명히 머리 부분을 아래로 향하고 거의 수직에 가까운 각도로, 하강한다기보다 낙하하는 것처럼 보일 정도로 움직이고 있다.

모두가 놀라 그저 바라만 보고 있는 동안에 용은 항구랄까, 항구 너머에 있는 마을에 도달했고, 그리고 어떻게 된 것일까? 거리가 멀어서 여기에서는 확인할 수 없다.

“…요컨대.”

하루히로는 아직 천천히 원을 그리며 날고 있는 두 마리의 용을 눈으로 좇으면서 쥐어짜 내는 것처럼 숨을 내쉬었다. 또다. 또 한 마리가 급강하를 개시했다. 이어서 마지막 한 마리도.

마을 쪽에서 흙먼지가 피어오르는 것 같다.

해적 패거리가 되어버린 것만으로도 어찌할 바를 모르고 있었다. 배 여행도 최악이었다. 그래도 이제야 뭍으로 올라갈 수 있다. 그렇게 생각하자마자 이 사태다.

“항구가 용에게 습격당했다는 거야…?”

7. 보석과 해골

세 마리의 용은 저녁 무렵에는 날아가버렸다. 만티스호는 그 후에 입항했고, 하선해서 잔교를 벗어날 무렵에는 완전히 날이 저물었다.

들은 바로는, 용은 약 열흘 전부터 모습을 보이기 시작해서 이레 전부터는 저렇게 내려오게 되었다고 한다.

용에 의한 피해는 항구 마을 로로네아 거주구와 상업구, 환락가 지역에까지 미쳤다. 항구에서는 잔교가 하나 파괴되고 정박 중이던 배 두 척이 대파된 것뿐이라고 한다. 뿐이라고는 해도 전부 일곱 군데 있는 부두와 잔교 중의 한 곳을 완전히 쓸 수 없게 된 것이다. 배도 소유자에게는 큰 재산이다. 때로는 전 재산일 경우도 있다. 큰 손해다.

그런 까닭에 로로네아는 여느 때와 비교해서 상당히 사람이 적은 듯했었다. 평소에는 여기저기서 마시고 노래하고 떠들어대는 것을 주야장천 볼 수 있어 불야성의 양상이라고 하는데, 실제로 그런 떠들썩함은 전혀 볼 수 없었다.

“우리 회사의 기본적인 벌이는 로로네아 곳곳에서 징수하는 각종 세금이니까.”

남자는 책상에 앉아 활짝 열어둔 창문 밖으로 눈길을 향하고 있다. 중년까지는 아니라고 생각하지만, 뭐랄까, 어른 남자—라는 느낌의 풍모다. 뱃사람풍 복장이 잘 어울려서 모모히나나 긴지보다도 훨씬 선장 같다.

모모히나 일행이 데려가준 숙소는 언덕 위에 있어서, 2층에 있는 이 방의 창문으로는 항구를 볼 수 있다. 습한 바닷바람은 뜨뜻미지근하다. 방 안을 비추는 램프의 불빛에 현혹된 건지 커다란 나방이 실내로 들어와 천장 가까이를 팔랑거리며 날아다닌다.

"주거며 그런 건 둘째치고, 잔교는 우리 부담으로 수리해야 하니까. 이대로는 장사도 못 해. 하필이면 사장과 키사라기 놈이 없을 때 이런 영문 모를 소동이 일어나다니. 운이 없네."

"아니, 무슨 운이 없다고 구시렁거릴 때가 아니잖아요. 당신은 전무니까요!"

긴지의 항의 따위는 어디서 개가 짖나 하는 태도다. 전무라 불린 사내는 시끄러운 사하긴을 무시하고 가늘게 뜬 눈으로 하루히로 일행을 훑어보았다.

"신참… 이라. 바다가 아닌데. 육지 냄새가 몸에 뱄어. 너희들, 오르타나의 의용병이나 그런 건가?"

하루히로는 즉답하지 않았다. 동료들도 입을 열지 않는다.

"어이, 어이." 남자는 목구멍을 울리며 웃었다. "물어보잖아? 대답해. 예절 교육이 제대로 안 된 것 아닌가? KMO?"

"음—. 있지, 여자아이들에게는 쿵푸를 가르쳤어!"

"…그런가."

"시호루루는 애매—하지만, 다른 세 사람은 꽤 세졌을지도—."

"좋지. 약한 것보다는, 뭐."

"있잖아, 유메, 좀 더 강해질 수 있다고 생각해?"

갑자기 유메가 묻자 모모히나는 니히히—하고 묘한 웃음을 짓더니 끄덕였다.

"강해질 수 있어—. 유메유메는 특히 센스가 좋은 편일걸—? 시너 달, 철철—철저히 특훈하면 완전 진짜 쿵푸러—! 라는 말이닷."

"오호, 오호. 그렇구나. 쿵푸러구나."

"유메유메는 사냥꾼이지—. 전사에 가까운 것인지, 움직임의 질이 부드러워서 좋은 것 같은데—?"

"흠냐. 몸이 딱딱하지는 않아. 유메, 비교적 부드러운지도?"

"그리고 하루피로롱은 도적이고, 쿠자큥은 성기사고, 시호루루는 마법사지? 메리메리는, 음, 신관이라고 생각하는데, 다른 직업도 경험이 있을지도—. 세토랑랑은 숨겨진 촌락 사람인가—? 냐아—도 있고!"

"대부분 의용병인가." 전무는 생각에 잠긴 얼굴로 턱을 매만졌다. "뭐, 뿌리부터 해적인 놈보다는 써먹을 길이 있을지도."

"나도, 나도, 나도! 순수한 해적은 아니니까요! 엣헹헹!"

전무는 또다시 긴지를 무시했다.

"우리 회사의 KMO 모모히나도 원래는 의용병이었으니까."

"견습생이었지만—. 키사라기총과 잇충충도 그래—."

"그런데 지금은 해적의 두령이니까, 파란만장했다는 거지."

"잔카를룽도 해적 전무니까—."

"해적 상회의 전무지. 전무라고 해도 나는 솔직히 잘 모르겠지만…."

"전무는 있지—, 비교적 높은 사람이얏."

"…젠자아앙. 내가 더 고참인데 일개 선장밖에 안 되다니이이이이."

이를 갈며 분해하는 긴지를, 잔카를룽이라는 이름인 듯한 전무도, 모모히나도 쳐다보지 않는다. 과연 좀 연민을 느껴도 이상할 것 없는 대우였으나, 손톱만큼의 동정심도 불러일으키지 않는 뭔가가 이 사하긴에게는 구비되어 있다. 뭐랄까, 거기에 있는 것만으로도 짜증이 난다. 일일이 너무나 짜증이 난다.

"그러고 보니 아직 이름을 말하지 않았군." 전무는 어깻짓을 해 보였다. "나는 K&K해적 상회의 전무라는 걸로 일단은 되어 있다. 잔카를로 크레이츠알이다."

"…처음 뵙겠습니다. 하루히로입니다."

하루히로가 대표로 인사했다. 하지만 계속 의아했는데, 왜 단순한 신참 해적에 불과한 하루히로 일행이 굳이 해적 상회의 중역과 대면을 하고 있는 것일까? 그 중역인 잔카를로도, 나 지금 뭐 하는 거야? 뭐, 상관없나, 용도 와 있고, 엉망진창이고—라는 듯한, 자포자기한 느낌으로 다 귀찮다는 듯이 애매한 태도다.

그러자 지금까지 한 마디도 말을 하지 않았던 붕대를 친친 감은 지미가 나서서 잔카를로에게 뭔가 귓속말을 했다. 잔카를로는 그제야 납득했다는 듯이 끄덕였다.

"하루히로, 라고 불러도 되지? 신참. 경위는 둘째치고, 너희는 우리 K&K 해적 상회의 일원이 되었다. 입사를 축하한다. 자, 박수."

잔카를로가 박수를 치기 시작하자 모모히나는 "와—짝짝짝" 이라고 의성어를 입으로 말했고 지미는 잠자코 박수를 쳤다. 담담한 분위기를 자아내면서 두 손바닥을 마주치는 긴지는 마치 자기가 뭐라도 되는 듯하다. 하긴, 선장님이던가.

아무래도 급조한 것 같은 축하 방식이었으나, 나쁜 기분은 들지 않는다. —그럴 리가 있나.

"아, 감사합니다…." 쑥스러운 것처럼 머리를 긁적이는 쿠자크와

“고마워” 라며 예의 바르게 고개를 숙이는 유메만큼, 공교롭게도 하루히로는 순진하지 않다.

재빨리 시호루와 눈빛을 교환했다. 시호루도 하루히로와 마찬가지로 수상쩍게 생각하는 모양이다. 분위기로 짐작컨대 세토라와 메리도 수상히 여기고 있다. 세토라의 다리에 몸을 딱 붙인 키이치는 원래부터 완전 경계 모드였다.

“…그런데, 뜬금없는 질문입니다만, 그… K&K 해적 상회라는 것은 어떤 조직입니까? 입사? 한 거라고 하니 적어도 그 정도는 가르쳐줘도 괜찮지 않을까 해서요.”

“어? 말 안 했나?”

잔카를로는 어쩔 수 없군—이라고 내뱉듯이 말하더니 지미를 보고 턱을 까딱거렸다. 지미는 고개를 끄덕이고 하루히로 일행을 바라본다.

“이 에메랄드 제도는 원래 테드 스컬이라는 대해적이 장악하고 있었습니다.”

그의 말에 따르면, 에메랄드 제도는 오래전부터 해적의 낙원이라 불리며, 갈 곳 없는 해적들이 안전하게 기항할 수 있는 항구이자 쉬었다 갈 수 있는 휴식지였다. 에메랄드 제도에서 태어난 해적도 있다. 해적의 발상지라는 설도 있을 정도라고.

그러나 테드 스컬이 이끄는 스컬 해적단이 장악하게 된 후부터 에메랄드 제도는 많은 해적들에게 더 이상 낙원이 아니게 되었다.

처음에 스컬은 인격자인 양 행세했기에, 이해심이 있는, 온화한 해적 선장이라는 이미지였다. 몸집은 크지만 백발에 하얀 수염을 길러서, 처음 에메랄드 제도를 방문했을 때는 ‘영감’이라고 자칭했다고 한다. 수하들도 스컬을 '영감님'이라고 불렀다.

영감님은 트러블을 중재하는 능력이 뛰어났다. 영감님이 돈벌이 건수를 제공해서 한몫 단단히 챙긴 해적이 속출하기도 했다. 영감님은 중개업에도 능했다. 베레와 이골 등의 교역 도시, 산호 열도, 붉은 대륙에도 인맥이 있었다. 해적이 뭔가 의논하면 영감님은 예외 없이 "나는 단순한 영감이라 힘이 되어줄 수 있을지는 모르겠지만" 이라고 전제하면서도 잘 처리하거나 혹은 해결책을 가르쳐주었다. 영감님은 금방 주요 해적들과 친한 사이가 되고 어느 틈엔가 조정역 같은 입장이 되었다. 그리고 어느 날 본성을 드러냈다.

자신의 77세 생일이라서 저승 가기 전의 선물로 같이 한잔하고 싶다, 영감님은 해적들에게 그렇게 말했다. 해적들은 모두 영감님과 둘이서 마시는 것이라 생각하고 술집에 발을 들였다. 하지만 거기에는 에메랄드 제도의 이름난 해적이 전부 모여 있었다. 그렇군. 이것이 영감님의 취향인가? 생일 파티라는 건가? 사이가 나쁜 자와 동석하는 꼴이 된 해적도 있었지만, 어쩔 수 없지, 영감님 체면을 봐서 오늘 밤은 참아주지—하고 일동 건배를 했다. 그것이 그들에게 최후의 술이 되었다.

해적들은 우수수 쓰러졌다. 독이 든 술이었던 것이다. 영감님은 유력한 해적을 모조리 속여 해치우고 하룻밤 만에 에메랄드 제도의 독재자가 되었다. 테드 스컬에게 충성을 맹세하지 않는 자는 예외 없이 스컬 해적단의 해적들에게 붙잡혀 처형당했다. 남자는 물론이고 여자도 마찬가지였다. 겨우 열두 살밖에 안 된 소녀가 스컬의 험담을 했다는 죄목으로 죽임을 당하기도 했다. 스컬 해적단의 대표적인 처형 방식은 귀와 코를 자르고 바다에 빠뜨려 상어 밥이 되게 만드는, 잔인하기 짝이 없는 것이었다. 모두가 벌벌 떨게 되었고 스컬에게 굴복하는 수밖에 없었다.

"그 테드 스컬을 쓰러뜨린 것이! 무엇을 숨기랴! 바로 나!" 긴지가 콧김을 거칠게 내뿜으면서 으스댔다. "…의 절친인 키사라기 씨와 그 동료들이지요! 엣헴…!"

"K&K는 키사라기 앤드 크레이츠알의 약자입니다."

지미의 말투는 그야말로 담담했다. 물론 긴지에게는 눈길도 주지 않는다.

"키사라기는 관직에 앉고 싶어하지 않았기 때문에 잔카를로의 여동생인 안졸리나에게 사장을 맡겼습니다. 그녀는 원래 해적으로 스컬 해적단과 적대했었습니다."

잔카를로는 쓴웃음을 지었다.

"즉, 나는 그저 키사라기와 누이의 콩고물로 이 자리에 앉은 거다. 별로 원해서 한 것도 아니지만."

"…그 키사라기 씨와 안졸리나 씨는 지금 어디에?"

하루히로가 묻자 모모히나가 폴짝 뛰더니, "응—. 그건 있지, 아주—아주—멀리야—!" 라고 활기찬 목소리로 가르쳐주었다.

"키사라기춍은 잇춍춍이랑 밀리륭이랑 하이마리 등과 함께 사장 씨의 배로 붉은 대륙에 갔어—. 사장 씨는 출장 중! 이라는 말이다."

"앞으로 석 달은 돌아오지 않겠지." 잔카를로는 한숨을 내쉬었다. "그런데 모모히나, 너는 왜 키사라기 녀석을 따라가지 않은 거지? 붉은 대륙에는 가본 적 없지? 좋은 곳이라는 말은 아니지만, 한번 볼 만한 가치는 있다."

"음음음음…." 모모히나는 천장 근처를 날아다니는 나방 쪽으로 시선을 향했다. "키사라기총한테는 잇총총도, 밀리룡도, 하이마리도 같이 있으니 괜찮을까—해서. 귀여운 자식일수록 여행을 시켜랏—. 예이—. 그런 비슷한? 느낌적인 느낌?"

긴지가 "으후훗…" 하고 기분 나쁜 소리로 웃는다.

"복잡한 연애 양상인가요? 부럽다. 청춘이네! 나 같은 건 태어나서부터 지금까지 전혀 인기가 없었으니까요! 요즘엔 사하긴 여성은 포기하고 인간으로 범위를 좁힐까 생각하니까요! 어라, 어라, 어라라라? 딴지 안 걸어요? 저로서는 오히려 웰컴인데요? 자, 자, 자, 어서 말해요. 인간한테는 더욱 인기가 없을 거라고! 3, 2, 1, 자!"

조용했다.

멀리서 들리는 파도 소리와 나방 날개가 천장에 부딪치는 소리 정도밖에 들리지 않는다.

누군가가 주도를 한 것도 아닌데도 이 사하긴에게 먹이는 일절 주지 않는다는 방침이 철저하다. 생각하기에 따라서는 긴지 덕분에 다른 모두의 마음이 하나가 된 것이기도 하니 그 점은 좀 대단하다.

"에메랄드 제도에는 오랜 옛날부터 용이 살고 있다."

지미가 그렇게 말하자 메리의 몸이 살짝 긴장했다. 그것은 용들이 로로네아를 습격하는 광경을 목격했을 때 메리가 했던 말과 정확히 일치했다.

"하지만 에메랄드 제도의 해적들은 용과 공존해왔습니다. 거기에는 암묵의 규칙이 있었죠. 용에게 접근하지 않는다는 것. 물론 용에게 위해를 가하는 것은 언어도단입니다. 용은 어떤 종류의 바닷새처럼 대형 물고기를 잡아먹지요. 섬에서 멀지 않은 장소에 용에게는 절호의 사냥터가 있는 것입니다. 그 사냥터를 훼손하지 않는 것.

이것만 지키면 용은 해적을 내버려두었지요. 덤으로 일반인의 배는 용을 겁내 에메랄드 제도에는 가까이 오지 않습니다. 용은 해적들의 수호신 같은 것으로 여겨지기까지 했던 것입니다.”

“이상하잖아? 왜 그 수호신이 마을을 습격하지?”

세토라는 신참 중 말단이라고는 생각할 수 없을 정도로 당당했다. 그녀의 머릿속에는 비굴해진다는 개념이 애초에 없는 건지도 모른다. 지미는 별로 심기 불편한 기색도 없이 “네, 이상하지요” 라고 동의했다.

“전무님, 그 점에 관한 조사는?”

“조사하려고는 한다. 하지만….” 잔카를로는 얼굴을 찌푸렸다. “나에게는 통상 업무도 있어서, 그래서 꽤 바쁘기도 하고, 용이 올 때마다 일이 늘어난다. 내가 수족처럼 부릴 만한 놈들은 어차피 건달들이다. 지미 너처럼 눈치가 빠른 녀석이라도 있으면 조금은.”

“핑계네요!”

“어이, 닥쳐, 긴지—. 생선구이로 만들어서 내다버린다?”

“어엇?! 웬일로 무시당하지 않았다?! 좀 기뻐하는 내가 있어! 하지만 생선구이로 만들어서 먹지 않고 버리다니, 좀 너무한 것 아닌가요?!”

“알겠습니다.”

지미는 제대로 긴지를 무시했다.

“배를 타거나 난파하거나 구조를 기다리거나 하는 것에는 질렸고, 이 건은 제가 맡겠습니다. 이래 봬도 일단, 저는 과장이고요.”

“…무슨 과의 과장인가요?”

시호루가 묻자 지미는 “글쎄” 라며 살짝 고개를 갸웃거렸다.

“차장, 부장, 과장 중에서 고르라고 해서 대충 고른 것뿐이라서 잘 모르겠습니다. 배를 타면 선원보다 높지만 선장만큼은 아니고. 육지에서는 선장 이상 전무 이하. 회사 내에서의 서열은 대충 그런 건가? —그래서, 조사에 인원이 필요합니다.”

잔카를로가 좋을 대로 해—라는 듯이 손을 들어 보이며 하루히로를 흘낏 보았다.

“마침 잘됐다.”

이제야 내용이 파악되었다.

하루히로는 지미가 말을 꺼내기 전에 선수를 쳤다.

“좋습니다. 거들겠습니다. 분명 해적분들보다는 다소 도움이 되지 않을까요? 단, 조건이 있습니다.”

8. 무드는 중요한 분위기로

예전에는 오르타나 가게에서 가격 흥정을 하는 정도의 일조차 마음이 무거웠다. 그런데 지금은 당연한 듯이 우선 크게 불러본 후에 상대로부터 가급적 양보를 끌어내려고 한다. 스스로 생각해도 뻔뻔해졌다고 본다.

하루히로가 처음에 내건 조건은, 해적을 그만둔다, 즉 K&K 해적 상회에서 잘리는 걸로 하고 정식으로 로로네아 용 기습 사건의 조사원으로서 기간제 계약을 체결한다는 것이었다.

어쨌든 하루히로 일행은 그 원더홀에서 미지의 이세계인 다스크렐름의 출입구를 발견했었다. 더욱이 다스크렐름에서 다룽갈로 흘러들어간 다음, 오크의 마을 와란딘에서 화룡의 산에 올라가 천신만고 끝에 그림갈로 귀환했다. 그리고 안개 짙은 사우전드 밸리를 간신히 빠져나와 우여곡절을 거쳐 바다를 건너 이 에메랄드 제도에 다다랐다. 이런 경험을 한 자는 좀처럼 없을 것이다. 커리어로 보면 의용병이라기보다 프로 모험가 집단이다. 모험가의 일로서 용 관련 조사를 하는 것이라면 받아들일 만하다. 단, 프로에게 프로다운 일을 시키고 싶다면 프로로 대우해줘야 한다.

전무 잔카를로는 받아들여줄 듯한 분위기였으나 긴지가 강경하게 반대했다. 해적에게는 해적의 규칙이 있어서, 선장은 선원들의 투표로 정해지고 선원이 어떠한 요구를 한 경우에는 선장이 가부를 판결한다. 불만이 있다면 선원은 선장에게 결투를 신청하는 것이 도리라고 한다.

“당신들을 똘마니로 삼은 것은 모모히나 씨니까요. 발을 빼고 싶다면 모모히나 씨한테 신청해야 합니다! 모모히나 씨는 인정하지 않겠지만요! 그렇지요? 모모히나 씨. 그렇지요?!"

"흠—. 그렇지—. 하루피로롱네는 내 똘마니니까—."

"그것 봐요! 자, 자, 자! 그렇다는 건?! 당신들한테 남은 방법은 하나뿐입니다! 모모히나 씨와 결투하는 겁니다! 이겨서 정정당당히 해적을 그만두면 돼!"

아니, 이길 수 없고. 이길 수 있다면 애초에 해적이 되지도 않았고.

결국 한참 양보해서 하루히로 일행은 K&K 해적 상회의 일원, 즉 해적의 신분 그대로 조사를 하고, 용이 로로네아를 습격하는 원인을 알아내면 보수를 받기로, 그런 선으로 이야기가 마무리되었다.

보수는 두 가지다. 하나는 해적을 그만두는 것. 또 하나는 배로 자유도시 베레까지 배웅해주는 것. 당당히 자유의 몸이 되어 베레까지 가면 오르타나가 훨씬 가까워진다.

"…여기가 용에게 파괴된 잔교인가?"

하루히로 일행은 먼저 용이 공격한 장소를 검사하기로 했다.

용이 처음으로 날아온 것은 열흘 전 오후. 그다음 날도 다다음 날도 용은 나타났지만, 로로네아 상공을 날아다니기만 했다.

그리고, 7일 전 오전에 최초의 공격이 있었다. 그것이 이 2번 잔교였다.

교섭이 끝난 뒤에 곧바로 저택을 나왔기 때문에 아직 밤이다. 밝아지면 용이 날아온다고 하니 어두운 동안에 움직일 수밖에 없다. 배 여행이랄까, 뱃멀미로 이미 상당히 지쳐 있긴 했지만 뭐, 죽지는 않겠지.

2번 잔교는 F자 같은 모양이었다고 한다. 하루히로는 쪼그리고 앉아 발밑을 램프의 불빛으로 비추었다. 아래는 바다다. 여기는 F의 세로선 뿌리 부근에 위치한다. 용이 여기에 내려왔던 걸까? 다리 바닥에 까는 널빤지는 물론, 그것을 지탱하는 도리도 파괴되었다. 교각도 몇 개는 부러진 것 같다.

"어때?"

바로 옆에서 메리가 무릎을 굽히고 머리카락을 귀 뒤로 넘겼다.

"응…."

하루히로는 "심하네" 라며 나지막한 목소리로 적당히 대답했다.

용에 의한 피해는 광범위에 걸쳐 있었기 때문에, 나눠서 조사하기로 하고 하루히로는 2번 잔교로 왔다. 항구까지는 안내 없이 갈 수 있고 파괴된 잔교는 하나뿐이니까 금방 알 수 있다. 그러니까 하루히로 혼자서도 괜찮지만, 세토라와 키이치를 한 세트로 치면 여섯 명이니까 두 명씩 세 조로 나누기로 했다. 하루히로로서는 누가 파트너여도 상관없었는데, 어째서인지 시호루와 유메, 쿠자크와 세토라와 키이치 조가 즉석에서 정해져버려서, 그럼 메리와—라는 배치가 되었다. 그것은 그것대로 전혀 문제는 없지만.

"배가 부서진 곳도 여기지?"

메리는 평소대로다. 적어도 평소처럼 보인다. 그래서는 아니지만, 하루히로도 평정을 유지해야 할 것 같다.

"그렇다고 해. 이 잔교에 댔던 두 척이 당하고… 하지만 그 이후로는 잔교도, 부두도 공격당하지 않았다고 하지."

"배를 노린 거였다거나?"

“이 2번 잔교가 당하고 나서 낮 동안은 어떤 배도 입항하지 않게 되었다고 해. 배가 보이지 않으니까 잔교나 부두를 습격하지 않았나. …그렇다면, 항구 밖으로 피난한 배를 표적으로 하지 않을까?”

“그것도 그러네. 그렇다면 처음에 이 잔교와 배가 부서진 것은 그저 우연이었던 걸까?”

“그럴지도 몰라. …그렇지 않을지도 모르고. 지금으로서는 아직, 뭐라고도 말할 수 없겠어. 단, 항구 공격이 한 번뿐이라는 것은 좀 걸려.”

하루히로는 다리 바닥 위에 램프를 놓았다. 숨을 한 번 내쉰다.

용에 관해서 좀 더 알고 싶다. 그 점은 물론 지미에게 물어봤었지만, 실은 에메랄드 제도를 거점으로 하는 해적들도 용에 대해 숙지하고 있는 것은 아닌 모양이다. 그보다 섣불리 용을 알려고 들어서는 안 되고 오히려 모르는 게 좋다는 것이 해적들의 기본적인 태도일 것이다.

서로 상관하지 않고 방해하지 않음으로써 용과 해적들은 잘 공존해왔다. 어째서 이제 와서 그 관계가 무너져버린 걸까?

“…용이 아니야. 분명 인간이 먼저 뭔가 한 거야.”

“나도 그렇게 생각해.”

“용은 로로네아를 습격해서 해적을 잡아먹거나 한 게 아니야. 지금도 용의 사냥터에서 물고기를 잡는 모양이고.”

“누군가가 용에게 뭔가를 해서, 화나게 만들었다거나.”

“하지만 그렇다면 좀 더 마을을 엉망으로 만들어도 되었을 것 같은….”

“미안해.”

"응?"

"기왕이면 좀 더 도움이 될 만한 일을 알면 좋을 텐데."

메리는 자기 무릎에 얼굴을 밀어붙이듯이 고개를 숙이고 있었다.

신경 쓰지 않는 게 좋아—라고 말하는 것은 간단하다. 하지만 신경 쓰이지 않을 리가 없다. 메리의, 뭐랄까…. 메리 자신의, 아마도 내적인 문제겠지. 외부 일이라면 눈을 피하면 그만이지만 내부라면 그럴 수도 없다.

고민을 들어줄 테니까. 말해볼래? 말하는 것만으로도 조금은 편해질지도 모르니까. 무슨 말을 해도 괜찮으니까. 그 점은 걱정하지 않아도 되니까.

할 말은 수없이 떠오른다. 하지만 하나같이 싸구려 같거나, 경박하거나, 본질에서 벗어난 것 같은 느낌이 들거나 해서 좀처럼 입 밖으로 나오지 않는다.

말을 거는 것보다도, 예를 들어 그녀를 껴안아보는 것은 어떨까?

아니, 그건, 그저 내가 그렇게 하고 싶은 것뿐이잖아? 게다가 약해졌을 때를 노리는 것 아닌가? 하지만 메리는 분명 약해져 있는 것일 테고. 격려해주고 싶다. 기운을 북돋워주는 것은 나쁜 일이 아니라고 생각해. 아니, 아니야. 그렇다고 해서 그게 왜 껴안는다거나 그쪽이 되는 거야?

도대체 어디서부터 어디까지가 메리를 걱정하는 것이고, 어디서부터 어디까지가 자기 욕구와 바람인 것일까?

차라리 따로 떼어놓고 생각하면 좋을 텐데. 오로지 메리만을 생각하고 싶다. 나는 어떻게 되든 상관없고, 순수하게 메리를 위해서. 단지 그것만을 생각할 수 있다면 얼마나 좋을까.

새삼 하루히로는 생각한다. 메리를 좋아하는구나 하고.

정말로 좋아하니까, 이 좋아하는 마음을 지워버리고 싶다. 자기 자신의 감정을 완전히 배제하고 메리에게 무엇이 제일 좋은지를 분명하게 판단할 수 있다면 좋을 텐데. 만지고 싶다거나, 어떻게 하고 싶다거나, 이렇게 되면 좋겠다거나, 그런 마음이 끊임없이 계속해서 솟아나, 지워버릴 수가 없다. 그런 나 자신 따위, 없어져버리면 좋겠다.

"용에 대해 잘 아는 사람이 어딘가에 있을 거야."

메리는 얼굴을 들고 하루히로 쪽을 향해서 미소 지었다.

"여기는 해적의 낙원이지만 해적만의 섬은 아니야. 원래부터 이 섬에 살던 사람들도 있어. …그렇게 생각해."

"그러네."

하루히로는 동요를 억눌러 숨기며 램프를 손에 들고 일어섰다. 에메랄드 제도다. 섬이 몇 개나 있다. 원주민 정도는 있겠지.

사실을 몰라도 그 정도 일은 추측할 수 있다. 그렇다. 설령 몰랐더라도—.

그 무신경한 바보라면 분명, 좋잖아—내가 알 리 없는 사실을 알거나 쓸 수 있을 리가 없는 마법을 쓴다거나 하는 거, 편리하잖아—라고 말할 것 같다. 그런 식으로 가볍게 받아들이는 편이 좋은 걸까? 그러면 메리도 고민하지 않을지도 모르고. 물론 절대 말할 수 없지만. 좋잖아—라고는. 아무래도 그것은.

하루히로 일행은 날이 밝기 전에 유메 조, 쿠자크 조와 합류했다. 우선 마을에서 떨어져 있으면 용의 피해로부터 벗어날 수 있을 가능성이 높다. 로로네아 교외의 백사장에서 K&K 해적 상회의 지미 과장과 함께 정보를 정리했다.

이미 날짜가 바뀌어서 여드레 전이 용의 습격 첫날이 되었다. 이때 용은 한 마리뿐이었다. 2번 잔교가 파괴되고 배 두 척이 대파. 사상자는 30명 정도였다.

이레 전에도 용은 한 마리였고 환락가가 습격당해 술집이 세 채가 전부 파괴되었다. 부상자는 20명, 사망자는 한 명도 없었다. 낮 동안이라 술집에 손님이 별로 없었던 탓이겠지.

엿새 전은 시장과 상점이 밀집한 상업구에 두 마리 용이 내려왔기 때문에 가장 큰 피해가 생겼다. 열 명 넘게 죽었고 부상을 입은 자는 백 수십 명에 이른다고 한다.

닷새 전부터는 3일 연속으로 거주구의 주택이 두 마리 용에 의해 부서졌다. 스무 채 이상이 전파 혹은 반파. 사상자도 50명을 넘었다.

그저께는 용이 처음으로 세 마리가 출현했다. 이날은 환락가 술집 두 채, 거주구 주택 열 채 이상이 손해를 입었다. 사상자는 그리 많지는 않았던 모양이다.

그리고, 어제도 용은 세 마리. 주택 여덟 채가 쓰러지고 시장이 거의 괴멸했다. 단, 노인 이외에는 대부분 피난했기 때문에 사상자는 적었다.

더욱이 용은 해가 뜬 후에 날아온다. 줄곧 로로네아 상공을 선회하는 것도 아니라서, 그러다가 훌쩍 사냥터로 향하는 일도 있는 모양이다. 마을 습격은 하루에 한 번이나 두 번밖에 하지 않고 날이 저물기 전에 돌아간다.

해적들은 정말로 용에 대해서 잘 모르는 모양이었다.

에메랄드 제도는 본섬이라고도 불리는 에메랄드섬과 그 동쪽으로 나란히 세 개의 섬인 쿠누섬, 레마섬, 호스섬, 그리고 작은 섬들로 구성되어 있다. 용은 본섬 북쪽에 용의 둥지라 불리는 장소에 서식하며 로로네아는 남단 근처의 어귀에 있다.

용의 사냥터는 로로네아에서 남동으로 20~30킬로미터 떨어진 해역이다. 그래서 로로네아에서는 용들이 사냥터로 향하는 모습이 매일처럼 목격되었다. 용이 여러 마리 있다는 것도 모두 인식하고 있는 모양이다. 그러나 과연 정확하게 몇 마리 있느냐 하면, 그것은 아무도 모른다.

이 섬에 서식하는 용은 그야말로 에메랄드 같은 비늘을 갖고 있다. 에메랄드섬이라는 이름의 유래도 거기에 있다고 한다. 날개가 있고, 하늘을 난다. 사냥터에서 물고기를 잡아서 먹는다. 크기는, 날개를 펼친 상태에서 30미터 정도나 되는 모양이다. 사실 개체차가 있다. 큰 용은 나이가 많고 작은 용은 어린 것이겠지. 어쩌면 부모자식일까?

해적들의 용에 관한 지식은 그 정도뿐이다.

잠시 후에 해가 떴다. 세 마리의 용이 날아와 로로네아 위를 선회하기 시작했다.

“죽이지 못하나?” 세토라가 말을 꺼냈다.

“아, 그건 저도 생각했습니다.”

쿠자크는 긴 다리를 뻗고 모래사장에 앉아 있다. 그 다리를 베개 삼아 키이치가 몸을 웅크리고서 눈을 감고 있는 것을 보니, 혹시 자는 건가? 어느 틈엔가 둘이 친해진 걸까?

“마을을 습격하러 오는 것은 세 마리지? 그냥 생각한 건데, 큰 놈한 마리만이라도 해치우면 오지 않게 되지 않을까? 하고."

"…제일 위험한 꼴을 당하는 것은 쿠자크 군인데?"

시호루가 지적하자 쿠자크는 "그건 그렇겠지요" 라고 입술을 일그러뜨리며 한쪽 눈썹만 치켜 올렸다.

"내가 턱 막아내면 다들 어떻게든 해주지 않을까 하고. 그런 비슷한?"

"너무 대충이야…." 메리가 중얼거렸다.

"아니, 진짜로 한다면 나도 좀 더 진지하게 생각할 건데? 뭐랄까, 선택지의 문제랄까? 용을 쓰러뜨린다는 방법은 없는 걸까 하고."

"위험 부담은 가급적 짊어지고 싶지 않아…."

하루히로가 얼굴을 찡그리자 유메가 활로 화살을 쏘는 시늉을 했다.

"화살은 어떨까?"

"비늘이 딱딱해서 화살이 못 뚫어요" 라는 것이 지미의 대답이었다. "참고로, 석궁으로 용을 쐈던 용감하고 어리석은 해적은 전원 죽었습니다. 마법은 어떨지 몰라요. 해보고 싶다면 해보시죠. 저는 안 말립니다."

"…총은?"

하루히로가 묻자 지미는 살짝 고개를 저었다.

"붉은 대륙에 간 키사라기 일행은 몇 자루 갖고 있지만 우리한테 있는 것은 저것 한 자루뿐입니다. 게다가 탄약이 없지요. 내가 파악하는 한은, 당신들한테 위협 사격을 했을 때 쏜 게 마지막일걸요."

설령 탄약이 있어도 단 한 자루로는 어떻게 되지 않겠지. 아니, 몇 자루가 있어도 마찬가지인가? 용이 날아오르면 아마도 맞지 않을 거다.

"그럼, 용에 대해 잘 아는 사람, 짐작 가는 바가 없습니까? 해적도 좋고 해적이 아니어도 괜찮은데요."

지미는 한동안 생각하고 나서 입을 열었다.

"없지는 않아요. 이 섬에 해적이 로로네아를 구축하기 전부터 살던 무리가 있어요. 루나루카라는 종족인데요."

에메랄드 제도의 원주민 루나루카는 본섬의 밀림 지대와 레마섬, 호스섬, 몇 개인가의 작은 섬에 토착해 살고 있다고 한다. 다만 루나루카도 용과 마찬가지로 수수께끼가 많은 종족으로, 그 실태는 거의 밝혀지지 않았다. 단, 해적들과 대립하는 것은 아니고 물물 교환 등을 통해 교류는 있다. 드물게 젊은 루나루카가 로로네아로 나와서 해적이 되는 경우도 있다고 한다.

"우리 회사에도 루나루카 해적이 한 명 있습니다. 하지만 지금 우리가 말하는 인간족의 공통어는 거의 쓸 수 없어요. 오크어도, 그리고 언데드의 만구이슈도 못 해요. 루나루카는 애초에 비밀주의 같으니, 글쎄요? 별반 도움이 되지 않을지도."

어쨌든 만나서 이야기를 해보고 싶다. 하루히로가 부탁하자 지미는 받아들여 오후에 그 루나루카를 백사장으로 데려와주었다. 우선 인사를 하려고 했더니 용이 로로네아로 하강하기 시작했다.

"아앗. 에토와아, 우나카이, 니에, 샤타아…."

루나루카는 그런 말 같은 것을 입 밖에 내면서 두 손으로 자기 가슴을 누르고 몇 번이나 머리를 흔들었다. 남성인지 여성인지도 알 수가 없다. 한마디로 말하자면 여우를 닮았다. 적어도 얼굴이랄까, 머리 부분은 여우랑 똑같다. 하지만 몸에는 선원풍의 옷을 입었다.

체형은 두 발로 직립 보행을 하는 인간이나 오크 등에 가깝지만, 동체의 길이에 비해 팔다리가 짧다. 온몸이 털로 뒤덮여 있는 것 같다. 바지의 엉덩이 부분에 구멍을 뚫고 거기로 꼬리를 내놓았다.

한 마리의 용이 로로네아에 내려오자 흙먼지가 피어올랐다. 나머지 두 마리는 아직 상공에 있다.

"나야라아, 나야라아…."

루나루카는 탄식하는 걸까, 무서워서 떨고 있는 걸까.

"역시 죽이는 것은 무리일 것 같네…."

쿠자크가 중얼거리듯 말하자 루나루카가 "하앗" 하고 눈을 까뒤집었다.

"죽인다? 나아. 죽인다. 나앗. 도라가, 에토와나, 뷔토아, 셰, 구아다아."

"아니, 무슨 말을 하는 건지 전혀 모르겠는데요…."

"죽인다, 도라가, 나앗."

"용을 죽이는 것은 좋지 않다고 말하는 거 아닐까?"

"엇, 유메 씨. 이 사람 말, 알아들어요?"

"음—음. 모르지만. 분위기로? 그런 느낌?"

"죽인다. 도라가 나앗." 루나루카는 유메를 향해서 끄덕였다. "죽인다, 나앗. 용. 도라가. 죽인다, 좋지, 않아."

유메의 분위기 통역에 따르면, 루나루카의 이름은 찌하라고 하며 남자와 여자의 중간이라고 한다. 루나루카의 어린이는 성장하면 남자가 될지 여자가 될지를 선택한다. 찌하는 어느 쪽도 선택하지 않았지만, 어린이 연령은 아니니까 남자와 여자의 중간이라는 뜻이 된다고 한다.

루나루카는 아주 오랜 옛날부터 에메랄드 제도에서 살았다. 그 후 수컷 도라가와 암컷 도라가, 즉, 용 한 쌍이 왔다. 그 이후로 루나루카의 생활이 좋아져서, 도라가는 신의 사자라고 여긴다고 한다.

하지만 루나루카가 나쁜 짓을 해서 도라가를 화나게 한 적도 과거에 몇 번 있었다. 자세한 것은 말할 수 없다. 무서운 말을 입 밖에 내면 게우구우가 나타나 병에 걸려버린다. 게우구우는 새카맣고 밤의 어둠에 묻혀 다가오므로 그 모습을 볼 수 없다. 단, 게우구우가 다가오면 차가운 바람이 불어서 금방 안다고 한다. 루나루카의 비밀주의는 아무래도 게우구우 탓인 모양이다.

이것은 하루히로도 같은 의견인데, 찌하가 말하는 바로는 누군가 뭔가 좋지 않은 짓을 해서, 그래서 도라가가 분노한 것이라고 한다. 만약 루나루카의 짓이었다면 도라가는 루나루카가 사는 숲을 습격했을 것이다. 로로네아를 노린다는 것은 분명 해적이 해서는 안 될 짓을 한 것이겠지.

"나빠! 도라가! 화났다! 펄펄! 뭐? 펄펄! 뭐하면, 도라가, 펄펄! 화난다?"

하지만 유메가 몇 번 손짓이며 발짓을 해가면서 질문해도 찌하는 입을 꾹 다물고 가르쳐주지 않는다. 게우구우가 무서운 것이겠지.

세 마리의 용은 한바탕 로로네아에서 날뛰더니 날아올라 또다시 선회를 개시했다.

이제 주민의 대다수는 당연히 용이 올 것을 예상했기 때문에 낮 동안은 주택가에서 떨어져 있었다. 담력 시험이라 칭하며 마을에 남아 있는 자나 용을 개의치 않고 술을 계속 마시고 있던 술꾼도 개중에는 있는 모양이지만, 사망자는 아마도 생기지 않았겠지. 건물이나 길 등의 피해는 상당히 심하긴 해도 역시 용은 진심으로 공격하는 것이 아니다. 그야 용의 마음이나 사고방식은 알 수 없긴 하지만, 아무리 생각해도 적당히 봐주면서 하는 것으로 보인다. 그렇지 않았다면 로로네아는 좀 더 심한, 지독한 상태가 되었을 터였다. K&K 해적 상회를 포함한 모든 해적이 진작에 이 섬에서 도망쳤겠지.

그런데, 그렇게 되지는 않았다.

어째서인가?

9. 둔치의 선셋

…뭔가, 즐거워 보이네.

들린다.

어딘가에서 목소리가.

그리고, 파도 소리도.

눈을 뜨면 된다. 그러는 편이 좋겠지. 하지만 뜨고 싶지 않다.

물론, 언제까지고 눈을 감은 채로 있을 수는 없다. 그건 안다.

하지만, 조금만 더.

아주 조금만 더 이대로 있고 싶다.

요컨대 졸리다. 몸도 마음도 피곤했다. 그야 그렇지. 배에서는 뱃멀미 때문에 제대로 잠을 잘 수 없었고. 간신히 육지에 도착했나 싶더니 또 황당한 사태가 되었고. 그러니까.

그랬다.

용이 비교적 일찍 날아가줘서 잠깐 낮잠이라도 자둘까 하고. 밤에는 밤대로 해야 할 일이 있을 것 같은 느낌이 들었고. 이제 잘은 모르겠지만. 머리가 돌아가지 않게 되어, 한계인 것 같네, 라고 느꼈다. 미안하지만 여기서 잠깐만 자도 될까?

그렇게 말하자 아무도 반대하지 않았다. ―라고 생각한다. 아마도. 알쏭달쏭, 기억이 애매하지만. 곧바로 근처에 누워 잠들어버렸다.

그래도 아직 어두워지지는 않았다. 어쩌면 이미 하룻밤을 꼬박 잤고 날이 밝은 걸까? 아니, 그건 아니다. 만약 그런 거라면 좀 더 개운하게 눈을 떴을 것이다. 꿈은 꾸지 않았다. 적어도 기억나지 않는다. 점점 머리가 또렷해졌다.

일어나야 하는 건가? 좀 더 꾸물거리고 싶다는 마음과 일어나야 한다는 의사가 서로 싸운다.

휴 하고 한숨을 내쉬자, "…어라, 혹시 일어났어?" 라고 누가 말했다.

"응."

대답하고, 눈을 뜨는 것과 동시에 몸을 일으켰다.

이 백사장은 남서쪽이 바다에 접해 있다. 바다 끝에서 가라앉고 있던 태양이 아직 약간 얼굴을 내밀고 수면을 비춘다. 서쪽 하늘도, 바다도 불타는 것 같다.

가끔씩 앞머리를 살랑살랑 흔드는 정도의 바닷바람은 여전히 미지근하다. 자면서 흘린 땀이 마를 사이도 없이 다시 땀이 배어나온다. 덥네, 라고 입 밖에 내면 더 더워지는 것 같은 느낌이 들어서 말하지 않기로 한다. 뭐, 추운 것보다는 훨씬 낫다. 그렇기는 해도 덥다니까. 그래서 그녀들은 맨발로 물가에 옹기종기 모여 있는 것이겠지.

아니, 물가라고나 할까, 무릎 아래 정도까지 바닷물에 담그고 있었다.

"으라찻—."

유메가 바닷물을 두 손으로 잔뜩 떠서 시호루와 메리, 세토라에게 뿌렸다.

시호루가 "꺄아!" 소리치며 메리에게 달라붙었다.

세토라는 펄쩍 뛰어 뒤로 물러나서 "에잇!" 날카롭게 바닷물을 차올렸다.

"웅냣!"

바닷물을 얼굴에 맞은 유메가 "웅냐냐냐냣—!" 세토라에게 덤벼든다.

세토라는 몸을 슬쩍 피했다. 덕분에 유메는 "어풋—!" 얕은 바다에 뛰어드는 꼴이 되었지만 곧바로 펄쩍 뛰어올라 세토라의 오른발에 매달렸다.

"냐냥—."

"어이, 너, 하지 맛."

"우냐아아아앗."

"우왓."

결국 세토라는 바다 속으로 끌려갔다. 수심은 기껏해야 30센티미터 정도겠지만 온몸이 푹 젖기에는 충분하다. 두 사람은 바다 속에서 엉켜 나뒹굴고 있다.

"젠장, 이봐! 사냥꾼. 하지 맛. 놔!"

"유메를 제대로 유메라고 불러! 그러면 놔줄게!"

"누가 부를 줄 알고."

"그럼 안 놓는닷."

"질긴 놈…!"

두 사람이 엎치락뒤치락하는 모습을 시호루와 메리는 웃으면서 구경하고 있다—고 생각하자마자 메리가 시호루를 "에잇" 하고 밀었다.

시호루가 "히약?!" 소리를 내며 쓰러져 흠뻑 젖었다.

"…너무해."

당하고만 있지는 않겠다는 듯이 시호루가 메리에게 바닷물을 뿌린다.

메리도 “짜” 라고 말하면서 되갚아준다.

“하하….”

하루히로는 진심으로 우스웠다. 하지만 동시에 코가 찡해져 자기도 모르게 눈가를 눌렀다.

쿠자크가 코를 훌쩍였다.

“…마을이 저렇게 된 상황에서, 좀 그렇지만.”

쿠자크는 갑옷을 벗고 상체는 나체였다. 모래 위에 뻗은 왼쪽 다리에 키이치가 기대어 눈을 감고 있는데 귀를 쫑긋거리는 모습을 보니 잠든 것은 아닌 모양이다.

“평화롭네. 이렇게 느긋한 건, 얼마 만일까?”

“글쎄.”

내내 긴장하고 있던 것은 아니다. 때때로 정신을 쉬게 하지 않으면 도저히 버텨나갈 수 없었다. 하지만 확실히 이렇게까지 모두가 편안하게 쉬는 시간은 그리 흔치 않았던 것 같다.

“여름방학 같네.”

“응….”

쿠자크는 짧게 웃고 이마를 손으로 문질렀다. “여름방학… 이라…” 중얼거리고, “응” 이라며 고개를 끄덕인다. 그다음 말이, 좀처럼 나오지 않는다.

“…여름방학이라. 의미는 뭐, 알지만. 뭔가 좀 다른 것 같은 느낌이 들어. 말로는 잘 못 하겠지만, 여름방학이란 게, 뭘까? 나… 뭐지?”

“그러게. 나도 내가 말해놓고서 이런 말 하긴 그렇지만, 왠지 알겠어."

"하지만 역시 여름방학 같아. 이런 것, 좋지?"

"정말."

"아니, 하지만 여자들, 기운 넘치네."

"쿠자크는 졸리지 않아?"

"여기서 쉬긴 했으니까. 괜찮다고 하면 괜찮은가."

"…나, 코 안 골았어?"

"조금."

"우와. 진짜?"

"하루히로는 나보다 더 지쳤을 거라고 생각해. 머리를 쓰잖아."

"제대로 쓰는 거면 좋겠지만."

"나는 전혀 생각하지 않고. 편하니까. 그 점은…."

쿠자크는 하품을 하고 목을 천천히 좌우로 꺾었다.

이 백사장에는 통나무 같은 것이 여기저기 굴러다닌다. 게다가 가끔씩 어슬렁 움직인다. 그것들은 떠내려 온 나뭇조각 종류가 아니다. 생물인 것이다. 바다표범 같기도 하지만 좀 더 동그랗다. 다가가면 꽤 커서 깜짝 놀라게 되는데, 멀리서 보기에는 제법 귀엽다. 그들 같은 바다짐승 비슷한 동물이 느긋하게, 그러나 잔뜩 모여 누워 있는 것도 특히 마음이 누그러지는 요인 중 하나인지도 모른다.

"바닷물에 저렇게 흠뻑 젖어도 괜찮은 건가? 담수와 달라서 마르면 장난 아닐 것 같은데…."

"그러게." 쿠자크는 웃었다. "처음에는 발만 담갔었는데. 그리고 유메 씨가 우다다 달려가더니. 다들 어느 시점부터 상관 않기로 한 걸까요."

"꽤 활기차네."

갑자기 뒤쪽에서 목소리가 들려서 놀랐다.

돌아보니 온몸에 붕대를 친친 감고 그 위에 옷을 입은 언데드가 몸을 웅크리고 있었다.

"…아. 과장님. 거기 계셨군요. 몰랐어요."

"저도 한동안 잠을 못 잤으니까 쉬었습니다."

"미동도 하지 않았어요."

쿠자크가 그렇게 말하고는 또다시 가볍게 하품을 했다.

유메가 이번에는 메리에게 덤벼들었다. 방심하고 있었던 건지 세토라는 시호루에게 옆구리 간지럼 태우기 공격을 당하고 있다.

"그러고 보니, 언데드도 자는 겁니까?"

쿠자크의 질문은 다소 예의 없는 것이 아닐까 하는 생각도 들었지만, 생각해보면 꼭 그렇지도 않은가?

"잡니다" 라고 지미는 태연하게 대답했다. "단, 당신들의 수면과는 다르지 않을까요. 인간은 꿈이라는 것을 꾸지요?"

"꾸지 않을 때도 있지만요. 어, 언데드는 꿈, 안 꾸나요?"

"네. 소멸하기 직전에 긴 꿈을 꾼다고도 하지만요. 그런 건 아무도 알 리가 없죠. 우리의 잠은… 어떻게 표현하면 좋을까? 모든 것이 질척합니다. 예를 들어 말하자면, 늪에 빠진 것 같은 느낌입니다."

"…오히려 더 피곤해질 것 같은데."

하루히로가 그렇게 말하자 지미는 얼굴에 감은 천의 상태를 확인하고 나서, "좋은 것은 아니지요" 라고 인정했다.

"하지만 계속 깨어 있으면 점점 그 늪이 밀어닥치는 겁니다. 졸려

지면—이라는 뜻이겠지요. 아무래도 우리는 쾌감과 불쾌감으로 말하자면 불쾌감을 느끼는 쪽이 훨씬 더 많아요. 당신들의 말로 하자면, 우리는 그다지 즐겁지 않습니다."

"우아. 인간이라 다행이다, 나."

"쿠자크, 너…."

"아, 미안. 지미 씨도 좋아서 언데드가 된 건 아닐 텐데요."

"그러네." 지미는 소리를 내지 않고 웃었다. "저는 언데드가 싫습니다. 나 자신도 포함해서 말이죠. 생물이란 뭔가? 아마도 성장하고, 번식하고, 목숨을 가진 것이라는 뜻 아닐까요? 그렇다면 언데드는 생물이 아니지요. 목숨이라는 것은 너무 개념적이라서 잘 모르겠지만, 우리는 성장하지 않고 번식도 할 수 없으니까요. 우리는 도대체 뭘까? 항상 생각했어요. 차라리 노 라이프 킹의 저주로 움직이는 허망한 좀비나 스켈톤처럼 아무 생각이 없으면 편할 텐데."

"지미 씨는 인간 같네. 아니, 다른 언데드는 잘 모르지만요."

"저는 인간인 척하고 있답니다, 쿠자크 군. 아무리 해도 인간이 될 수는 없는데도요."

"…음—. 어려운 건 저는 모르겠어요. 하지만 척이든 뭐든, 그렇게 보인다면 괜찮지 않아요? 왜냐하면 지미 씨는 언데드가 싫고 인간처럼 보이는 게 좋으니까 그렇게 하는 거지요? 언데드가 나쁜 건지 아닌지는 뭐, 접어두고라도."

"네. …저는 언데드 이외의 뭔가가, 될 수 있다면 되고 싶었어요. 불가능하지만."

"뭐지? 그런, 의사? 그게 중요하다고나 할까. 무슨 족이냐 하는 것보다는 그쪽이 중요한 것 아닌가요? 어떻게 하고 싶고 실제로 뭘 하고 있나 하는 것. 솔직히 별로 무슨 족이든 상관없다고 생각하거든요. 나는 지미 씨가 싫지 않아요. 잘은 모르지만. 느낌상으로?"

"그렇습니까?"

지미의 목소리는 평탄했다. 그래도 미묘한 억양이나 공백으로 감정을 엿볼 수가 있다. 바로 지금처럼.

"나에게 그런 말을 한 인간은 당신이 두 번째입니다. 당신은 분명 호인이라는 부류겠지요."

아마도 지미는 기뻐하는 거라고 생각한다. 동시에 쑥스러워하는 건지도 모른다.

쿠자크는, 호인이랄까.

좋은 녀석이지.

생각해보면, 최초의 파티가 붕괴하고 오로지 쿠자크만 혼자 살아남았다. 엄청나게 가혹한 경험을 하고 밑바닥에서 기어 올라왔다. 게다가 누군가가 도와주기를 기다리는 것이 아니라 자기 쪽에서 움직였다. 하루히로에게는 구비되지 않은 포지티브한 자세다.

쿠자크는 비장감을 풍기거나 하지 않고 비관하는 일도 없다. 메리에게 호감을 품었다가 차였어도 별로 좌절하거나 하지 않았다. 그보다 말이지. 메리, 왜 쿠자크를 찬 거지?

이런 녀석 좀처럼 없다고. 우량 물건인데. 물건은 아닌가? 아니, 어쨌든, 정말로. 만약 하루히로가 여자고 쿠자크 같은 남자가 자기를 좋아한다고 한다면, 뭐, 나쁜 기분은 들지 않을 것이다. 막내 같은 성격이 약간 미덥지 못하게 느껴지는 경우도 있지만, 그러면서도 주저 없이 몸을 던진다. 모성 본능을 자극하면서도 동시에 남자답다. 이렇게 좋은 녀석인데 하루히로는 한때 그를 질투하기도 했었다. 자기 마음의 얄팍함에 슬픔마저 느낀다.

"웅냣?! 하루 군. 일어났어?!" 유메가 소리쳤다.

그쪽을 보니 유메가 "우어—이이!" 하고 손을 힘껏 흔들고 있다.

하루히로도 손을 흔들어주었다.

"방금 전에 일어났어."

"그럼 있지, 하루 군과 쿠자쿵도 이리 안 올래?! 그리고 지미찡도. 다 같이 놀자—!"

"저는 사양하겠습니다." 지미는 태연히 말했다. "헤엄을 못 쳐서."

"어, 해적인데…."

"언데드는 가라앉습니다."

"그런 건가요?"

"저만 그런지도 모르지만요."

"자."

쿠자크는 왼쪽 다리를 흔들어 키이치가 자발적으로 다리에서 떨어지는 것을 기다린 후에 일어섰다.

"자, 하루히로. 가끔씩은 있지. 레크리에이션? 동료들끼리 친목을 도모한달까, 그런 것도 필요하잖아."

"…그런가?"

아직 피로가 가시지 않았고 솔직한 심정을 말하자면 귀찮았지만, 지금은 분위기를 파악해야겠지. 게다가 함께 놀면 역시 분명 즐거울 것이다. 하루히로는 "영차" 하고 몸을 일으켰다.

"자, 자. 뛰어, 뛰어."

쿠자크에게 손목을 잡혀 끌려갔다. 하루히로가 "읏…" 하고 고꾸라질 뻔하자 쿠자크는 웃었다. 일일이 항의하는 것도 귀찮다. 하루히로는 저항하지 않고 발을 빨리 움직이기로 했다.

"아아, 그렇지. 주의해주세요—" 인지 뭔지 지미가 말한다.

"어, 뭘?"

돌아보려고 했더니 쿠자크가 하루히로를 안아들고 "이얍—" 하고 바다로 내던졌다.

"어이, 잠깐—. 이 괴력—."

이 근처는 아직 바닷물이 복사뼈 정도까지의 깊이밖에 안 되지만, 밑에는 모래라서 부드러워 반사적으로 낙법 자세를 취했다. 하지만 온몸이 완전히 물에 빠졌다. 하루히로는 벌떡 일어났다.

"뭐하는 거야? 쿠자크, 너!"

"와하하하. 나 잡아봐—라."

쿠자크가 유난히 높이 허벅지를 올리고 바닷물을 차올리면서 뛰어갔다.

"거기 서라니까!"

하루히로가 쫓아간다. 쿠자크는 이상하게 달리는 탓도 있어서 별로 빠르지 않았다. 이런 거라면 금방 따라잡는다.

"오호—! 빈틈 발견!" 유메가 뒤에서 덤벼들었다.

"충분히 예상했고!"

하루히로는 옆으로 스텝을 밟아 유메의 돌격을 피한다.

갑자기 쿠자크가 방향을 틀어 덤벼드는 것도 예측한 바였다.

"간다! 보디 슬램…!"

"누가 당할 줄 알고!"

옆으로도, 뒤로도 아니다. 앞으로. 하루히로는 자세를 낮추고, 두 팔을 벌려 태클을 감행하는 쿠자크 밑을 빠져나갔다.

"꽥."

쿠자크는 바닷물에 보디 슬램인지 뭔지를 작렬시키는 꼴이 되었다. 그 모습을 똑똑히 두 눈으로 확인하려고 한 것이 실수였던 건지도 모르겠다.

"잡았다…!" 등 뒤에서. 이것은—세토라의 목소리다.

하루히로는 돌아보지도 않고 옆으로 뛰어 도망치려고 했다. 늦었나?

"밀정의 기술은 다른 이름으로 인술(忍術)이라고도 한다! 공풍차(空風車)…!"

"우웃…."

뭐야? 이거.

아마도 등과 허벅지 부근을 붙잡힌 것 같다. 그리고, 무슨 짓을 당한 건가? 모르겠다. 아무튼 하루히로의 몸은 빙글, 엄청난 힘으로 옆으로 회전했다. 세토라는 이런 체술까지 쓸 수 있는 건가? 그보다 이런 때 그런 기술을 꺼내는 건 치사하다.

하루히로는 얕은 바다 속으로 내동댕이쳐졌다. 일어나려고 했을 때에는 이미 동료들에게 포위당했다.

"어이, 엇, 앗, 1대5는 비겁…."

쿠자크는 하루히로의 두 팔을, 유메와 세토라가 오른쪽 다리, 시호루와 메리가 왼쪽 다리를 꽉 잡고 있다.

"하나, 둘—."

쿠자크의 구령에 하루히로의 몸이 먼저 오른쪽 방향인 해안 쪽으로 흔들린다. 추 같은 요령으로 힘껏 반동을 살려 이번에는 바다 쪽인 왼쪽 방향으로.

"잠깐, 물건이 아니라니깟—."

"던져…!"

쿠자크가 두 번째의 신호를 보내자 전원이 일제히 손을 놓았다.

우와아….

날아간다. 혹시나 상당한 비거리 아니야? 이거.

약간 무섭기는 했지만 꽤 기분 좋은지도.

아니, 하지만 낙하하기 시작하자 갑자기 공포가.

"오오오오오오오오오오오오오오오오오오오오오오오오오오…?!"

허공에서 발버둥을 친 것은, 그러는 편이 재미있지 않을까 하는 생각이 머리를 스쳤기 때문이다. 뭐, 그 정도로 여유는 있었다.

하루히로는 등부터 착수했다. 하지만 생각했던 것보다 깊은 거 아니야? 여기. 키가 닿지 않을 정도는 아닌가? 금방 떠오르지 않고 약간 시간을 끌었다.

바다 속에서 얼굴을 내밀고 "뭐하는 거야아아아아아!" 하고 큰 소리로 외치자 동료들이 폭소했다. 쿠자크는 배를 부여잡고 눈물까지 흘린다. 하루히로 나름대로 반응을 노리기는 했지만, 그렇게까지 재미있었나? 평소에 하루히로는 이런 일을 하지 않으니까 의외성도 있어서 더 기뻐하는 건지도 모른다. 이런 것도 가끔씩은 괜찮은가? 가끔씩으로 충분하지만.

"젠자아아앙…!"

하루히로는 바닷물을 헤치면서 쿠자크를 향해 돌진했다. 수심이 어깨 정도까지 오고 파도가 오면 좀 더 깊어지기 때문에 열심히 걸어가도 스피드가 나지 않는다. 그것이 더 우스운지 다들 크게 웃고 있다.

"어—이…!"

지미가 물가에서 외치고 있다. 그도 보고 있다가 끼고 싶어진 걸까? 그런 느낌은 아닌 것 같은데?

밀려오는 파도와 함께 뭔가가 하루히로 바로 곁을 지나갔다. 하나가 아니다. 잇달아 지나간다. 그중에는 하루히로에게 몸을 비비고 가는 것도 있었다. 생물이다. 백사장에 굴러다니던 그 바다짐승 같은 놈들인가?

"아아아앗! 하루히로…!"

쿠자크가 눈을 크게 뜨고 어딘가를 가리킨다.

"하루, 뒤에!" 메리가 소리를 질렀다.

유메와 시호루, 세토라도 제각각 큰 소리로 뭔가 말한다.

"어, 뒤—." 하루히로는 돌아보았다. "라니? 하아아아아아아아아아아…?!"

뭔가가 크게 입을 벌리고 있다. 아까 그 바다짐승 같은 놈이 아니다. 다른 생물이다. 뭐지? 라거나, 생각하고 있을 때가 아니야. 가깝다. 엄청 가까운데요. 잡아먹히는 것 아니야? 이건. 혹시나. 아니, 혹시나가 아니라 상당히 위험한 것 아닌가?

"타앗…!"

하루히로는 의문의 기합 소리를 내며 죽기 살기로 왼쪽 방향으로 뛰었다고 생각했지만, 엄청난 파도에 휩쓸려 뭐가 뭔지 알 수가 없었다. 그래도, 그렇다는 건, 살아 있다는 건가? 잡아먹히지는 않은 모양이다.

거대한 생물이 바다 속을 돌진해 나아간다. 파도보다도 그 생물이 일으키는 물살이 하루히로를 마구 흔들어댔다. 상어? 범고래라거나? 아마도 그런 종류의 생물 같다. 하루히로는 섬뜩했다. 평범하게 죽을 뻔했어…?

지금도 아직 죽을 것 같긴 하지만.

안 좋아. 빠지겠다고.

간신히 바다 위로 얼굴을 내밀어 숨을 들이켜다가 상당한 양의 바닷물을 마시고 말았다.

"우에에, 짜."

쿠자크와 동료들이 꺅꺅 외쳐대면서 이리저리 도망쳐 다닌다. 저 생물은 상어도, 범고래도 아닌 건가? 백사장으로 올라가 바다짐승 같은 생물을 잇달아 공격하고 있다. 팔처럼 발달한 앞발로 사냥감을 가볍게 내던지기도 하고, 땅 위에서 점프해서 덤벼들어 무는 곡예는 아마도 상어나 범고래에게는 무리겠지. 백사장에서 우아하게 낮잠을 즐기던 바다짐승 비슷한 생물들은 대거 바다로 도망쳤다.

"…안 돼. 들떠서 정신을 놓으면 대개 이런 꼴을…!"

하루히로는 육지로 향하고 있었지만 도망치는 바다짐승 같은 짐승들이 마구 충돌해서 마음먹은 대로 앞으로 나가지를 못했다.

외침 소리가 오가고 짐승들이 짖는 소리와 비명이 메아리친다.

해는 가라앉으려고 했다.

10. 차가운 바람

로로네아 북쪽은 바로 밀림이다. 그렇기는 해도 30~40미터 정도는 나무를 채벌해서 들판이 되어 있다. 평소에는—이랄까, 예전에는 풀들이 무성한 토지였던 모양인데, 지금은 거기에 즉석 포장마차며 노점들이 밀집해 있고 보아하니 어느 가게도 밤낮을 가리지 않고 영업하는 것 같다.

하루히로 일행은 이 로로네아 북쪽의 임시 시장에서 갈아입을 옷을 샀다. 역시 요로즈 위탁 상회의 지점은 없어서 소지금은 얼마 안 되고, 물건의 종류가 남국풍이랄까, 다소 화려한 의류가 많아 고르느라 약간 고생했지만, 간신히 행색은 갖췄다.

용은 화가 났다. 누군가가 용을 화나게 할 만한 짓을 한 것이다. 그리고 누가 무엇을 했든 용은 둥지와 사냥터를 날아서 왕복할 때 이외에는 모습을 보이지 않았다. 용에게 뭔가를 하려고 한다면, 기본적으로는 둥지로 들어가지 않으면 무리겠지. 용의 둥지에 접근하려면 밀림을 지나가야 할 것이다. 그리고 밀림에는 루나루카가 산다. 루나루카라면 뭔가 알고 있을지도 모른다.

하루히로 일행은 루나루카 해적인 찌하의 안내로 북쪽 밀림에 발을 들여놓았다.

찌하가 말하길—실은 유메의 분위기 통역에 의하면, 루나루카는 딱히 비밀주의인 것은 아니지만 소심한 것은 틀림없는 모양이다. 불러도 우선 나오지 않는다. 그러나 이쪽에서 찾아가 정중하게 부탁하면 이야기를 들어주는 루나루카도 개중에는 있으리라.

덧붙여 말하자면 루나루카는 대개 오후에 일어나 늦게까지 자지 않는다고 한다. 만나려면 차라리 밤이 좋다. 찌하는 친족이 있는 마을까지라면 안내할 수 있다고 했다.

참고로 지미 과장에게는 별도로 뭔가 용과 관련된 소문이 없는지 조사해달라고 했다.

용은 어째서 화가 난 건가? 하루히로는 짐작도 할 수가 없었지만, 용은 마구잡이로 날뛰는 것이 아니다. 보복이라고 생각해도 다소 미적지근하지 않은가? 예를 들면 위협하는 것이라거나? 절대적인 힘을 과시해서 로로네아 사람들에게 뭔가를 요구하고 있다. 그런 식으로 생각할 수 없을까?

실은 퍼뜩 생각난 것이 딱 한 가지 있다.

알 혹은 어린 용이다.

누군가가 용의 둥지에 숨어들어가 용의 알이나 새끼를 훔친 것이 아닐까?

용의 생태나 능력을 모르니까 상상일 뿐이지만, 용은 알이나 새끼의 냄새를 뒤쫓아 로로네아 마을에 숨겨졌다는 사실을 알아냈다거나. 그래서 자기 새끼를 돌려달라고 말로 전할 수는 없어서 태도로 보이는 것이라거나.

용의 새끼가 어느 정도 크기인지는 모르지만, 성체는 보는 바와 같이 거대하니까 그리 작지는 않겠지. 울거나 날뛰기도 할 것 같고. 알 쪽이 현실적일까? 혹은 이미 새끼 용은 죽었지만 어미 용은 아직 살아 있다고 생각한다거나.

그러나 용의 알이나 새끼를 위험을 무릅쓰고까지 훔칠 만한 가치가 과연 있을까?

그 점에 관해서는 없다고는 잘라 말할 수 없다는 것이 지미의 견

해였다. 틀림없는 진짜라면 알이나 살아 있는 새끼 용은 물론이고 예를 들어 새끼 용의 시체라도 원하는 자는 잔뜩 있을 것이다.

로로네아는 해적의 마을이지만 해적과 거래하는 상인도 방문한다. 그런 상인의 배나 해적선에 종종 바다 사람인지 산 사람인지 구분이 안 되는 남녀가 섞여 들어오기도 한다. 트레저 헌터라고 할까, 예를 들자면 라라&노노처럼 모험가 같은 인물이, 본래는 금기 구역인 용 둥지에 발을 들이고 용의 알이나 새끼 용을 들고 나왔다. 있을 수 없는 이야기는 아니다.

그리고 만약 그런 일이 실제로 있었다고 한다면, 뭔가 보거나 들은 자가 한두 명은 있어도 이상할 것 없다. 용이 항구를 한 번밖에 공격하지 않았다는 점도 마음에 걸린다. 이것도 상상의 범주에서 벗어나지 않지만, 그때 범인은 알이나 새끼 용을 갖고 2번 잔교에 있었던 것이다. 아니면 잔교에 정박 중이었던 배를 타고 있었다. 그리고 아슬아슬하게 위험에서 벗어난 범인은 마을에 잠복했다. 그 이후로 용은 로로네아를 습격해서 알이나 새끼 용을 돌려달라고, 그렇지 않으면—이라고 위협하고 있는 거라거나.

증거는 없으니, 되풀이해 말하지만, 이상은 어디까지나 하루히로의 상상일 뿐이다.

단, 누군가가 용에게 뭔가 좋지 않은 짓을 했다. 그 누군가는 로로네아에 있다. 적어도 로로네아에 있었다. 거기까지는 일단 틀림없을 것이라고 하루히로는 짐작했다.

그 누군가가 영리한 자라면 전혀 흔적을 남기지 않았을지도 모른다. 꼬리를 잡을 수는 없어도, 꼬리의 털 한 가닥 정도는 어딘가에 떨어져 있을지도 모른다.

밤의 밀림은 꽤나 무서운 장소지만 하루히로 일행에게는 다룽갈이나 사우전드 밸리의 경험이 있고 안내역인 찌하도 있다. 짐승의 울음소리를 듣기도 했고 기척을 느끼는 일은 몇 번 있었으나 딱히 아무 일도 없이 두 시간 정도 걸었을까?

"아직 시간이 걸릴 느낌입니까?"

쿠자크가 그렇게 말하자 유메가 "시간? 걸린다? 아직?" 이라고 찌하에게 물었다. 그건 그냥 단어로 분해한 것뿐이잖아. 그래도 찌하는 "쫌 더" 라고 대답했다.

이윽고 앞쪽에 불 같은 것이 보였다. 아마도 횃불이나 그런 것일 거다. 다가가자 그것은 화톳불이었고 옆에 루나루카 한 명이 서 있었다. 찌하가 루나루카 말로 인사를 하자 상대방 루나루카도 한마디 대답했다.

"와. 이쪽."

찌하가 손짓으로 화톳불 너머를 가리켜 하루히로 일행을 인도했다. 화톳불 옆에 서 있는 루나루카는 찌하와 마찬가지로 옷을 입고, 활과 화살 통을 어깨에 걸고, 허리에 손도끼를 찼다. 지나치는 하루히로 일행에게서 눈을 떼지 않았지만 적의 같은 것은 딱히 느껴지지 않는다. 하지만 뭔가 묘하다. 도대체 뭐가 묘한 거지? 분명하게는 말로 표현할 수 없지만, 뭔가가 걸린다.

"찌하."

하루히로가 말을 걸자 찌하는 "응―?" 이라고 곧바로 대답했다.

"루나루카 마을에는 자주 돌아와?"

"아니."

"젠장."

하루히로는 자기도 모르게 욕설을 내뱉으며 재빨리 움직였다. 대거를 뽑고 찌하를 찍어 누르고 목덜미에 칼날을 들이댔다.

"하루 군?!"

"어…."

놀라는 유메와 쿠자크에게 "경계!" 라고 지시를 내리고, 몸부림치려는 찌하에게 "움직이지 마" 라고 위협했다.

"알지? 내가 하는 말. 처음부터 전부 알아들었지? 우리를 함정에 빠뜨리려고 하는 거지?"

찌하는 저항하려고는 하지 않았지만 대답도 하지 않는다.

누군가가 다가온다. 아까 화톳불 옆에 있던 루나루카다. 활에 화살을 메기고서 당기고 있다.

세토라가 키이치를 가만히 어둠 저편으로 보내려고 했더니 루나루카가 화살을 날렸다. 키이치는 끽 하고 외치며 펄쩍 뛰었다. 간발의 차이로 화살을 피하긴 했으나 위험할 뻔했다. 게다가 루나루카는 이미 다음 화살을 준비하고 있다. 저 루나루카는 상당한 사수다.

"…경솔했나." 세토라가 중얼거렸다.

그럴 생각은 없었지만, 긴장이 풀렸던 건가?

메리가 "더 있어…" 라고만 말했다.

시호루는 태세를 갖추고 천천히 숨을 내쉬었다.

앞쪽에서, 그리고 오른쪽에서, 왼쪽에서도 소리가 들린다. 굳이 발소리를 죽이지 않는다. 여기에 있다, 여기에도 있다—고 하루히로 일행에게 전하려고 한다.

쿠자크가 대검을 뽑으려고 했더니 활을 든 루나루카가 "이안낫" 이라고 무서운 목소리를 냈다.

"검, 뽑으면 안 돼." 찌하가 낮은 목소리로 말한다. "화살, 쏜다. 독화살. 금방, 죽는다."

"쿠자크."

하루히로가 머리를 절레절레 흔들어 보이자 쿠자크는 대검 칼자루에서 손을 놓았다.

"우리를 죽일 건가?"

"찌하, 결정, 없다."

"누가 결정하지?"

"파파."

"…아버지?"

"찌하 파파. 카무시카 리더."

"족장 같은 것인가? …그렇다는 건, 찌하는 족장 후계자?"

"형, 있다."

보아하니 하루히로 일행을 은밀히 포위해서 함정에 빠뜨린 루나루카들의 통솔자는 바로 그 형인 모양이다. 왠지 찌하와 닮은 것 같지만 좀 더 키가 크고 다부진 체격의 루나루카가 걸어와서 그들의 언어로 뭔가 말했다. 찌하의 통역에 의하면, 저항하지 말고 얌전히 따르면 아직 죽이지 않겠다고 한다. 아직, 이라니 너무나 불길하지만, 찌하의 형은 열 명도 넘는 루나루카를 지휘하고 있는 것 같고, 아무래도 그 전원이 활을 들고 하루히로 일행을 겨냥하고 있는 것 같다. 화살에 치사성 독을 칠했다는 찌하의 말을 의심할 근거는 없다. 우선 시키는 대로 하는 수밖에 없을 것 같다.

하루히로 일행은 손을 뒤로 돌리고 밧줄로 꽁꽁 묶여 연행되었다. 키이치는 처음으로 다가오는 루나루카에게 이빨을 드러내며 위협했으나, 세토라가 "하지 마, 키이치" 라고 말리자 잠자코 묶였다. 회색 냐아는 루나루카가 짊어지고 짐짝처럼 운반했다.

도중에 "난감하네, 왜 이런 일이…" 라는 듯한 말로 구시렁거리던 세토라가 "앗" 하고 뭔가에 발이 걸려 하루히로와 가볍게 추돌했다. 루나루카에게서 "이안낫" 이라고 주의를 받았다.

"미안하다."

세토라는 순순히 사과하고 하루히로에게서 떨어졌다.

대충 30분 만에 화톳불이 몇 개나 빛나는 마을 같은 장소에 도착했다. 나무 위에 만들어져 고상식이라고 부르지 못할 것도 없는 건물이, 어느 정도 있는 거지?

잘 모르겠다. 낮에도 나무들에 섞여 판별하기 힘들지 않을까? 단, 결코 작은 집락은 아닌 것 같다.

많은 루나루카가 하루히로 일행을 기다리고 있었다. 수십 명은 넘는다. 백 명 이상이다. 2백~3백 명은 된다. 체격을 보아하니 어른들뿐만이 아니다. 어린아이도 섞여 있다. 그들이 입은 의류는 아마도 로로네아에서 입수한 것이겠지. 그들의 체형에 맞게 고쳐서 입는 것 같았다.

모든 루나루카가 키에 맞는 사이즈의 활과 화살 통을 어깨에 메고 있었다. 거기에다가 손도끼와 나이프, 월도 종류를 허리에 찬 루나루카가 대다수다.

얼굴은 하나같이 여우를 닮았고 몸의 크기로밖에 노소를 구별할 요소가 없지만, 어쩌면 체모의 양은 나이에 비례해서 늘어나는 건지도 모르겠다. 작은 루나루카는 털이 적고 노인으로 짐작되는 루나루카는 유난히 북슬북슬했다.

하루히로는 광장 한가운데에 지핀 커다란 화톳불 앞에 앉혀졌다.

찌하와 그의 형으로 보이는 다부진 체격의 루나루카가 뭔가 심각하게 이야기하고 있다. 다른 루나루카는 하루히로 일행을 먼발치에서 구경하고 있는 것 같다. 로로네아에 드나드는 루나루카는 소수이며 그 외에는 별로 외부와 접촉이 없어 인간이 신기한 건지도 모른다.

"…찌하는 처음부터 유메네를 속인 건가?"

유메는 고개를 숙이고 있고 보기에도 풀이 죽어 있었다.

"딱히 우리를 속인 것은 아니겠지."

반면에 뒤로 돌린 두 손을 꽁꽁 묶였는데도 세토라는 태연하게 정좌한 채로 등줄기를 쭉 펴고 있다. 옆에 앉은 키이치가 세토라의 자세를 흉내 내고 있어 좀 재미있다.

"무슨 속셈이 있어서 K&K 해적 상회에 잠입한 건지도 모르지만, 인간의 말을 거의 모르는 척하는 편이 유리했겠지."

"유메, 그렇게 많이 찌하랑 이야기했는데, 전혀, 조금도, 눈치 채지 못했어…."

"아니." 쿠자크가 쓴웃음을 짓는다. "그건 있잖아요, 유메 씨뿐만이 아니라 우리도 마찬가지 아닌가? 유메 씨가 통역해주는 걸 보면서 뭔가 이상하다거나 그렇게는 전혀 생각하지 못했으니까."

"끙—. 유메, 띨띨하네…."

갑자기 루나루카 사람들의 울타리가 갈라지고 한층 더 북슬북슬한 루나루카가 한층 몸집이 큰 루나루카를 동반하고 나타났다.

두 사람이 하루히로 일행 앞에서 발을 멈추자 주위 일대가 조용해졌다.

북슬북슬 루나루카가 뭔가 말한다. 덩치 큰 루나루카가 그것을 통역했다.

"인간이 숲에 들어온다. 루나루카는 허락하지 않는다. 너희들, 나쁜 인간이다."

찌하보다도 유창해서 약간 놀랐다.

어쨌든 저 루나루카는 크다. 쿠자크보다도 키가 더 크다. 상체는 소매 없는 조끼 같은 것만 입었는데 가슴둘레가 엄청나서 당장이라도 찢어질 것 같다. 목과 어깨, 팔도 두껍고, 다른 루나루카들과는 몸집이 지나치게 차이가 난다. 얼굴은 똑같이 여우지만 정말로 같은 종족이 맞는 걸까?

"우리는 나쁜 인간이 아니다."

하루히로는 그렇게 말문을 열고 나서 북슬북슬 루나루카와 덩치 루나루카를 순서대로 보았다.

"괜찮습니까? 상황을 설명해도."

덩치가 통역하고 북슬북슬이 끄덕였다. 덩치가 "말해라" 라고 재촉했다. 하루히로는 한 번 숨을 내쉬었다.

"…용이 로로네아를 습격한 일은 당신들 루나루카도 알고 있겠지요? 우리는, 누군가가 용을 화나게 할 짓을 한 탓이라고 생각합니다. 그 누군가를 찾고 있습니다. 무엇을 했는지 밝혀내고 싶어요. 분명 그 누군가는 용의 둥지에 들어가 뭔가를 훔친 게 아닐까 생각합니다."

덩치는 북슬북슬에게 귓속말로 하루히로의 말을 전했다. 무서운 말을 하면 게우구우인지 뭔지가 와서 병에 걸린다고 찌하가 말했었다. 아마도 용의 노여움과 관련되는 사항은 게우구우를 불러들일 수도 있다고 루나루카들은 믿고 있을 거다. 그래서 덩치는 다른 루나루카에게 들리지 않도록 목소리를 작게 하는 것이겠지.

북슬북슬도 덩치에게 뭔가 속삭였다. 덩치는 고개를 끄덕이고는 하루히로를 노려보았다.

"너는 나쁜 인간. 네 말, 차가운 바람을 부른다."

게우구우가 가까이 오면 차가운 바람이 불어서 금방 알 수 있다고 했던가. 금기의 화제를 입에 올린 것부터가 하루히로는 루나루카에게 충분히 나쁜 인간이라는 건가? 이건 어쩌면 혹시나? 진짜로 죽임을 당할지도 모르는 것 아닌가…?

아니, 아직 거기까지 다가가지는 않았겠지. 이것은 극복할 수 없을 만큼 절체절명의 위기가 아니다—라고 생각한다. 직감일 뿐이지만.

"나쁜 인간은 우리가 아니라 달리 있지요. 지금도 아직 로로네아에 숨어 있을 겁니다. 나쁜 짓을 한 것은 그 녀석인 겁니다. 내버려둬도 되는 겁니까?"

"그것은 너희들 문제. 루나루카와는 관계없다."

"우리는 힘을 좀 빌려주길 원하는 것뿐입니다."

"루나루카는 관여하지 않는다."

"이대로 가면 해적들은 로로네아를 버릴 겁니다. 당신들도 로로네아가 사라지면 곤란할 텐데."

"옛날, 로로네아는 없었다. 루나루카는 곤란하지 않다."

덩치는 이제 북슬북슬에게 일일이 통역하지 않았다. 북슬북슬이 족장 같은 존재라면 덩치는 그 후계자인지도 모른다. 아니면 덩치가 족장, 즉, 찌하의 파파고, 북슬북슬은 장로라고 할까, 회장 같은 입장의 전 족장이라거나.

어느 쪽이든, 어디까지 찔러봐도 될지 판단하기가 어렵다. 덩치를 격노시키면 즉각 처형당할 가능성도 있다. 공격하지 않고 저자세로 나가며 목숨을 구걸하는 편이 좋을까?

"파파." 찌하가 나서서 북슬북슬에게 루나루카 말로 뭔가 말하기 시작했다. 역시 저 북슬북슬이 찌하의 아버지인 모양이다.

"찌하!"

덩치가 찌하를 야단쳤다. 찌하는 덩치에게 뭔가 반론하고 더욱이 북슬북슬 파파에게 격하게 말을 이었다. 보아하니 찌하는 하루히로 일행을 변호해주는 것 같다. 하루히로 일행을 함정에 빠뜨리는 짓을 해놓고서는 이제 와서 뭐냐는 생각이 안 드는 것도 아니지만, 편을 들어준다면 고맙다.

힘내라, 찌하. 결렬되면 하루히로 일행은 최악의 경우, 실력 행사로 나서야만 한다. 그렇게 되면 피차 무사하지는 않겠지. 어린아이도 있고, 가능하면 그것은 피하고 싶다.

찌하는 아직 열변을 토하고 있다.

하루히로는 주위의 상황을 살폈다. 여차하면 어떻게 움직일 것인지.

사실을 말하자면, 하루히로는 면도칼 같은 작은 칼을 숨기고 있어서 언제든지 밧줄을 끊을 수 있다. 이 마을에 도착하기 전에 세토라가 일부러 부딪쳐 와서 몰래 건네주었다. 분명 세토라도 같은 것을 갖고 있으리라. 하루히로와 세토라는 마음만 먹으면 곧바로 구속을 풀 수 있다.

루나루카들은 하루히로 일행의 두 손을 묶은 것뿐이고 무장 해제조차 시키지 않았다. 조심성이 있다고는 빈말로라도 말할 수 없다. 독화살만은 요주의지만, 모여 있는 루나루카들 안쪽으로 재빨리 뛰어 들어가버리면 오인 사격 위험성이 있으니 화살은 쓸 수 없을 것이다. 북슬북슬 족장을 인질로 잡는 방법도 있다. 그쪽이 확실할지도 모른다.

이왕 할 거면 상대방의 의표를 찌르고 싶고, 이러지도 저러지도 못하게 되기 전에 결행해야 한다.

하루히로가 움직이면 동료들은 반응해주겠지. 그 점은 걱정하지 않는다.

찌하가 하루히로 일행을 가리키며 격렬한 말투로 뭔가 말한다.

슬슬 때가 되었나?

아직인가?

실수하면 일이 커진다. 그것은 그렇지만, 지나치게 실패를 의식하면 몸이 굳어버려 최선을 다하기가 어려워진다. 어느 정도는 배짱을 부리는 수밖에 없다. 뭐가 어떻게 되든, 그때는 그때다.

"투완랏, 싯텟!" 하고 찌하가 외치자마자, 구경하던 루나루카들이 와—하고 끓어올라 하루히로는 약간 동요했다.

"투완랏." "투완랏." "투완랏." "투완랏." 루나루카들이 발을 구르면서 저마다 외친다. 상당히 흥분한 것 같다. 큰일 났다. 이 분위기 속에서는 과연 움직이기 힘들다.

갑자기 덩치 루나루카가 자기의 두꺼운 가슴팍을 두드렸다.

"투완랏. 차가운 바람, 물리친다. 나는, 카무시카의 수장, 파파둣토의 첫 번째 아들, 뫄단! 너희들 인간, 나와 싸워라, 1대1 결투!"

하루히로는 연속으로 두 번 눈을 깜빡였다.

"…엉? 결투—라니…?"

"그럼, 접니까?"

쿠자크가 일어서자 루나루카들이 한층 더 들끓었다.

"투완랏!"

"투완랏!"

"투완랏!"

"투완랏!"

"투완랏…!"

"…아니, 아니, 아니."

하루히로는 멍하니 "…왜?" 라고 중얼거렸다.

"어?"

쿠자크가 고개를 돌려 하루히로를 내려다보았다. 의아하다는 듯한 얼굴을 하고 있다.

"안 되나? 상대방이 크니까 역시 내가 하는 거라고 생각했는데요."

"…그런 문제가 아니라."

루나루카들은 고조될 대로 고조되어 이미 열광하고 있고, 덩치 루나루카 뫄단은 조끼를 벗어 던지며 한눈에 보기에도 의욕이 충만했고, 쿠자크도 받아들여주마—라는 기백이 미묘하게 용솟음치기 시작했다. 두 사람은 이제부터 1대1 결투를 할 모양이다.

그러니까, 어째서냐고?

11. 전심전력을 보여봐

커다란 화톳불은 치우고 광장에 열두 개의 작은 화톳불로 원형 결투장을 만들었다.

카무시카족의 수장 파파 둣토와 그 장남인 뫄단, 그리고 대전자인 쿠자크 이외는 결투장에 한 발자국도 발을 들여서는 안 된다. 하루히로 일행은 당연히 결투장 바깥쪽에 앉혀졌다.

뫄단과 마찬가지로 쿠자크도 갑옷을 벗고 상체는 알몸이 되었다.

파파 둣토가 양쪽의 신체검사를 해서 무기가 될 만한 것을 일절 소지하지 않았음을 확인했다. 결투는 맨손으로 행하는 것이다.

찌하가 더듬더듬 인간의 언어로 설명을 좀 해주었다. 투완랏이라는 것은 결투 그 자체가 아니라, 게우구우를 쫓아내기 위해 행하는 의식을 가리킨다고 한다. 두려움을 모르는 사나이들끼리 목숨을 걸고 힘을 겨루는 것을 의미하며, 게우구우는 용감한 사내들을 싫어해서 도망친다고.

더욱이 규칙은 분명히 있다.

무기 사용은 금지.

장외로 나가버리면 패배. 죽으면 패배. 항복은 없음.

이상이다.

단순 명쾌하고 깔끔하다. 무기만 사용하지 않으면 온갖 공격이 허용되는 모양인데, 찌하의 말로는 비겁한 행동은 바람직하지 않다고 한다. 정정당당하게 맨손으로 서로 죽고 죽인다는 건가? 상당히 위험한 것 아닌가? 이거…?

결투장 중앙에 파파 둣토가 엄숙한 표정—이라고는 해도 여우

얼굴이라서 인간인 하루히로는 그 표정을 잘 알 수 없으니 왠지 그런 느낌이 드는 것뿐이지만, 아무튼 엄숙한 듯한 분위기를 풍기며서 있다.

뫄단은 결투장 가장자리에서 몸을 굽혔다 폈다 하기도 하고 팔을 돌리기도 하며 준비 운동에 여념이 없다. 루나루카들은 뫄단의 일거수일투족에 고조되고 있다. 대충 둘러봐도 그만큼 훌륭한 체격의 루나루카는 없으니 뫄단은 카무시카족의 영웅 비슷한 존재인지도 모른다. 참고로 카무시카족은 루나루카 중의 한 부족으로, 본섬에서는 최대의 규모를 자랑한다고.

쿠자크는 상체를 틀기도 하고 아킬레스건을 쭉 뻗는 등 스트레칭 계통의 체조를 꼼꼼히 하고 있었다. 편안하게 몸을 움직이고 있어서 전혀 긴장하지 않은 것처럼 보이지만, 사실은 어떨지.

"쿠자쿵…!"

유메가 말을 걸자 쿠자크가 이쪽을 보며 히죽 웃었다.

"꽤나 여유네."

그렇게 말하는 세토라도 태연자약하게 정좌하고 있다. 옆에 있는 키이치가 그나마 귀를 쫑긋 세우고 다소 절박한 분위기인데, 시끄러워서 안정이 안 되는 것뿐인지도 모르겠다.

"쿠자크 군, 힘내…!"

시호루의 목소리는 떨렸다. 온몸에 힘이 들어가서 꽁꽁 얼었다. 시호루니까, 자기 자신이 궁지에 몰린 것보다도 괴롭겠지. 메리도 얼굴이 굳어 있다.

"만약 다치더라도 내가 치료해줄 테니까."

쿠자크는 양쪽 손목을 덜렁덜렁 흔들면서 하얀 이를 보였다.

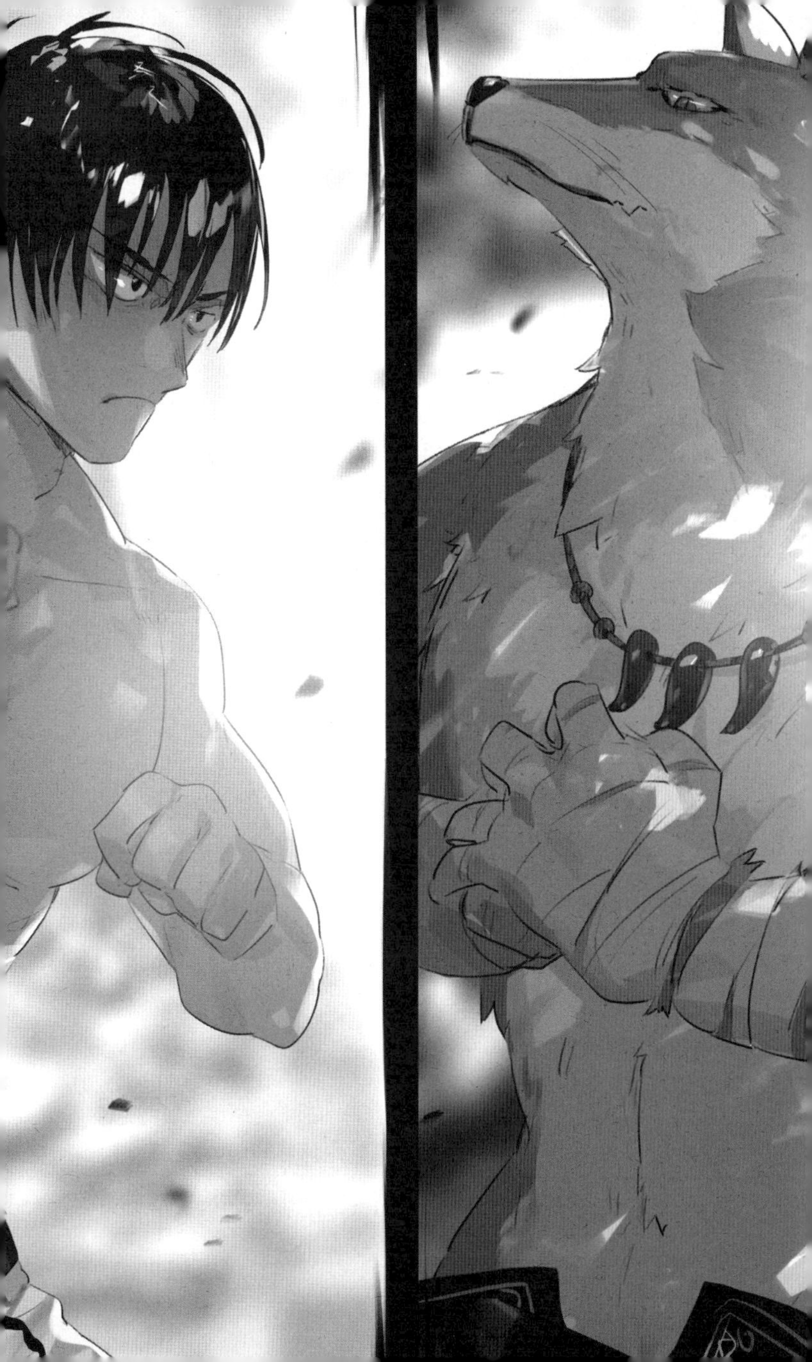

"넵. 그때에는 부탁해. 뭐, 괜찮을 거야. 나한테 맡겨줘요."

제법 큰소리치는데—라고 놀리면 되는 건가? 아니면 평범하게 격려해줘야 할까? 망설이는 하루히로를 향해서 쿠자크는 말없이 엄지를 척 세웠다.

우리 사이에 말은 필요 없다고?

하긴, 뭐.

상대는 상당히 실력에 자신이 있는 것 같다. 저 체격에 덩칫값을 못할 리는 우선 없겠지. 쿠자크는 갑옷과 투구와 방패로 온몸을 방어하고, 두려움 없이 적의 공격을 막아내면서 반격을 노리는 전투 방식을 가장 장기로 한다. 맨손으로 몸싸움이라니, 그런 전술은 전혀 쓸 수 없다. 그래서 걱정이 되긴 되는데, 쿠자크는 여기에서 몇 미터나 떨어진 곳에 있다. 세세한 조언은 해줄 수 있을 것 같지 않다. 아니, 애초에 그럴 필요는 없지 않을까 싶기도 하다.

하루히로가 고개를 끄덕이자 쿠자크는 얼굴에 주름이 잡힐 정도로 웃었다. 왜 그렇게 기쁜 것 같은 거야? 아무래도 괜찮지만, 별로.

"오오—즈레에에. 아—디—스타아—아. 데에—오오—보오—오."

파파 둣토가 두 팔을 벌리고 낭랑하게 울리는 목소리로 선언했다.

"투완랏!"

"투완랏!"

루나루카들이 연호하고 파파 둣토가 계속 발성한다.

"라아—가레에—에. 소오—키이—이이—야아—아. 루레에—

가아—아아—레에—에."

"투완랏!"

"투완랏!"

"아라아—스텟. 나나아—디—이이—야아—아. 투완랏!"

"투완랏!"

"투완랏!"

"오—세에—이요오—오, 카무시카아—오오, 뫄단!"

"뫄단!"

"뫄단!"

"뫄단!"

"우오오오오오오오오오오오오오오오오오오오오오오오…!"

뫄단이 포효하고 오른쪽 주먹을 몇 번이나 하늘로 치켜들면서 앞으로 나섰다.

"오—세에—이요오—오, 누하아—구라아, 쿠자아—크으!"

파파 둣토가 쿠자크의 이름을 부르자 루나루카들이 일제히 이빨을 드러내며 홋—, 홋—, 홋—, 홋—, 홋—하고 손가락 휘파람 같은 것을 날렸다. 하루히로 일행은 지지 않으려고 쿠자크의 이름을 연호했다.

"쿠자아—크…!"

"웅냐앗! 쿠자쿵! 쿠자쿵!"

"쿠자크 군, 파이팅…!"

"쿠자크…!"

"따끔한 맛을 보여줘, 쿠자크…!"

"냐아아아오오오오…!"

"으쌰 으랴아아아아아아아아! 덤벼봐라아아아아…!"

쿠자크는 몸짓으로 루나루카들을 도발하면서 뫄단에게 다가갔다.

양쪽이 40~50센티미터 거리를 두고 마주섰다.

쿠자크의 키가 190센티미터 정도니까 뫄단은 2미터쯤 될까? 어깨 폭은 그리 차이가 없지만 몸의 두께는 뫄단 쪽이 훨씬 위다. 특히 가슴과 허리는 튀어나온 것처럼 탄탄했고 팔과 다리도 근사하게 두껍다. 체모 탓에 더욱 볼륨이 있는 것처럼 보이는 걸까? 아니, 그 점을 감안해도 역시 뫄단 쪽이 훨씬 근육질이다.

"투완랏, 제잇…!"

파파 둣토가 개시 호령을 외치며 뒷걸음질을 쳤다.

뫄단도, 쿠자크도 아직 움직이지 않는다.

루나루카들이 "뫄단, 뫄단" 하고 부추긴다.

그래도 두 사람은 눈도 깜빡이지 않고 서로를 노려본다.

먼저 뫄단이 왼발을 뒤로 빼고 두 손을 얼굴 위치까지 올렸다. 붙잡고 힘겨루기를 하자고 유도하는 것 같다.

단순한 근력 승부라면 몸이 큰 쪽이 유리하다. 쿠자크는 냉정하다. 뫄단의 유혹에 응하지 않고 오른쪽 주먹을 크게 휘두른다. 루나루카들이 훗—훗— 하고 손가락 휘파람을 날린다. 힘겨루기에 응하지 않은 쿠자크를 비겁하다고 비난하는 것이겠지. 한편으로 쿠자크는 주먹으로 패주마, 힘껏 패주마—라고 알기 쉬운 형태로 나타내며 뫄단에게 선택을 요구했다.

"에인…!"

뫄단은 와라—라는 느낌으로 외치더니 두 발로 버티고 서서 앞으로 기울인 자세를 취했다. 당당히 쿠자크의 주먹을 받아내려는 자세다.

"끄ㅇㅇㅇㅇㅇㅇㅇㅇㅇㅇㅇ앗…!"

쿠자크가 덤벼든다. 주먹을 꽉 쥐고는 있지만, 펀치가 아니다. 오른손을 내민다기보다 거의 밀어내는 것처럼 날카롭게 내리친다. 새끼손가락 뿌리부터 손목에 걸친 부분, 손의 새끼손가락 쪽의 측면을 뫄단의 콧잔등에 때려 넣는다.

뫄단은 한순간 비틀거렸다. 코피가 쏟아져 나온다. 그러나 버틴 것뿐만이 아니라 두 손을 맞잡고 내리쳤다.

"타아아아아아아아아아아아아아아아아아아아잇…!"

뫄단의 두 손이 쿠자크의 뒤통수를 직격했다.

한순간, 머리가 날아간 것이 아닐까 생각해버릴 만한 소리가 났지만, 쓰러지지는 않았다. 쿠자크는 바닥을 팔로 짚고 기는 것에 한없이 가까운 자세가 되었다. 그래도 쓰러지지 않고 간신히 버티고 있다.

뫄단은, 흥, 흥 하고 좌우의 콧구멍에서 순서대로 피를 분출시키면서 쿠자크를 찍어 눌렀다. 상체를 쿠자크의 등에 덮어씌우는 것처럼 하고 양쪽 허벅지 뒤를 움켜잡았다. 혹시나 저대로 들어 올릴 셈인가?

그랬다.

뫄단은 "누오아아앗…!" 하고 쿠자크를 들어 올리더니 옆으로 빙글 돌렸다. 쿠자크는 뫄단의 머리 위로 들렸다.

"그만…!" 시호루가 비명 섞인 말을 외쳤다.

루나루카들이 "뫄단!" "뫄단!" "뫄단!" "뫄단!" 하고 그들의 영웅을 재촉한다.

하루히로는 이를 갈았다. 눈을 감지는 않는다.

뫄단이 쿠자크를 바닥에 내동댕이친다. 아니, 그랬으면 차라리 나았겠다. 아니다. 그게 아니었다.

뫄단은 한쪽 무릎을 세웠다. 쿠자크는 바닥이 아니라 뫄단의 오른쪽 무릎에 등을 부딪쳤다. 부러진다니까. 그런 일을 하면. 등골이 부러져버린다고.

쿠자크는 뫄단의 오른쪽 무릎에서 바닥으로 굴러 떨어졌다.

뫄단이 일어서서 오른쪽 주먹을 치켜들었다.

"<u>오오오오오오오오오오오오오오오오오오오오오오오오오</u>…!"

"뫄단!"

"뫄단!"

"뫄단!"

"뫄단!"

루나루카들의 환성이 울려 퍼졌다.

쿠자크는 엎드린 채로 움직이지 않는다. 왼손으로 등을 감싸고 있다. 움직일 수 없는 건가? 설마, 정말로 척추를 당한 건?

"쿠자크…!"

하루히로가 자기도 모르게 일어나려고 하자 누군가가 뒤에서 어깨를 눌러 말렸다. 찌하였다.

"안 돼, 안 돼."

뫄단은 천천히 결투장을 돌면서 쿠자크에게 다가간다. 항복은 인정되지 않는다. 뫄단은 쿠자크를 장외로 내보내려고 하는 걸까? 아니면 숨통을 끊을까? 루나루카들은 아마도 완전한 결말을 바라고 있는 것 같다. 뫄단이 그들의 기대를 배신할 거라고는 생각할 수 없다. 처음부터 결투장 안에서 쿠자크를 죽이고 끝낼 셈이었겠지.

유메와 시호루는 쉬지 않고 응원을 했지만 메리와 세토라는 입을 다물고 있다.

하루히로는 일부러 심호흡을 했다.

파티의 리더로서 하루히로는 쿠자크를 봐왔다. 그리고 동료로서. 그리고 아마도 친구로서도. 그러니까, 안다. 쿠자크는 아직 전의를 잃지 않았다. 그렇지? 쿠자크.

뫄단이 쿠자크를 발로 차려고 했다.

그만둔다.

루나루카들이 "핫닷" "핫닷" 이라고 재촉한다. 해라, 빨리 해치워버려라, 그들은 분명 이렇게 말하고 있다.

뫄단은 또 차려고 하다가 그만두었다. 아주 약간 손가락 휘파람 소리가 일어났다.

보기엔 저래도 뫄단은 상당히 신중한 모양이다. 분명 쿠자크의 반응을 확인한 것이었다. 그러나 두 번에 걸쳐 공격을 가하려고 해도 쿠자크는 꿈쩍도 하지 않았다. 아까의 일격이 어지간히 효과가 있었던 것이겠지. 별 볼일 없는 놈. 최소한 큰 기술이라도 감행해서 분위기를 띄워줄 것이지. 뫄단은 그렇게 생각했는지도 모른다. 쿠자크를 다시금 들어 올리려고, 앞으로 몸을 구부리며 두 팔을 뻗었다. 그때였다.

쿠자크가 벌떡 몸을 일으켜 뫄단의 턱에 박치기를 날렸다.

뫄단이 몸을 뒤로 젖히자 쿠자크는 맹공을 펼치기 시작했다.

주먹이다. 좌우의 주먹으로 철저히 뫄단의 안면을 공격한다.

뫄단은 몇 발인가 펀치를 제대로 맞은 뒤에 두 팔로 얼굴을 가렸다. 쿠자크는 아랑곳하지 않고 막은 팔을 향해 주먹을 계속 퍼붓는다. 힘으로 방어를 무너뜨릴 셈인가?

위협을 느낀 건지 뫄단은 "슷…!" 하고 오른발 돌려차기를 쿠자크의 옆구리에 꽂아 넣으려고 했다. 쿠자크는 이것을 예상했던 모양이다. 돌려차기를 피하지 않고 왼팔로 뫄단의 오른발을 붙잡아, 끌어당겼다.

"으아아아아아아…!"

밀어 쓰러뜨리고 위에 올라타 두 손을 망치처럼 해서 때린다. 뫄단의 얼굴을 오로지 난타한다.

루카루나들이 비명을 질렀다.

뫄단은 두 팔로 어떻게든 쿠자크의 공격을 막아내려고 했지만, 잘되지 않는다. 뫄단은 이제 피투성이다. 점점 방어를 할 수 없게 되었다.

마침내 뫄단이 큰 대자로 뻗었다. 이것은 혹시나 나가떨어진 건가?

이길 수 있다. 99퍼센트, 승리다. 남은 건 결정타뿐이다. 문제는 어떻게 해서 마무리하는가.

쿠자크는 뫄단에게서 휙 떨어졌다. 장외다. 목숨을 빼앗지 않고 장외로 끌어내어 이길 수 있다면 더할 나위 없다. 하루히로가 쿠자크라도 아마 같은 생각이 머리를 스쳤을 것이다. 어설프다… 고는 말할 수 없다.

쿠자크는 뫄단의 오른쪽 발목을 붙잡으려고 했다. 그러자 뫄단은, 아까의 쿠자크 흉내를 낸 것은 아니겠지만, 그 순간 눈을 번쩍 뜬 것처럼 반격을 개시했다. 누운 상태에서 발로 찬다. 두 발로 쿠자크를 마구 찬다.

쿠자크가 물러서자 곧바로 뫄단은 일어났다.

그리고 덤벼들며, 뫄단은 손을, 발을 내지른다. 결코 세련된 기술은 아니지만 아무튼 격렬하다. 하루히로였다면 한 방이라도 맞으면 영혼까지 날아가버렸을 것 같다.

쿠자크도 방어에만 전념하는 것이 아니라 공격했다. 뭐랄까, 맞아도 되받아친다. 받아치면 또 맞는다. 치면 맞고, 맞으면 친다.

피차 거의 무방비다.

뫄단은 원래 피투성이였지만 쿠자크도 순식간에 얼굴이, 가슴이, 배가, 여기저기가 부어올랐다. 온몸에서 출혈을 한다.

"뫄단!"

"뫄단!"

"뫄단!"

"뫄단!"

루카루나들이 그들의 영웅의 이름을 부른다.

"쿠자크!"

"쿠자쿵!"

"쿠자크 군…!""쿠자크!"

"쿠자크웃…!"

"냐아아아아오오오오옹…!"

하루히로 일행이 할 수 있는 것은, 쿠자크의 승리를 믿고 목이 터져라 응원하는 것뿐이었다.

뫄단이 오른팔을 크게 휘둘러 쿠자크를 때렸다. 의식한 것인지

무의식인지, 쿠자크는 약간 목을 움츠렸다. 그 탓에 뫄단의 오른쪽 주먹은 쿠자크의 측두부 부근을 포착했다. 그 공격 때문에 뫄단은 오른쪽 주먹이 아픈 것 같았지만, 그래도 굳이 그 오른손으로 쿠자크의 따귀를 때린다.

피하지 않는 건가? 피할 수 없는 건가? 쿠자크는 뫄단에게서 따귀를 계속 맞았다.

그런데 갑자기 뫄단의 움직임이 멈췄다. 숨이 찬 모양이다. 그 순간, 쿠자크는 거리를 좁혔다. 두 팔을 뫄단의 목에 둘러 자기 쪽으로 끌어당겨, 그 배때기에 무릎차기를 꽂아 넣었다. 몇 번이나, 몇 번이나.

"아아앗! 아아아앗! 누아아아아앗…!"

뫄단도 쿠자크를 뿌리치려고는 하지 않고 무릎차기를 감수한다.

"끄응! 끄으으으으응! 끄으으으으으으응…!"

이윽고 두 사람은 비틀거리면서 떨어졌다.

다음은 뫄단 차례라고, 모두가 생각했다.

물론, 뫄단이 달려와서 펄쩍 뛰었다. 두 발을 모아 날아차기. 아무리 쿠자크가 지쳐 있어도 저것은 간단히 피할 수 있을 것이다.

하지만 쿠자크는 피하지 않는다. 가슴으로 뫄단의 두 발을 밀어내려고 한다. 무모하다. 역시 쿠자크는 뒤로 자빠졌지만 뫄단도 바닥에 쓰러졌다.

두 사람 다 금방은 몸을 일으키지 못했다.

루나루카들은 뫄단의 이름을, 하루히로 일행은 쿠자크의 이름을 부른다.

뫄단이 일어서자 쿠자크도 일어섰다.

환호의 폭풍우가 일어났다.

"우다앗—! 덤벼라…!"

뫄단이 손짓을 했다. 쿠자크가 몇 걸음인가 후퇴하더니 도움닫기를 한다.

"으랴아아아아아아아아아아아앗…!"

그냥 날아차기가 아니다. 쿠자크의 뛰어서 뒤로 돌려차기가 뫄단의 얼굴 옆면에 작렬한다.

뫄단을 쓰러뜨리고, 쿠자크는 크게 자세를 무너뜨리면서도 간신히 넘어지기 직전에 균형을 잡았다. 처음이었다. 쿠자크는 루나루카들에게서 우레와 같은 갈채를 받았다.

"으쌰아아아아아아아아아아아아아아아아…!"

쿠자크는 주먹을 치켜 올려 그에 응답하고는 쓰러진 뫄단 쪽으로 고개를 돌렸다.

"일어나…! 일어서, 이봐…! 더 할 수 있지…! 이런 게 아니잖아, 그럴 리가 없잖아…!"

뫄단은 먼저 몸을 옆으로 굴려 엎드린 상태가 되더니, 두 팔과 다리를 써서 일어섰다.

"뫄단!"

"뫄단!"

"뫄단!"

"뫄단!"

"뫄단…!"

쿠자크도, 뫄단도 대단하다. 정말로 대단한 물건들이다. 하루히로로서는 물론 쿠자크가 이겨주지 않으면 곤란하다. 그렇다고 해서 뫄단이 비참하게 패배하는 것도 보고 싶지 않다.

분명 이 열기에 영향을 받아 판단력이 저하한 것이겠지. 그런 식으로 냉정하게 생각해버리는 자신은 역시 재미없는 놈이라고도 하루히로는 생각한다. 확실히 대단해. 대단하지만 말이지. 그런 식으로 정통으로 공격을 서로 맞을 필요가 어디에 있냐고. 좀 더 방어라거나 회피라거나 그런 걸 하면 좋을 텐데. 바보들 아니야?

하지만 바보면 어떠냐고 말하는 것처럼 쿠자크도, 뫄단도 가슴을 펴고, 상대를 폄하하는 일 따위 없이 자신의 힘을 과시하려고 한다.

어떠냐? 나는 강하지?

나는 더 강하다.

그렇다면 나는 더, 더 강하다.

나는 그보다 더 위로 가주지.

쿠자크와 뫄단이 비틀거리며 서로에게 다가간다.

뫄단이 왼쪽 주먹을 내밀자 쿠자크가 거기에 왼쪽 주먹을 가볍게 부딪쳤다. 뫄단은 오른손을 다쳐서 이제 주먹을 쥘 수가 없다.

두 사람은 한 걸음씩 물러섰다.

먼저 쿠자크가 앞으로 내딛으며 뫄단을 때린다.

뫄단이 쿠자크를 되받아친다.

그다음은 쿠자크가.

뫄단이.

교대로 때린다.

두 사람은 다 만신창이로 지칠 대로 지쳐 있지만 그 한 방 한 방에 전심전력을 기울였다. 상당한 타격이 있을 것이다.

뫄단인가? 쿠자크인가? 누가 무릎을 꿇을 것인가?

어느 쪽이든 좋으니 빨리 결판이 났으면 좋겠다는 마음과, 지지마, 쿠자크—라는 마음이 목구멍에 막혀 숨을 제대로 쉴 수가 없다. 정신이 혼미해질 것 같다.

분명 다음 일격으로 끝난다.

그러나, 그렇게는 되지 않았다.

그래도 이번에야말로.

아직인가?

하지만 이다음에는 분명.

아직인 건가?

때리고 맞는 것이 계속해서 반복되고, 끝 같은 것은 없지 않을까라는 생각이 들기 시작한다.

뫄단이 오른쪽 주먹을 쿠자크의 뺨에 박았다. 이제 쥘 수 없는 줄 알았던 오른손이었다. 루나루카들이 감탄의 목소리를 내고 하루히로도 그의 이름을 외치게 되었다.

쿠자크는 휘청 흔들렸다. 엉망진창이 된 얼굴로, 웃는다.

“하후하아아아.”

뭐라고 말한 건가? 쿠자크는 이미 제대로 말을 할 수조차 없다. 그래도 쓰러지지 않는다.

무너진 것은 뫄단이었다.

뫄단은 허리가 빠진 것처럼 털썩 무릎을 꿇었다. 그대로 앞으로 고꾸라질 뻔한 뫄단을 쿠자크가 안아서 잡아주었다.

뫄단은 분명히 정신을 잃었다. 온몸이 늘어진 것은 일목요연했다. 그래도 쿠자크는 굳이 뫄단의 오른팔을 잡아 높이 치켜들었다.

세토라가 머리를 가볍게 좌우로 흔들었다.

시호루와 유메는 쿠자크를 뚫어져라 응시하고 있다.

메리는 고개를 끄덕였다.

루나루카들의 절규가 하늘을 찔렀다. 하루히로는 그제야 한숨을 내쉬었다.

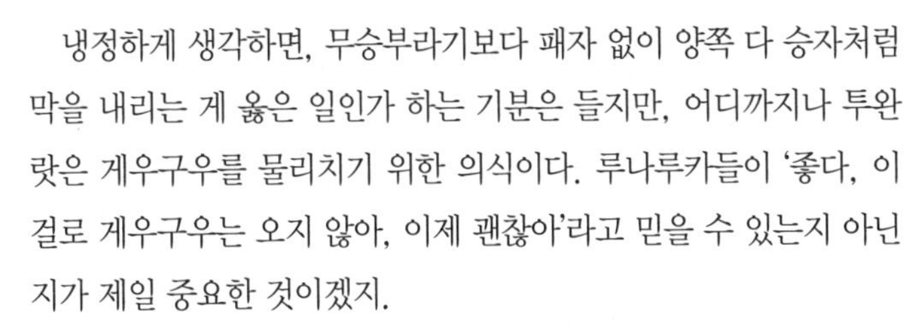

12. 갖고 있는 남자들

냉정하게 생각하면, 무승부라기보다 패자 없이 양쪽 다 승자처럼 막을 내리는 게 옳은 일인가 하는 기분은 들지만, 어디까지나 투완랏은 게우구우를 물리치기 위한 의식이다. 루나루카들이 '좋다, 이걸로 게우구우는 오지 않아, 이제 괜찮아'라고 믿을 수 있는지 아닌지가 제일 중요한 것이겠지.

그런 의미에서는 모두 엄청나게 고조되었고 분위기는 한껏 들떴다. 실질적으로는 뫄단이 패한 것이지만 그것은 대전한 인간이 엄청날 정도로 강자였기 때문이다. 그 강자가 그들의 영웅의 건투를 칭송했다. 종이 한 장 차이의 승부였다. 누가 이겨도 이상할 것 없었다. 따라서 자기뿐만이 아니라 뫄단도 또한 승리한 것이라고 말할 수 있다고, 인간 용사는 루나루카들에게 전했다. 쿠자크의 입장에서 보면 성취감과 해방감과 흥에 취해 그런 방향으로 몰고 간 것뿐일 테지만, 이것은 루나루카들도 납득할 수 있는, 최선이라고 해도 좋을 만한 선택이었다. 이렇게 해서 투완랏은 달성된 것이다.

쿠자크와 뫄단의 상처는 메리가 새크라멘토(빛의 기적)로 순식간에 완전 회복시켰다. 기절했던 뫄단이 눈을 뜨자 루나루카들이 술을 내왔고 연회를 시작했다.

루나루카의 술은 라티라는 나무의 수액을 발효시킨 것으로, 하얗고 탁하며 새콤달콤하고 혀에 부드럽게 감긴다. 알코올 도수가 낮은 양조주이기 때문인지 루나루카들은 물처럼 마신다. 어린이 루나루카도 풀줄기를 빨대 삼아 쪽쪽 빨아먹는다. 어른이 될 때까지 참는 게 좋지 않을까? 라는 생각이 안 드는 것도 아니지만, 아무도 말리지 않는다. 음주에 연령 제한은 없는 모양이다.

쿠자크와 뫄단은 둘 다 상체는 벗은 채로 어깨동무를 하고 흥겹게 이야기하면서 술 대결을 시작했다. 루나루카들은 지금은 뫄단과 같은 정도로 쿠자크를 존경하며 그와 친해지고 싶어하고 있다. 쿠자크가 든 나무잔에 누가 라티주를 따라줄지를 경쟁하는 판국이다. 그것을 보고 뫄단은 실로 기쁜 듯이 웃으며 빈번하게 쿠자크의 등을 두드린다. 카무시카족의 영웅은 도량이 넓은 사내인 모양이다.

유메와 시호루, 메리, 세토라는 루나루카 여자들에게 붙잡혔다. 하지만 루나루카는 성장하면 남자가 될지 여자가 될지를 선택한다고 하고, 겉으로 보기에는 성별을 알기 어렵다. 하지만 왠지 유메네를 둘러싸고 술판을 벌이는 루나루카는 전원 여성처럼 느껴진다. 그보다 정말로 루나루카는 성별을 스스로 선택하는 건가? 의문이다.

하루히로는 찌하에게 통역을 부탁해서 파파 둣토와 이야기를 나눴다. 파파 둣토도 계속해서 술을 권했고, 거절하면 껄끄러워질 것 같았기 때문에, 가능한 한 힘내서 마시면서 이것저것 물었다. 게우구우는 퇴치되어 한동안 이 근방에는 가까이 오지 않으므로 파파 둣토는 무서운 일도 겁내지 않고 말해주었다.

카무시카족뿐만 아니라 루나루카 전체에게 용은 신 같은 존재다. 신을 가까이에서 보려고 한 어리석은 루나루카도 없지는 않았다. 용의 둥지에 침입한 것으로 여겨지는 루나루카도, 그리 많지는 않지만 역시 있었다고 한다.

그러한 불경스러운 루나루카는 대개의 경우 아마도 용에게 죽임을 당했을 테니 돌아오지 않는다.

그러나 돌아온 루나루카도 있었다.

타츠아미족의 야디키아라는 루나루카는 새끼 용을 데리고 와서 마을에서 키우려고 했다. 용을 길들이면 신과 동등한 힘을 얻을 수 있으리라. 그것이 야디키아의 속내였다고 하는데, 결과적으로는 신의 노여움을 사서 그 힘을 자기 몸으로 절실하게 깨닫게 되었다.

새끼 용을 되찾고자 용이 타츠아미족의 마을을 습격했던 것이다. 야디키아는 제일 먼저 잡아먹혔다고 한다. 타츠아미족의 루나루카들은 두려움에 떨며 새끼 용을 풀어주었지만 신인 용은 그들을 용서하지 않았다. 마을은 멸망하고 타츠아미족은 지상에서 사라졌다. 과거에 야디키아는 흔한 이름이었다고 하는데, 이후로는 게우구우를 부르는 꺼림칙한 이름으로 여겨지게 되었다. 지금은 투완랏 다음이 아니면 입 밖에 내는 것이 금지되었다.

야디키아 사건은 루나루카들에게 커다란 트라우마가 되었다. 파파 돗토의 이야기를 듣고 있노라면, 용에게 다가가려고 하지 않는다, 용의 둥지로 발길을 향하지 않는다는 금기를 루나루카들이 엄중하게 지키게 된 것은 아무래도 야디키아가 일을 저지른 후가 아닐까 하는 느낌이 들었다. 좀 더 말하자면, 야디키아 사건을 계기로 용을 신으로서 우러러 보게 된 것은 아닐까 하는.

아주 드물게 숲에서 용 비늘을 발견하는 경우가 있다고 한다. 녹색으로 빛나는 용 비늘. 특별한 흠집이 없는 완전한 것은 매우 귀중하고, 그것을 손에 넣은 루나루카는 큰 축복을 받는다고 한다. 단, 계속 소지해서는 안 된다. 루나루카에게는 애초에 재산을 사유하는 사고방식이 그다지 없고 대부분의 것을 서로 나누며 살아가는 듯한데, 용 비늘은 부족이 공유하는 것이 아니라 시낫탓이라는 의식을

행해서 바다로 돌려보낸다고 한다. 그렇게 함으로써 신인 용이 기뻐하고 부족 전원이 행복해진다.

사실 찌하처럼 로로네아에서 사는 루나루카에게는 역할이 주어져 있다고 한다. 숲 밖에서 자유롭게 사는 것을 허락받은 대신에 해적들을 감시해야만 하는 것이다. 만약 해적이 용 비늘을 주우면 어떻게든 빼앗아서 숲으로 갖고 온다. 함부로 숲에 침입하려는 자가 있거나 용에게 위해를 가하려고 꾀하는 것을 듣게 되거나 하면 반드시 마을에 알려야 한다.

찌하는 바깥 세계를 동경해서 해적이 되었다. 그러나 자기가 루나루카라는 사실에도 긍지를 갖고 있고 동포를 사랑하기도 했다. 그래서 역할을 완수하려고 했던 것이다.

찌하가 변명하는 바에 따르면, 하루히로 일행이 나쁜 인간이라고는 생각하지 않았지만, 용에 관해서 조사한다는 이유만으로도 루나루카들은 좋지 않은 감정을 품는다고 한다. 찌하가 그런 인간들을 손님으로 대우해서 마을로 안내하면, 파파 둣토 이하 카무시카족 루나루카들은 격노할 것이 당연했다. 그래서 하루히로 일행을 속이는 모양새가 되긴 했으나 일단 포획하기로 했던 것이다. 그러고 나서 찌하는 파파 둣토에게 달려가 어떻게든 협력을 구할 생각이었다고 한다.

사실일까? 상당히 수상한 느낌도 들지만, 찌하의 설득으로 투완랏이 실현되었고 쿠자크의 분투로 카무시카족은 돌변해서 우호적이 되어주었다.

그것은, 뭐, 사실이니까, 반성할 만한 점은 반성하기로 하고, 결과적으로는 올라이트다.

"—그래서, 우리는 용이 화가 난 이유를 알고 싶습니다. 누군가가… 당신들 루나루카가 아니라 해적이나 로로네아 주민이나 혹은 외부에서 온 누군가가 용을 화나게 할 만한 짓을 한 것은 확실하다고 생각하는데요, 뭔가 짚이는 것은 없습니까?"

찌하가 하루히로의 질문을 통역하자 파파 둣토는 북슬북슬한 턱을 어루만지면서 고개를 끄덕였다.

"파파, 있다, 고 말한다." 찌하가 파파 둣토의 대답을 통역해주었다. "인간, 용 둥지, 들어가려고 했다. 세 명. 한 명, 카무시카가 아니다, 다른 루나루카가, 죽였다. 둘, 도망쳤다."

"…도망친 뒤에 그놈들은?"

"모른다. 찌하, 몰랐다. 그런 이야기. 마을, 돌아오지 않았었다. 지금 들었다. 파파—."

찌하가 뭔가 묻자 파파 둣토는 손짓을 해가며 대답했다.

"한 달, 전쯤에. 두 명, 도망갔다. 그 뒤, 루나루카, 아무도 못 봤다. 아마도 그놈들, 해적."

"…해적 셋이 숲을 빠져나가 용 둥지에 들어가려고 했지만 루나루카에게 들켰다. 동료를 한 명 잃고 그놈들은 포기한 걸까?"

"숲, 지나가지 않았다. 전부가 아니다. 조금만, 숲, 지나간다. 용 둥지, 가까이 가는, 길. 있다."

"다른 루트가? 혹시나 해안선을 따라서 간다거나?"

"그렇다. 루나루카, 별로, 바다, 안 나간다."

"섬이니까 고기를 잡아도 괜찮을 것 같은데."

"야디키아네, 타츠아미, 물고기 많이, 잡았다. 타츠아미, 없어졌다. 그리고, 고기잡이, 루나루카, 줄었다."

"그렇게 된 건가? …용의 분노는 루나루카의 생활까지 바꾸었구나."

"카무시카, 상관, 싫다."

"누군가가 무엇을 했든 그 불똥이 튀는 걸 원치 않는다는 거지요."

"하지만, 용, 화났다. 좋지 않은 일."

"그래도 용의 노여움이 진정되길 바란다."

"그렇다."

"루나루카에게 피해가 가지 않도록 하겠습니다. 용의 심기를 건드릴 만한 짓을 루나루카한테 시킬 생각은 없으니까 그 점은 안심하길 바랍니다."

"카무시카, 당신들, 신용한다. 찌하, 찌하 형, 뫄단, 찌하 형, 탄바, 힘 빌려준다."

탄바라는 것은, 찌하를 좀 닮았지만 더 다부진 체격의 그 루나루카를 말하는 것이겠지.

"고마워. 큰 힘이 됩니다."

"용 둥지, 접근한, 해적. 한 명, 죽였다. 루나루카, 이샤크."

"이샤크족 루나루카가 해적을 한 명 죽였다?"

"그렇다. 두 명 도망쳤다. 해적, 탄바, 조사했다. 탄바, 이샤크, 사이좋다."

"탄바가 이샤크족에게 이것저것 물어봐주겠다는 뜻인가? 하지만 그 해적들은 무엇 때문에 용 둥지에 가려고 한 걸까? 아니, 한 번은 실패했지만, 그 뒤에 아마도 다시 한 번 해안선을 따르는 루트로 간 거야. …용 둥지에는 용 비늘이 왕창 떨어져 있지 않을까?"

"용 둥지, 모른다. 루나루카, 안 간다."

"그렇겠지. 하지만 둥지에는 있을 것 같아. 몸에서 떨어져나가기도 할 테니까. 용 비늘은 분명 비싸게 팔린다. 아니, 하지만 비늘을 주워 모으는 것만으로도 용이 화낼까…?"

카무시카족의 연회는 하늘이 하얗게 밝아오기 시작할 때까지 이어졌다. 다들 꽤 많이 마셔서 한 명, 또 한 명씩 취해 쓰러졌고 깨어나서 보니 정오가 가까웠다. 라티주의 특성일까? 모두 심한 숙취로 고생하는 일은 없어서 찌하의 안내로 로로네아로 돌아가기로 했다.

돌아갈 때에는 많은 루나루카들이 배웅해줬다. 뫄단은 몇 번이나 쿠자크를 포옹했고, 뭔가 다른 의미로 친해진 게 아닌가 하는 의심조차 고개를 들 정도의 분위기였다.

로로네아에 도착하자 막 저녁에 접어들 무렵이어서 세 마리의 용이 상공을 날고 있었다. 하루히로 일행은 북쪽 임시 시장에서 지미와 합류했다.

"뭔가 수확은 있었습니까?"

"약간은요. 과장님은 어떠셨습니까?"

"마음에 걸리는 이야기를 들었습니다. 벤자민이라는 사내가 있는데요—."

로로네아는 과거에 테드 스컬이 이끄는 스컬 해적단이 장악하고 있었고 끔찍한 압제가 펼쳐졌었다.

그 후 의용병 견습생인 키사라기가 테드를 타도했고, 에메랄드 제도에는 해적들의 평화로운 나날이 되돌아왔다. 스컬 해적단은 해체되었고 테드의 수하들은 반 이상이 로로네아를 떠났다. 그러나 로로네아에 남은 자도 개중에는 있었다.

자진해서 스컬 해적단에 소속된 것이 아니라 목숨을 부지하느라 어쩔 수 없이 테드의 명령을 따르던 해적도 적지 않았던 것이다. 키사라기도 그들이 테드의 부하였다는 이유만으로 배척하는 짓은 하지 않았다. 원래 해적 세계에서는 두목을 바꾸는 일도, 이합집산도 그리 드물지 않은 모양이다. 몇몇 해적단을 전전하는 해적은 제법 있다. 오히려 한 해적단밖에 모르는 해적이 소수파라고 한다.

벤자민 프라이는 스컬 해적단의 잔당으로, 토로코 해적단에 들어갔다가 금방 그만두고 디아 해적단으로 옮겼다. 사실 토로코 해적단이든 디아 해적단이든, 중형 배를 한 척 갖고 있을 뿐인 소규모였다. 양쪽 다 현재는 K&K 해적 상회 산하에 들어 있다고 한다.

지미 과장에게는 하청 회사의 말단 직원이 되는 셈인데, 이 벤자민이라는 남자가 아무래도 한때에는 테드 스컬과 상당히 가까웠던 모양이다. 오른팔까지는 아니지만 측근 중 한 명이긴 했던 것 같다. 그런데 뭘 잘못했는지 테드의 기분을 해치는 짓을 저질러 강등당해서 일반 해적으로 전락했던 것이다. 그 이후는 딱히 눈에 띄는 일도 없었고 스컬 해적단이 망하자 쉽사리 다른 해적단으로 갈아탔다. 그 영감한테는 원한이 있었으니까, 꼴좋다, 후련하다는 말을 떠벌리고 다녔다고 한다.

별명은 빨간 눈의 벤.

듣기로는 젊을 때 왼쪽 눈에 부상을 입었는데 치료하지 않고 방치해뒀더니 흰자위가 누렇게 되고 검은 눈동자가 적갈색이 되었다고. 해적은 종종 상처나 기발한 문신, 장신구로 자기 캐릭터를 부각시키려고 한다. 벤자민도 그런 타입이었다.

나이는 불명이지만 보기에는 40대 정도로 수염을 기르고 턱 가운데가 약간 파였다. 통나무 같은 체형에 다리는 짧은데도 팔이 묘하게 길다.

그 빨간 눈의 벤, 즉 벤자민 프라이가 한 달도 더 전에 디아 해적단의 선장에게 아무 보고도 하지 않고 돌연 자취를 감췄다는 것이다. 벤 한 사람만이 아니다. 스텝이라 불리던 젊은 해적과 허니 덴이라는 해적도 벤과 같은 시기에 사라졌다.

스텝은 20세 전후의 호리호리한 남자로 도박을 좋아하지만 계속 지기만 했다. 단것을 좋아하는 허니 덴은 벤과 마찬가지로 스컬 해적단 출신이었다. 듣기로는 충치가 아프다는 핑계를 대는 게으름뱅이로, 좋은 평은 하나도 없는 해적이었던 모양이다.

"한 달 전에 해적이 세 명…."

파파 듯토에게서 들은 이야기와 일치한다.

지미는 이어서 말했다.

"그리고 벤자민은 13일 전에 갑자기 로로네아로 돌아왔다고 합니다. 허니 덴도 함께였습니다."

"스텝은?"

"두 사람뿐입니다."

용의 둥지에 들어가려던 해적으로 보이는 세 명 중 한 명은 이샤크족에게 살해당했다. 이것도 또한 들어맞는다.

디아 해적단의 선장은 벤과 허니 덴에게 사정을 캐물었지만 두 사람은 실종된 이유나 그사이에 일어난 일에 관해서는 아무 말도 하지 않으려고 했다. 스텝의 소식은 모른다고 두 사람은 입을 모아 말했다. 선장은 당연히 그들을 해고하고, 앞으로는 배에 태우지 말라고 다른 선장들에게도 전했다. 비행을 저지른 선원에게 이러한 조치를 취하는 것은 해적 세계에서는 자주 있는 일이라고 한다. 반드시 실효성이 있는 것은 아니지만, 벤이건 허니 덴이건 원래부터 사람들의 호감을 사던 남자는 아니었다. 게다가 스컬 해적단 출신이기도 하다. 에메랄드 제도의 해적단은 두 사람을 멀리할 것이다.

그러나 두 사람은 전혀 신경 쓰는 기색도 없이 술을 퍼마시거나 여자를 사거나 도박에 전념하는 등 했던 모양이다. 사람들의 눈길을 끌 정도로 거하게 논 것은 아니지만, 한 번은 벤이 도박에서 크게 이겼다고 한다. 그때 "역시 갖고 있는 남자는 다르네" 라는 말을 했고, 도박장에서 동석했던 해적이 약간 이상하게 생각했다고 한다.

갖고 있다. 뭘 갖고 있다는 건가? 일반적으로는 뭐, 강한 운이라고 해석하겠지.

그런데 우연히 이긴 것뿐인데 무슨 말을 하는 거야? 이 영감은. 그렇게 그 해적은 생각했던 모양이다. 에메랄드 제도의 해적은 이제 너 따위는 상대도 하지 않는데, 고작 한 번 운이 돌아온 것만으로 기세등등한가? 정말 구원의 여지가 없네. 저렇게 되지는 말아야지….

용이 로로네아 상공을 날아다니게 된 후의 일은 잘 모른다.

단, 최초의 공격이 있었던 때 두 사람은 우고바크 해적단의 그레이트 타이거호에 타고 있었다. 우고바크 해적단은 세 척의 해적선을 갖고 있고, K&K 해적 상회 산하에는 들어 있지 않다. 다만 두 사람은 선원으로 고용된 것이 아니라 승객이었다. 산호 열도에서 내려달라는 계약을 하고 그레이트 타이거호의 선장에게 상당한 돈을 지불한 모양이다.

그날 2번 잔교에는 두 척의 배가 정박해 있었다. 그중 한 척이 그레이트 타이거호였다.

그레이트 타이거호는 원형을 알아볼 수 없을 정도로 망가졌고 그 잔해는 지금도 철거되지 않았다. 선장과 선원 다섯 명도 배와 운명을 같이했다. 하지만 빨간 눈의 벤은 잘 도망친 모양이다. 허니 덴은 중상을 입었지만 목숨은 건졌고, 다른 부상자와 마찬가지로 회색 엘프인 샤먼의 치료를 받았다고 한다. 그러나 치료비를 내지 않고 내뺐다.

"뭔가 한없이 쓰레기네요…."

어이없다는 얼굴로 쿠자크가 말했다.

"그래서, 빨간 눈의 벤과 허니 덴은 지금, 어디에?"

하루히로가 묻자 지미는 따라오라는 듯이 손짓을 하더니 걷기 시작했다.

북쪽 임시 시장은 엄청나게 시끌벅적했고, 즉석 포장마차 앞에 놓인 의자에 앉아 먹고 마시는 자나 통행인을 헤치며 지나가지 않으면 앞으로 나아갈 수가 없었다. 고개를 뒤로 돌려 위쪽을 보니 상공을 날아다니는 용의 모습이 눈에 들어와 상당히 초현실적인 느낌이었다.

그리고 지미가 갑자기 발을 멈추더니 턱짓으로 앞쪽을 가리켰다. 그 앞에는 포장마차가 있었고 해적들이 술을 마시고 있었다. 의자는 없다. 해적들은 모두 서서 마시거나 땅바닥에 주저앉아 술잔을 기울이고 있다.

포장마차 기둥에 기대어 왼손으로 한쪽 뺨을 감싼 채 술을 마시는 해적에게 눈길이 갔다.

"…저 사람, 지독한 충치." 메리가 중얼거렸다.

확실히 해적이 입술을 걷어 올리는 것처럼 해서 술잔을 홀짝거릴 때 보이는 치아는 한 개의 예외도 없이 전부 갈색이었다. 그저 지저분하게 변색된 것이 아니라 벌레에 먹힌 것처럼 크기도 작아졌다.

시호루가 얼굴을 찡그렸고 유메는 "후엥?" 이라며 고개를 갸웃거렸다.

"오…."

쿠자크가 하루히로 쪽을 보았다.

세토라가 키이치를 안고 목을 쓰다듬어준다.

"허니 덴, 이군."

13. 추한 비장의 무기

"허니 덴, 잠깐 볼까?"

다가가서 부르자 허니 덴은 아, 안녕, 뭐야? 라고도 말하지 않고 갑자기 술잔을 하루히로에게 내던졌다. 흐리멍덩하지만 보기와 달리 굼뜨지는 않은 모양이다. 하루히로는 나무 술잔은 피했으나 약간 술이 묻었다. 혀를 차면서, 도망치는 허니 덴을 쫓아갔다.

허니 덴은 어이—라거나 비켜—라고는 한 마디도 하지 않고, 길을 가는 사람들을 마구 밀쳐 넘어뜨리고는 뛰어넘었다. 인파 속을 도주하는 방법으로서는 맞는 것이겠지만, 정상적인 인간은 좀처럼 할 수 없다. 타인에 대한 배려라는 것을 전혀 하지 않는 남자인 모양이다.

"쓰레기네…!"

넘어진 사람을 뛰어넘으며 저도 모르게 욕을 하자, 허니 덴이 얼굴만 돌려 "시끄러워. 죽인다, 똥 덩어리!" 라고 소리쳤다.

"똥 덩어리는 네놈이다!"

허니 덴의 입장에서는 갑자기 웬 여자가 앞길을 막아선 것처럼 느꼈을 것이다. 실제로는 허니 덴이 튈 것을 계산에 넣고 여기저기에 동료들을 배치해두었다. 허니 덴은 때마침 세토라가 있는 방향으로 도망쳤던 것이었다.

세토라는 허니 덴의 발을 걸었다. 아니, 힘껏 허니 덴의 정강이를 걷어찼다.

"꽥…?!"

허니 덴은 앞으로 고꾸라지더니 쓰러졌다. 곧바로 일어서려고 했지만 세토라가 재빨리 놈의 등을 짓밟았다.

"놓칠 줄 알고? 바보 놈."

"…끄으으으으응."

신음하는 허니 덴에게 키이치가 달려가 이빨을 드러내며 샤아아아아—위협한다.

"우왓?! 뭐야? 고양이?! 하, 하지 마, 물지 마, 나 같은 걸 먹어봤자…."

"네놈 따위를 먹이겠냐?"

세토라가 발에 모든 체중을 싣자 허니 덴은 "히이이이이이이이이이" 라고 상당히 기분 나쁜 비명을 질렀다. 살짝 기뻐하는 것 아니야? 진짜로 기분 나쁜데요….

아무튼 허니 덴의 포획에 성공했다. 이 자리에서 당장 사실을 불게 하고 이런 남자와는 빨리 안 보고 싶지만, 뭐야? 뭐? 라며 구경꾼들이 몰려와서 그럴 상황이 아니었다. 해는 저물어가고 용은 날아가버려서 하루히로 일행은 로로네아 안으로 허니 덴을 연행했다. 그래도 많은 구경꾼들이 쫓아와서, 아무것도 모르면서도, 그놈을 흠씬 패줘, 갈가리 찢어라, 죽여버리라는 등 시끄럽다. 어떻게 하지? 지미가 아이디어를 냈다.

"우리 배를 쓸까요? 슬슬 입항할 테니까요…."

항구로 가자 그 말대로 1번 잔교에 만티스호가 접근하려고 했다. 어째서인지 갑판 위가 아니라, 뱃전 위에서 K&K 해적 상회의 KMO 모모히나가 쿵푸 연습 같은 것을 하고 있는 것은 애교… 인가? 글쎄? 뭐라 말하기 힘들지만, 뱃전은 난간 정도의 좁은 폭만큼의 공간뿐이라서, 저기에 올라서는 것만으로도 겁난다. 그런데도

모모히나는 폴짝폴짝 뛰거나 날거나, 급기야는 공중제비를 돌면서 아뵤—라며 하이킥을 날리기도 했다. 실화야? 인간이 아닌데. 유메가 "웅냐, 멋있다…" 라고 감탄의 목소리를 내는 그 기분은 모를 것도 없지만, 동경하지 말아주길 바라는 마음도 있다.

계류 작업을 거들어주고 만티스호에 타자, 그 시끄러운 사하긴 긴지가 선장 행세를 하며 하루히로 일행을 맞이했다. 시끄러워서 못 견딜 것 같다. 지금은 무시하자.

"잠깐, 잠까안~?! 나는 이 배의 선장인데요오?! 무시하다니 이게 무슨 일?! 저기요, 어떻게 된 일?! 젠장, 이렇게 되면 고소할 테다! 아니, 고소하고 싶은 마음은 굴뚝같지만, 어디에 고소하면 되는 건가요오?! 누가 내 호소를 들어줄까요?! 저기요, 저기요, 저기요, 저기요?! 나 지금 누구랑 이야기하니?!"

"카악—짜증 난다—멍청앗!"

모모히나가 뱃전에서 뛰어내리자마자 긴지에게 덤벼들더니 번쩍 집어 들어 호쾌하게 내던졌다.

"히에에에에에에에에에에에에에에에에에에에에에에에에엑…?!"

긴지는 팔다리를 볼썽사납게 바동거리면서 바다로 낙하했다.

첨벙, 요란하게 물보라를 일으키더니 그대로 가라앉는다.

하지만 잠시 후에 떠올라서 또다시 한바탕 소란을 떨기 시작했다.

"갑자기 뭘 하는 겁니까아?! 아무리 내가 사하긴이라고 해도 이건 아니지! 무엇보다도 바다 사하긴이 아니니까요. 나는 육지 사하긴이라 바닷물은 짜다고요, 반은 담수어 같은 존재니까요, 물고기는 아니지만요?! 나는 이래 봬도 선장인데에에에에에에에에에에

에에에에에에에에에에에에에에에…!"

그는 내버려두고 심문은 만티스호 화물칸에서 하기로 했다. 한가한 건지 모모히나도 따라왔다.

선원들을 물린 뒤에 허니 덴을 화물칸 기둥에 묶고 우선은 빨간 눈의 벤, 스텝과 함께 밀림에 들어가지 않았는지를 캐물었다.

"…무슨 말인지 전혀 모르겠네. 아, 아파. 이가 아파."

"왠지 이 사람, 자기 입장을 모르는 것 같은데요."

쿠자크가 두 손의 관절을 우두둑 소리 내어 꺾으면서 위압적인 태도로 다가가도 허니 덴은 희미한 웃음만 띠고 있다.

시호루가 어떻게 해? 라는 듯한 시선을 하루히로에게 보냈다. 고민스럽기는 하다. 해적들은 거칠어서 이런 때에는 육체적 고통을 주어 자백을 이끌어내는지도 모르지만, 하루히로는 솔직히 야만적인 짓은 가급적 하고 싶지 않았다. 쿠자크도 어디까지나 위협하는 것뿐이다. 요컨대 그런 척에 불과하다.

"다소 고통을 주더라도 숨만 붙어 있으면 내가 도와줄 수 있는데."

메리가 흉흉한 발언을 하자 허니 덴의 얼굴이 아주 약간 변했다.

"…헷, 설령 무슨 짓을 당하든 모르는 건 몰라. 짚이는 바가 없는데 말하라고 해도 할 수 없잖아. 아, 이가 아프다."

"있잖아, 하루 군." 유메가 말을 꺼냈다.

"이 사람, 이가 아픈 것 같으니까 뽑아주면 어떨까?"

"제, 제법 무서운 말을 하네, 유메…."

"미적지근하지 않아?"

세토라는 노골적으로 허니 덴을 경멸하고 있다. 싫어하는 타입인지도 모른다. 하긴, 하루히로도 비교적 싫다. 상당히 싫은지도 모르겠다.

"허세를 부릴 수 있는 것도 지금뿐이다. 손가락 한두 개 잘라내면 돼. 그러면 뭐든지 술술 불걸."

"우, 우, 우습게 보지 마앗, 이년."

"살아서 내일 동트는 것을 보고 싶다면 침 튀기지 마, 해적."

"나, 나는 말이다, 무서운 것 따위 하나도 없닷. 진짜닷."

"안구를 도려내서 뻥 뚫린 구멍에 잘라낸 귀를 돌돌 말아 쑤셔 박아도 그런 말을 할 수 있을지 확인해볼까?"

"뭐, 뭐, 뭐야? 이 녀석?! 머, 머리가 이상한 건가?! 그런 짓, 정상적인 놈은 생각하지 않잖아?!"

"사연이 있어서 나는 시체를 토막 내는 데에는 익숙하다. 살아 있어도 큰 차이는 없어. 지금부터 네놈을 갖고 증명해줘도 좋다."

"하하하하하, 할 수, 할, 할 수 있다면, 해, 해봐, 젠장. 나, 나나나나는, 모, 모르는 건, 마, 마마 말하고 싶어도, 마, 마, 말 못 해."

"먼저 어디서부터 시작할까?"

세토라는 단도를 꺼내어 허니 덴에게 한 발자국 다가갔다. 완벽한 무표정으로 동작이나 목소리에도 일절 흔들림이 없다.

"차라리 그 보기 민망한 면상의 가죽을 벗겨줄까? 공기가 맛있다는 말을 가끔 듣는데, 피부가 없으면 안면으로 공기를 맛볼 수 있을지도 모르지. 해볼까?"

"마마마마, 맛없지, 그건! 맛 같은 건 안 나겠지! 아프기만 하잖아! 그전에 얼굴 가죽을 벗겨낸 단계에서 이미 엄청 아프잖아!"

"네놈은 혀를 깨물고 죽고 싶을 정도로 아플지도 모르지만, 나는 전혀 아픔도, 가려움도 느끼지 않는다."

"사, 사람의 마음이라는 게 없는 건가?! 그건 문제라고 생각하는데?!"

"네놈이 어떻게 생각하든 나에게는 아무런 영향도 없다."

세토라는 한 발자국 더 허니 덴에게 접근한다. 설마 진심은 아니겠지? …라고 생각하지만, 세토라라면 눈썹 하나 까딱하지 않고 저지를지도 모른다. 그런 식으로 느껴진다. 그것도 포함해서 연기겠지. 아마도. 연기라면 좋겠지만.

허니 덴에게 연민을 느낀 건가 하면, 그런 건 전혀 아니지만, 세토라가 손을 더럽혀도 어쩔 수 없다고 생각하는 정도까지는 아니다. 그래서 하루히로는 세토라를 말리려고 했다.

"기다려랏, 언니얏!"

선수를 빼앗겼다.

앞으로 나선 모모히나는 쿵푸 연습으로 건강한 땀을 흘려서 더운 건지, 겉옷은 걸치기만 하고 앞을 여미지 않았다. 분명히 좀 전까지는 없었던 것 같은데 어느 틈엔가 가짜 수염도 장착했다.

"…누가 언니야야?"

머쓱해하는 세토라에게 모모히나는 "훗…" 하고 웃어 보였다.

"언니야니까 언니야라고 한 거다. 언니야."

"의미를 모르겠네…."

"걱정 없닷—. 나도 의미는 모른닷."

"KMO라고 했나? 내 대신에 네가 이 썩어빠진 충치 쓰레기를 고문할 건가?"

"해적에게는 해적의의의의잇. 방식이이이이이잇. 있솝시다."

"…있솔시다?"

"있사오다? 응? 나, 잘못 말했나?"

"양쪽 다 틀린 것 같은 느낌이 드는데…."

"아무튼 어쨌든, 해적에게는 해적의 규칙이 있는 거다! 라는 말이다. 어기여차—. 그런 연유로, 지미, 그거야. 그거 가져와!"

모모히나는 마치 말 안 해도 아는 그거라는 식으로 요구했지만, 지미는 아무리 봐도 곤혹스러워하고 있다.

"…그거라면?"

"후뉴?!"

모모히나는 눈을 희번덕 뜨더니 지미에게 손짓해 가까이 오게 해서 귓속말을 했다. 지미는 고개를 끄덕이고 화물칸에서 나갔다가 잠시 후에 뭔가를 품에 안고 돌아왔다.

"그래! 해적한테는 이거지—!"

모모히나는 지미에게서 받아든 커다란 새 깃털 다발 같은 것을 들어 보였다. 지미는 그것 외에 단지도 갖고 왔다. 모모히나는 그 단지 안에 새 깃털을 쑤셔 넣었다.

"그, 그건…?"

쿠자크가 묻자, 모모히나는 "짜잔—" 하며 단지에서 깃털 뭉치를 꺼냈다. 깃털 뭉치는 번들번들 푹 젖어 있었다.

"…기름?" 시호루가 중얼거렸다.

"딩동댕—. 정답입니닷—!"

모모히나는 수상한 손길로 깃털 뭉치를 흔들흔들 흔들어댔다.

"기름이라니—." 메리는 고개를 갸웃거렸다. "태울 거야?"

"히익…." 허니 덴의 온몸이 경직했다.

세토라는 화물칸을 둘러보았다.

"배는 괜찮을까?"

잠깐, 당신들, 발상이 가차 없는데요.

하루히로는 헛기침을 했다.

"…태우면 가볍게 죽어버리니까."

"후왓!" 유메가 손뼉을 쳤다. "유메, 알았는지도! 저기 말이야, 간질간질 할 거지?!"

모모히나는 "냐하핫" 하고 만면에 웃음을 띠고 깃털뭉치 끝을 유메에게 향했다.

"딩동댕동댕—. 정답! 유메유메한테 5만 점…!"

"우앗. 신난다!"

역시 이 두 사람은 뭔가 통하는 것이 있다거나 하는 걸까?

허니 덴이 "우엣?!" 하고 눈을 까뒤집었다.

"가, 가, 간질간질?! 자, 자, 잠깐만, 어이…."

모모히나는 "우히히히—" 하고 야릇한 웃음을 띠더니 깃털뭉치를 흔들면서 허니 덴에게 다가갔다.

"아니, 그게, 아, 아픈 건 솔직히 싫지 않지만, 그쪽은 나 그다지…."

"카카캇. 얘들아—. 까랏—."

KMO의 분부시라면 어쩔 수 없다. 하루히로 일행은 일단 K&K 해적 상회의 말단이니까.

하루히로는 쿠자크와 지미의 도움을 받아 발광하는 허니 덴의 의류를 벗겼다. 아니, 묶어 있던 것을 풀어주고, 옷을 벗긴 다음 다시 묶으려면 상당히 성가시므로 속옷을 제외하고는 나이프로 대충 잘

라내서, 옷을 벗긴다기보다는 껍질을 제거했다. 관리를 했다고는 도저히 말할 수 없는 몸매였고 체모도 많아서, 이건 좀 보기 역겹다. 모모히나를 제외한 여성진은 불쾌한 듯이 눈길을 피했지만 허니 덴은 창피해한다기보다 쑥스러우면서도 기쁜 것 같았다. 변태입니다. 변태가 여기 있습니다.

"준비는 오케이인가? 어기여차?!"

KMO의 다소 알쏭달쏭한 질문에 그래도 하루히로와 쿠자크, 지미는 "네—" 라고 대답해 봤다.

"기운이 없닷. 어기여차—?!"

도대체 뭐냐고? 이 의식은. 그렇게 생각하면서 하루히로는 악에 받친 듯 "어기여차—!" 하고 외쳤다. 하지만 지미는 아까와 마찬가지로 "네—" 라고만. 그래도 쿠자크가 하루히로보다 더 큰 목소리를 내어 "어기여차—!" 라고 응하자, 그제야 우리 회사의 KMO는 만족해준 모양이다.

"좋았어. 그럼! 시작해버립니다—. 각오해랏."

"야, 하지마하지마하지맛—."

"할 건데. 냐—."

"우힉?!"

"여기는 어떠냐—."

"아힉?! 우햐핫?!"

"좀 더—."

"누아후아하호앗?! 구갸하하하하하하홋?! 그그그그만햇?!"

"그, 러, 니, 까, 안 그만한다곳. 평소 행실을 돌아봐. 간질간질 간질간질."

"으갸아아아아아아아아아아?! 안 돼, 안 돼, 거기는 안 된다고, 이제아아아아?!"

"여기구낫─. 여기가 좋구낫─. 우랴우랴우랴우랴우랴우랴."

"웅니이이이이이이아아아아아호오오아아아아아아아?!"

엄처어어어어어어어어어어어어엉나게, 못 볼 꼴─입니다.

하지만 효과는 절대적이었다.

허니 덴은 마침내 빨간 눈의 벤, 즉 벤자민 프라이의 꼬임에 넘어가 용 둥지에 갔던 사실을 인정했다. 젊은 노동력이 필요하다고 해서 스텝도 불렀다.

해적 셋은 꽤 오래전에 에지마라는 유명한 모험가가 만든 지도 복사본에 의지해서 첫 번째는 밀림을 지나가는 루트로 용 둥지로 갔다. 그러나 루나루카에게 들켜버려 쫓기다가 스텝이 사살당했다. 벤과 허니 덴은 간신히 루나루카의 추적을 따돌렸다.

허니 덴은 그것에 데어서 계획을 단념하자고 주장했다. 하지만 벤은 고집스럽게 받아들이지 않았고 그래도 허니 덴이 그만둔다고 한다면 죽이겠다고 협박까지 했다고 한다.

"그놈은 진심이었다. 거짓말쟁이지만. 한번 한다면 진짜로 하는 놈이야. 그놈은…."

스컬 해적단에서 같이 있었기 때문에 허니 덴은 빨간 눈의 벤을 잘 알고 있었다. 허니 덴이 말하기를, 벤은 열을 받으면 무슨 짓을 할지 모른다고 한다. 테드 스컬의 노여움을 사서 강등된 이유도 동료 해적과 사소한 일로 싸우다가 기습해서 죽여버린 탓이라고. 허풍쟁이에 어딘지 소인배 같은 분위기를 풍기는 탓인지 가볍게 보이기 쉽지만, 싸움 실력도 제법 있는 모양이다.

그런 까닭에 지도와 씨름하며 두 번째는 해안을 따라 북상하는 루트로 가기로 했다. 재도전의 시작은 순조로웠고 루나루카와 맞닥뜨리는 일도 없었다. 첫 번째는 도대체 뭐였단 말인가? 스텝 놈은 죽어서 손해 봤다—고 웃으며 이야기했을 정도였다고 한다. 그러나 그것도 용 둥지의 코앞까지만이었다.

이름 높은 모험가 에지마도 용 둥지에는 들어가지 않았다고 한다. 지도 복사본을 보면, 용 둥지라 불리는 일대는 공백이다. 진짜 지도에도 거기에는 단순화한 용과 알 그림이 그려져 있다고 한다. 요컨대, 그곳이 어떻게 되어 있고 어떤 생물이 서식하는 건지는 전혀 모른다.

비경, 용 둥지.

그곳은 적어도 허니 덴의 상상을 초월할 정도로는 무시무시한 장소였다.

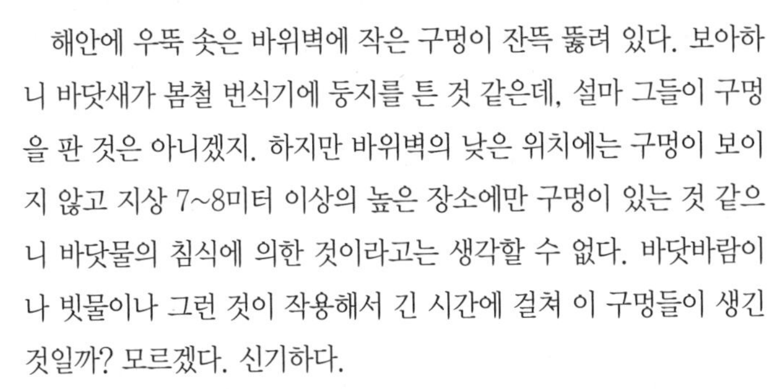

14. 말로가 끝나지 않아

해안에 우뚝 솟은 바위벽에 작은 구멍이 잔뜩 뚫려 있다. 보아하니 바닷새가 봄철 번식기에 둥지를 튼 것 같은데, 설마 그들이 구멍을 판 것은 아니겠지. 하지만 바위벽의 낮은 위치에는 구멍이 보이지 않고 지상 7~8미터 이상의 높은 장소에만 구멍이 있는 것 같으니 바닷물의 침식에 의한 것이라고는 생각할 수 없다. 바닷바람이나 빗물이나 그런 것이 작용해서 긴 시간에 걸쳐 이 구멍들이 생긴 것일까? 모르겠다. 신기하다.

이제 곧 날이 밝는다.

하루히로는 바위벽에 기어 올라가 어떤 구멍 바로 옆에 매달렸다.

바위벽 아래로 시선을 내리니 동료들과 K&K 해적 상회 KMO인 모모히나, 지미 과장, 그리고 전무 잔카를로와 루나루카 해적 찌하, 손을 뒤로 묶이고 입에 재갈이 물린 허니 덴이 하루히로를 올려다보고 있었다.

높은 곳이 별로 무섭지는 않지만 이 높이에다 아래는 바위 밭이다. 실수로 낙하하면 큰 부상을 입을 것이다. 메리가 있으니 즉사하지만 않으면 괜찮을까? 얼굴만은 부딪치지 않도록 해야지. 응. 괜찮아, 괜찮아.

목을 쭉 뻗어 직경 1.2미터 정도의 구멍을 살그머니 들여다본다.

깊이는 2.5미터 정도쯤이겠지. 이 구멍에도 바닷새가 둥지를 틀고 알을 낳고, 새끼가 자라 둥지를 떠나는 드라마가 있었겠지. 깃털이나 둥지 재료로 보이는 나뭇가지 등등이 흩어져 있는 가운데—라기보다는 그 위에서 한 남자가 코를 골고 있었다. 이쪽으로 발을 향하고 있어서 용모는 확인할 수 없지만, 로로네아에서 3~4킬로미터나 떨어진 이런 장소에서 낮잠을 자는 인간은 그리 많지 않겠지. 틀림없다.

이 남자가 빨간 눈의 벤, 즉 벤자민 프라이다.

허니 덴의 증언에 따르면, 그레이트 타이거호가 침몰하고 나서도 벤은 매일매일 로로네아에서 용의 공격 표적이 되었다고 한다. 그러나 악운이 강한 건지 뭔지, 간신히 계속 위기를 넘긴 모양이다.

벤과 허니 덴은 에메랄드 제도를 나갈 방법을 찾고 있었다. 그런데 용 소동의 영향도 있어서 벤과 허니 덴 같은 악평만 무성한 남자들을 태워주는 배는 좀처럼 찾을 수가 없었다. 몰래 밀항하는 것도 생각했다지만, 만약 들키면 흠씬 두들겨 맞는 정도로는 끝나지 않을 터였다. 분명 바다에 내던져진다. 그렇게 되면 살아날 방법은 없다.

결국 허니 덴은 될 대로 되라는 심정으로 임시 시장에서 술독에 빠져 지냈던 모양이지만, 벤은 포기하지 않았다. 이 은신처를 거점으로 해서 옛날부터 알던, 개차반으로 유명해서 해적 중에서도 멸시당하는 제일 말단 해적 패거리를 협박하기도 하고 부추기기도 하고 매달리기도 하며 배를 탈 방법을 모색하고 있다고 한다.

그것도 오늘로 끝이다. 어떻게 해서 끝낼 건가?

허니 덴이 말하는 바에 따르면, 보물은 벤이 숨겨놓아서 그 장소는 불명이라고. 옷 속에 숨겨 갖고 다닐 만한 크기는 아니라서, 갖고 다닌다면 예를 들어 가방에 넣는 등의 수단이 필요할 것이라고 한다. 로로네아에서 먹고 잘 때에는 실제로 그렇게 했었지만, 허니 덴이 아는 바로는 아지트를 이 은신처로 옮긴 이래로 벤은 항상 맨손으로 다닌다고 한다. 보물은 어디에 있냐고 허니 덴이 묻자, "뭐야? 너 이 녀석, 훔치려고?" 라고 으름장을 놓아 하마터면 죽을 뻔했기 때문에 더 이상은 물어보지 않았다고 한다.

그렇다면 보물은 이 구멍 속에 있는 걸까? 보기에 가방 같은 것은 보이지 않지만 어쩌면 베개로 삼고 있는 건지도 모르겠다.

벤과 허니 덴은 바닷가 루트로 용 둥지로 가기 전에 여기에서 하룻밤을 묵었다고 한다. 벤은 이 구멍을 사용했고 허니 덴은 옆 구멍에서 잤다. 즉, 허니 덴이 은신처를 알고 있다는 사실을 벤은 안다. 만약을 위해서 보물을 다른 구멍에 숨겨두는 정도의 일은 했을 것이다.

그리고 하루히로의 추리로는 로로네아를 공격하는 용의 목적은 보물 탈환이다. 그렇기 때문에 보물의 행방을 벤에게서 듣고 싶다. 순순히 불까?

심호흡을 한다. 더욱 깊게. 더 깊게.

바위벽에 찰싹 달라붙은 상태라서 발이 지면에 닿지 않았다. 가라앉는다기보다는 바위벽 속으로 쓱 파고든다. 바위벽과 일체화한다. 그런 이미지다.

스텔스(은폐).

—안 되나.

들어갈 수 있을 것 같으면서도 들어갈 수가 없다. 도대체 뭐지? 완전히 무리—라는 느낌은 아니다. 뭔가가 어긋난 건가? 들어맞지 않는다. 아마도 조금만 더 하면 될 것 같은데, 그 조금이 크다.

역시 슬럼프인 건가? 이런 때에는 어떻게 하면 좋은 거지? 전에는 그냥 됐었다. 되는 게 당연하다. 안 될 리가 없다. 안 되다니 이상하다. 그런 식으로 생각하면 할수록 조바심이 나고 만다. 침착해. 배짱을 가져. 말하기는 쉽지만 하는 건 힘들다.

밑에서 보고 있는 동료들은, 어라? 하루히로가 뭘 하는 거지? 하고 의아하게 여기고 있겠지. 꾸물거리고 있을 수는 없다. 쓱 들어가는 게 되지는 않지만, 전혀 스텔스가 안 되는 것도 아니다. 좋아, 하자.

일단 결심하면 이제 망설이지 않는다. 하루히로는 구멍에 파고들었다. 소리는 거의 내지 않는다. 벤은 아직 코를 골고 있다.

하루히로는 오른손으로 대거를 뽑았다. 그러자마자 오른쪽 무릎을 팔로 차였다.

"크…."

겁을 먹은 순간, 연속으로 마구 차여 하루히로는 구멍 밖으로 밀려날 뻔했다. 반사적으로 왼손과 두 발에 힘을 주고 버텼다. 빨간 눈의 벤. 이 녀석, 자는 게 아니었나? 깼던 거다. 언제부터?

"응카아아아아…."

벤은 몸을 일으키고 더욱더 하루히로를 세게 걷어차려고 했다. 하루히로가 "젠장…!" 이라며 대거를 들이밀고 견제하자 벤은 발을 뒤로 뺐다.

"너 이놈, 누구냐!"

손으로 뭔가 찾고 있다. 보물인가? 아니다. 월도다. 벤은 구멍 속에서 비좁게 웅크린 자세가 되더니 월도 칼집을 털어냈다. 칼끝을 이쪽으로 향한다.

"누구냐고 묻잖아! 대답해, 이 자식!"

하루히로는 잠자코 있었다. 지금 단계에서는 절대 벤에게 정보를 주지 않는 게 좋다. 하지만 좁네, 이 구멍. 이러면 안에 있는 벤이 유리하다.

하루히로는 과감히 구멍 밖으로 나왔다.

"아, 인마…!" 벤이 외쳤다.

하루히로는 그 구멍에서 너무 멀리 떨어지지 않고, 바위를 타고 나왔던 방향의 반대쪽으로 돌아 거기에서 기다리기로 했다.

"하…."

유메가 부르려고 했다. 하루히로는 아래를 보고 고개를 흔들어 보였다. 유메는 황급히 두 손으로 자기 입을 막았다.

벤은 좀처럼 나오지 않는다.

아무것도 생각하지 마. 벤은 어떤 놈이라거나, 놈이 이런 식으로 나오면 어떻게 하겠다거나, 상상을 하는 동안에 일이 벌어지면 반응이 늦어지고 만다. 아무튼 나오면 대처한다. 그것만으로도 좋다.

이윽고 벤이 불쑥 얼굴을 내밀었다. 하루히로가 있는 쪽과는 정반대 쪽을 향한다.

"읍읍…!" 허니 덴이 재갈을 문 입으로 목소리를 냈다.

벤은 그 목소리를 깨닫고 밑을 보았다.

"너…."

"읍읍읍읍읍…!"

허니 덴은 벤에게 무슨 말을 하려고 하는 걸까? 모르겠지만, 벤은 흠칫 놀라고 있다. 지금이다.

하루히로는 벤에게 덤벼들었다. 먼저 벤의 오른쪽 어깨를 대거로 찌르고 서로 뒤엉키며 구멍 안으로 굴러들어가 몸 위에 올라탔다.

"너 이놈, 이 망할 똥 덩어리가, 무슨 짓이야? 아프잖아…!"

"알은 어디 있어…?!"

"허니 덴 놈, 잘도 나불나불! 여기에는 없다, 바보…!"

"그렇겠지. 어느 구멍에 숨겼나?"

"모른다!"

오른쪽 어깨에 깊숙이 대거가 박힌 채여서 벤은 오른팔을 제대로 쓸 수가 없다. 월도도 손에서 놓았다. 하루히로의 입장에서는 목을 졸라버리고 싶었다. 기절시켜버리면 그 뒤는 어떻게든 된다.

"지금뿐이다! 솔직하게 말하면 봐주겠다!"

"그런 말을 할 입장이냐? 어디서 굴러먹던 말 뼈다귀인지 모를 애송이 주제에 기세등등하지 마…!"

기세등등할 마음은 없다. 오히려 하루히로는 필사적이다. 이 남자, 힘이 세다. 게다가 냄새가. 뭐야? 이거. 지독해. 냄새라고 할 정도가 아니다. 암내인가? 종류를 알 수 없는 악취다. 코로 숨을 들이켜지 않으려고 하는데도 자극적인 냄새를 느낀다. 이렇게 몸싸움을 하는 것만으로도 너무 힘들 정도로 심하다. 머리가 이상해질 것 같다.

"—냄새 지독하네, 정말, 진짜로…!"

"우하하하하하핫!"

아차. 그때까지 벤은 하루히로를 뿌리치려고 하거나 손가락으로 눈을 찌르려고 하거나 했다. 하지만 이제는 자기 냄새가 무기가 된다는 걸 깨달은 것이겠지. 마구 몸을 밀착해왔다. 무슨 짓을. 토할 것 같다. 정신이 아득해진다. 이 녀석, 죽인다. 반드시, 죽인다. 너무 냄새가 나니까 죽인다.

"끄으으으으아아아아아아아아아아아아아아아아아아아아아…!"

하루히로는 혼신의 힘을 쥐어짜서 벤을 바위에 밀어붙였다. 벤의 뒤통수를 바위에 쾅쾅 찧는다. 벤도 소리 지르며 반격했다. 엎치락뒤치락한다. 명치를 무릎차기에 맞았는데 이것이 상당히 타격이 컸다. 위험해. 뒤집혀서 도리어 밑에 깔리자 머리가 구멍 밖으로 나왔다.

"이 자식! 이 자식! 이 자식!"

목을 졸렸다. 두 손으로. 오른손에도 힘이 들어가는 건가? 비상시의 초인적인 힘이라는 건가? 벤의 왼쪽 눈은 적갈색 정도가 아니라 새빨갛게 보였다. 콧물과 침이 떨어진다. 더럽다니까. 이제 싫다. 최악이다.

바위벽 밑에서 동료들이 저마다 뭔가 외치고 있다.

하루히로는 벤의 오른쪽 어깨에 박힌 대거 칼자루를 쥐었다.

"아아아아, 아파아아아아아아아…?!"

벤의 오른손에서 힘이 빠졌다. 하루히로는 빠져나가려고 했고 벤은 그렇게 하지 못하게 막으려 한다. 피차 정신이 없었다. 특히 하루히로는 질식 직전이라 필사적이었다.

정신이 들고 보니 낙하하고 있었다.

"오오오오오?! 젠장! 오오오오! 오오오오오오오오오오…?!"

벤은 하루히로의 몸을 밑으로 향하게 하려고 했었다. 하루히로를 쿠션으로 삼아 살아나려는 속셈이다. 죽을까? 이것. 아니, 아니, 아니. 내가 더 젊고. 젊으니까 뭐 어쨌다는 거야? 하루히로도 잘은 모르겠지만, 그렇게 생각했다. 아직 젊고, 죽을 수 없다니까. 그것이 힘이 되었는지 아닌지.

"아아아아아아아아아아아아아아아아아아아아앗…?!"

온몸을 비틀고 그 뒤는 운을 하늘에 맡겼다.

박살 나고 으깨지는 소리를 들었다.

하루히로의 밑에서 벤은 두 눈을 부릅뜨고 있었다. 턱이 완전히 벌어지고 입도 벌린 채였다.

자기도 무사하지는 않다는 것은 알았지만, 한시라도 빨리 이 남자한테서 떨어지고 싶었다. 일어서려고 했더니 몸 여기저기에 격렬한 통증이 일어 자기도 모르게 비명을 질렀다.

안 다친 게 아닌 정도가 아니라 중상 아니야? 라고나 할까, 어라라? 의식이, 희미해져…?

곧바로 메리가 달려와 새크라멘토를 실시해주지 않았다면 도대체 어떻게 되었을까?

벤은 틀렸다. 머리와 척추, 아마도 내장도 심하게 손상을 입어 거의 즉사였던 것 같다.

"…우와아, 어쩌지…?"

하루히로는 몸을 웅크리고 머리를 감싸 쥐었다. 싸움 실력이 있다고 허니 덴에게서 들었는데도 만만히 봤었다. 설마 그렇게 터프할 줄은. 그리고 무엇보다도 그토록 냄새가 심할 줄은.

"알이, 있는 장소는…."

시호루는 거기까지밖에 말하지 않았다. 미안해. 이해해줘.

모두 한숨을 내쉬기도 하고 얼굴을 찡그리기도 하고 멍하니 서 있기도 했다. 그렇지요….

그 와중에 쿠자크가 하루히로 옆에 쪼그리고 앉아 "응" 하고 고개를 끄덕였다.

"그래도 다행이야. 나, 한순간 심장이 멎는 줄 알았는데. 이렇게 살아줬으니까. 그게 무엇보다—랄까. 뭐, 어떻게든 되겠죠. 우리들 지금까지 어떻게든 버텨왔으니까."

그리고 쿠자크는 "좋았어!" 라며 하루히로의 팔을 움켜잡고 자기도 함께 일어섰다.

"찾자, 찾아! 분명히 구멍들 중에 있을 거야. 구멍, 엄청 많지만, 인원수가 있으니까 금방 찾을 거야."

천사냐? 너는—이라고 말할 뻔했지만, 무슨 오해를 초래할 것 같은 느낌이 든다. 천사치고는 너무 크고. 크기는 상관없나? 하루히로는 코를 훌쩍였다.

"…긍정적이네, 쿠자크. 너."

"하루히로랑 모두 덕분이야."

"태연하게 하네, 그런 말을…."

"그런 거라니?"

"아니, 뭐 됐는데."

바위벽의 구멍은 무수하다고 말할 정도는 아니어도 수십 개 정도인가 백 개 정도는 있다. 게다가 빨간 눈의 벤이 보물을 그중 한 구멍에 숨겼다는 증거는 없다. 그렇다고 해서 구멍 이외에 짚이는 데가 있는 것도 아니다. 우선은 구멍을 하나하나 뒤져보는 수밖에 없다.

"이거, 올라가는 건가? 농담이지…?"

전무 잔카를로는 투덜거리던 것치고는 바위벽을 쑥쑥 올라갔다. 마법사이면서 쿵푸 마스터인 KMO 모모히나는 물론 마음만 먹으면 벽을 걸어 다니는 것도 해낼 것 같아서 아무런 문제도 없다. 지미와 찌하는 허니 덴을 감시하기 위해 지상에 남기로 했다. 시호루도 지미와 함께 있으라고 하고 하루히로, 쿠자크, 유메, 메리, 세토라, 그리고 키이치는 각각 구멍을 하나씩 뒤져보았다.

일곱 명과 한 마리가 착수하면 물론 시간은 나름대로 걸리겠지만, 막막하기만 한 작업이라고 할 정도는 아닐지도 모른다. 특히 키이치는 혼자서 2~3인분의 몫을 해내줄 것 같다.

한동안 구멍을 뒤지고 있노라니 용이 날아왔다고 시호루가 가르쳐주었다.

그쪽을 보니 로로네아 상공을 세 마리 용이 선회하고 있었다.

어제도 용은 한 번 로로네아에 내려와 건물을 몇 채나 파괴했다. 보물을 찾아낸다고 해도, 예를 들어 이 근처에 놓아두면 용이 그것을 갖고 돌아가서 한 건 해결—이렇게 될까? 용의 기분에 달렸나?

계속해서 구멍을 뒤지고 있는데 "어이—어—이!" 라고 누가 외쳤다. 틀림없이 시호루의 목소리다. 하지만 어이—라니. 왠지 시호루답지 않다. 무슨 일이 있었던 건가? 하루히로는 보물찾기를 중단하고 구멍에서 몸을 내밀었다. 시호루는 로로네아 방향을 가리키고 있다.

"요, 요, 용이…!"

"어? 용…?"

이게 무슨 일인가.

시선을 로로네아 쪽으로 향하자 좀 전까지 시가지 위를 빙글빙글 돌던 용들 중 한 마리가 이쪽으로 다가오고 있는 것이 아닙니까.

"위, 위험… 하, 지? 어? 어떻게 하면…?"

"우선 우리는 대피하겠습니다!"

지미는 찌하의 등을 두드리고 허니 덴의 엉덩이를 발로 찼다. 시호루의 옷자락을 잡고 "가자!" 라며 잡아당긴다.

"여러분은 구멍 속으로! 아마도 우리가 더 위험할 것 같지만요!"

구멍 속? 괜찮은 건가? 괜찮아? 지미와 시호루, 찌하, 허니 덴은 벌써 전력으로 질주하고 있다. 하루히로는 용에게로 시선을 옮겼다. 한 마리뿐이고 그리 빠르지는 않은 것 같다. 아니, 한 마리라도 충분히 위험하고, 느리지는 않다. 아니, 빠른데. 하루히로는 황급히 구멍 안쪽으로 물러났다.

용이 온다. 기척이랄까, 소리가 들린다. 갸아아아아아아아아아아아아 하는 높은 울음소리가 났다. 바람도 느껴졌다. 이것은 용이 날갯짓을 하는 소리인가? 착지하려고 하는 건지도 모른다. 그런 느낌이 든다.

용은?

벌써 착지했나?

뭘 하고 있는 거지?

움직인다. ―그런 것 같은…?

궁금하다. 호기심이라기보다 시호루가 무사한지 어떤지. 만약 시호루를 용이 노리고 있다면 구해야 해. 이쪽으로 주의를 끌고 나서 구멍 속에 틀어박히면 용은 들어올 수 없겠지. 아마도. 뭐, 뭔가 방법은 있을 것이다.

하루히로는 손으로 바닥을 짚고 기어서, 구멍에서 얼굴만 내밀었다.

용은 있었다.

하루히로가 있는 구멍 바로 아래 근처다.

바위 밭에서 뭔가 하고 있다.

크다.

지금은 날개를 접고 있지만 그래도 20미터 이상은 되는 것 아닐까? 에메랄드. 그야말로 온몸이 에메랄드로 뒤덮인 것 같다. 아름답다. 세상에 존재한다고 믿을 수 없을 정도로 예쁘다. 저것이 생물이라고는 좀 믿기지가 않는다. 하지만 움직인다. 개가 냄새를 맡을 때처럼 고개를 숙이고 용은 도대체 뭘 하고 있는 걸까?

시호루 일행의 모습은 보이지 않는다. 어딘가에 숨은 걸까?

하루히로는 고개를 집어넣었다. 용이 날개를 펼치려고 한 것이다.

무섭다. 물러난다. 후퇴한다. 하루히로는 구멍 제일 안쪽까지 물러났다.

용이 날았다. 소리나 바람뿐만이 아니다. 상승해가는 용을 흘낏이지만 자기 눈으로 직접 봤다. 거의 바로 밑에 있었기 때문에 하루히로가 있는 구멍 앞을 지나갔다. 와이번과는 다르다. 와이번은 새와 마찬가지로 앞다리가 날개로 발달한 것이다. 하지만 에메랄드 제도의 용은 등에 날개가 나 있고 뒷다리처럼 튼튼하지는 않지만 분명히 다른 앞다리가 있다. 앞다리라기보다 저것은 팔이다. 손에 뭔가 들고 있었던 것 같은…?

용이 또 갸아아아아아아아아아아아아아아아 하고 울었다. 그 직후였다.

슉… 하고, 뭔가가 엄청난 속도로 낙하했다.

그 뒤에 털푸덕 하는 소리가 들린 것 같은, 아닌 것 같은.

용이 던진 것일까? 그 손에 들고 있던 것을?

조용해졌다.

용은? 가버렸나? 아니면 아직 위에 있는 건가?

하루히로는 한참 망설인 끝에 구멍에서 가급적 몸을 내밀지 않도록 하며 우선 상공을 확인했다. 없다. 로로네아 쪽에는 있다. 몇 마리지? 한 마리, 두 마리… 세 마리. 보아하니 아까 있던 용은 이미 날아가 저기에 가담한 것 같다.

"시호루…?! 시호루…!"

하루히로는 구멍에서 나와 바위벽을 내려갔다. 다 내려오기 전에 저편에서 시호루와 지미, 찌하, 그리고 허니 덴이 달려왔다. 네 명은 가급적 멀리 도망쳐 바위 밭의 낮게 움푹 팬 장소에 몸을 숨기고 있었던 모양이다. 덕분에 무사했다. 그렇다는 건 용은 애초부터 시호루 일행 따위는 안중에 없었던 것이겠지.

모모히나와 잔카를로, 쿠자크, 유메, 메리, 세토라, 그리고 키이치도 구멍에서 나와 바위벽을 내려왔다.

"뭐였던 거야…?"

하루히로는 중얼거렸다. 그리고 곧바로 웃 하고 입을 손으로 틀어막았다. 뭐였던 거긴.

바위 밭에 살점과 뼛조각, 내장 같은 것, 그리고 피가 흩뿌려져 있었다. 그러고 보니 내가 죽인 거였지—라고 이제 와서지만 생각한다. 죽이지 않으면 내가 죽었을 테니 어쩔 수 없었지만. 혹시나 인간을 죽인 것은 이것이 처음이 아닐까? 기분이 좋지는 않지만 죄책감은 솔직히 없다. 지금까지 꽤나 많은 목숨을 빼앗았다. 상대가 인간이라고 해서 새삼 마음이 아플 정도로 순진하지는 않다는 뜻인지도 몰라. 빨간 눈의 벤. 벤자민 프라이는 보기 드문 나쁜 놈이었고. 그래도 이렇게까지 생전의 모습이 자취도 찾아볼 수 없을 정도로 참상이 되어버리면 가련하게 여기는 것까지는 아니더라도 허망함 같은 것을 느끼게 된다.

허니 덴은 과연 충격을 받았는지 주저앉아서 빨간 눈의 벤이었던 것을 응시하고 있다.

하루히로는 가볍게 머리를 흔들고 한 번 한숨을 내쉬었다.

"…용은, 이 녀석 냄새를 맡고 온 것이었을까?"

"복수를 하려고 했는데 이미 죽어버렸으니까 분풀이로—라는 건가?" 잔카를로는 어깻짓을 했다. "이걸로 마음이 풀린다면 좋겠지만…."

"그건 글쎄요."

지미는 로로네아 쪽을 가리켰다.

용이 하강하려고 한다.

"웅?" 유메가 고개를 갸웃거렸다.

모모히나는 "어라?" 라며 눈을 가늘게 떴다.

"어라라? 마을이라기보다 북쪽 아닌가…?"

"북쪽이라니—."

쿠자크는 경악했다.

잔카를로가 뛰기 시작했다.

"상황을 보고 오겠다! 지금 임시 시장이 당하면 장난 아니야…!"

15. 니고시에이터

포장마차건 노점이건 그게 문제가 아니다. 전부 다 엉망진창이다. 인간이, 오크가, 여러 종족이 피투성이가 되어 쓰러져 있다. 반쯤 으깨진 자, 몸 일부가 떨어져나간 자도 많다. 팔과 다리, 머리 부분이 나뒹굴고 있기도 했다. 그들은 용이 이 임시 시장에 내려올 것이라고는 꿈에도 생각지 못했을 것이다. 어이, 뭔가 이상해. 이쪽으로 온다. 누군가가 그렇게 외쳤을 때에는 이미 늦었음에 틀림없다.

정말 장난 아닌 참상이다.

세 마리 용은 이미 날아올라 로로네아 상공을 선회하고 있다.

"…살아 있는 사람을 구해야지." 메리가 말을 꺼냈고 그게 옳다고 생각하고, 나눠어서 생존자를 찾으려고 했더니 용들이 또 하강을 시작해서, 그럴 상황이 아니었다. 마을 안은 위험할 테고 밀림으로 피난하는 수밖에 없다. 하지만 밀림은 과연 안전할까? 용이 밀림에 들어오지 않는다는 보장은 없으므로, 여차하면 한판 붙는 수밖에 없다. 그런 각오까지 하려고 했으나 용들은 다행히 밀림 쪽으로는 내려오지 않았다. 임시 시장에서 로로네아 시가지로 도망친 자가 상당수 있었던 모양이다. 용은 그들을 표적으로 삼은 것 같다. 마을 여기저기에서 흙먼지가 피어오르고 시가지에서 멀리 떨어진 밀림에까지 사람들의 비명이 희미하게 들렸다.

결국 오후에 용이 날아가버릴 때까지 밀림 안에서 그저 숨을 죽이고 있는 것밖에 할 수 없었다. 그러고 나서 임시 시장에서 생존자를 수색하기 시작했는데, 숨이 붙어 있는 자는 한 명도 발견하지 못했고, 이러니저러니 하는 동안에 용들이 되돌아와서 다시금 황급히 밀림으로 대피하는 꼴이 되었다. 아무래도 용들은 사냥터에서 식사를 하고 온 모양이다. 배를 불리고 나서 또다시 로로네아에서 한바탕 날뛰고는 저녁 무렵에 둥지로 돌아갔다.

그런 까닭에 피해 규모가 판명된 것은 밤이 된 후였다.

엄청나다고밖에는 할 말이 없다. 밝혀진 것만 해도 사망자는 80명 이상, 부상자는 300명을 넘는다. 들리는 바에 따르면, 시가지를 도망쳐 다니던 끝에 부두와 잔교에서 바다로 뛰어든 자가 꼬리에 꼬리를 물었던 모양이다. 그 탓도 있어서인지 항구의 피해는 특히 컸다. 1번, 3번, 4번 잔교는 철저하게 파괴되었고 1번 잔교와 2번 잔교도 반파했기 때문에 제대로 쓸 수 있는 것은 이제 5번 잔교뿐이다. 항구 근처 창고들도 용에게 파괴되어 대량의 곡물, 소금에 절인 고기, 생선, 야채 초절임, 과일, 그리고 술 등이 못 쓰게 되었다.

로로네아는 괴멸적인 타격을 입었다. 그리고 용은 내일 이후로도 계속 습격해올지도 모른다.

날이 저물자 해적들이 돈과 음식물을 둘러싸고 다투기 시작했다. 자포자기 상태가 되어 상대를 가리지 않고 싸움을 거는 해적도 있었다. 용을 두려워해서 먼 바다에 정박했던 배들이 5번 잔교에 몰려들어 대정체를 이루어서 큰 혼란에 빠졌다. 해적들을 통제하고자 잔카를로와 모모히나, 지미가 여기저기로 뛰어다녔지만, 오후부터 낮게 내리깔린 구름이 마침내 비를 뿌리기 시작해도 마을은 전혀 안정을 되찾을 조짐이 없었다.

이대로 로로네아에 있어도 어쩔 도리도 없다고나 할까, 위험할 뿐이다. 하루히로 일행은 빗속에서 예의 그 바위벽으로 돌아갔다. 루나루카 해적 찌하는 그들을 따라왔다.

바위벽에서는 허니 덴이 "읍—읍—읍—읍—!" 하고 하루히로 일행의 귀환을 기뻐했다. 아니, 별로 기뻐한 것은 아닌지도 모르지만, 손을 뒤로 묶고 입에 재갈을 물린 다음, 좌우의 무릎과 발목을 밧줄로 고정했을 뿐 아니라, 허리도 밧줄을 사용해 튀어나온 바위에 묶은 상태로 방치했었기 때문에, 다소는 안도했을 것이다. 배가 고팠던 것일지도 모르고 도중부터는 비도 내리기 시작해서 쾌적하다고는 말하기 힘든 환경이었음에 틀림없다. 그런데도 "읍—읍—읍—읍—!" 하는 외침을 전혀 멈추지 않는 것을 보면 그런대로 기운이 있는 모양이다.

그럼 하루히로들은 왜 바위벽으로 되돌아온 것일까? 이유 중 하나는, 여기에 허니 덴을 두고 로로네아로 갔었기 때문이다. 긴급 사태라 어쩔 수 없는 조치였다고는 해도 좀 심했다는 생각이 안 드는 것도 아니었고, 그대로 내버려두기는 과연 찜찜했다.

허리 밧줄과 두 다리의 구속만 풀어준 뒤 허니 덴을 데리고 비를 피할 수 있는 장소를 찾았다. 조금 걸어가보니 마침 동굴이 있어서 거기에서 숨을 돌리기로 했다.

다들 말수가 적었다. 쿠자크는 미리 양해를 구한 후에 눕더니 금방 잠들었다.

허니 덴이 하도 읍—읍—시끄러워서 재갈을 풀어주니 가련하게도 음식을 요구했다. 갖고 있던 보존식을 주자 그제야 얌전해졌다.

이윽고 바깥이 밝아졌다. 비는 그치지 않았다. 찌하가 말하는 바에 따르면, 비가 오는 날이면 용은 둥지에서 나오지 않는 적이 많다고 한다. 그렇다면 한숨 돌릴 수 있다. 하루히로는 무거운 허리를 들었다.

"…날도 밝은 것 같으니 슬슬 찾으러 갈까."

"하지만 어느 구멍에 숨겼는지 모르잖아. 모르는 정도가 아니라, 여기에는 없는지도 몰라."

세토라의 말이 맞는지도 모른다. 하지만 그렇지 않을지도 모른다.

하루히로는 동굴 출구 쪽에서 바깥의 바위 밭을 보았다. 비로 상당히 씻겨나갔을 테니 잔해조차 금방은 찾을 수 없겠지만, 분명히 이 근처에서 생애를 마친 빨간 눈의 벤은 보물이 어디에 있냐고 묻는 하루히로에게 여기에는 없다, 바보—라고 대답했었다. 그렇겠지—하루히로는 납득했다.

생각해보면 신기하다고나 할까, 내가 생각해도 경솔했다고 할까, 멍청했다고 할까, 벤에게서 바보 취급을 받아도 어쩔 수 없다고나 할까.

벤자민 프라이는 어디에서 어떻게 봐도 정직한 자는 아닌 것 같았다. 태연히 남을 속이고 습관적으로 거짓말로 상대를 농락한다. 분명 그런 남자였을 것이다. 놈이 희다고 말하면 검정이 아닐까 의심해야 하는 게 마땅하겠지.

"없으면 없는 거고, 그때 가서 생각하자. 우선 모두 여기에 있어. 나 혼자서라도 괜찮으니까."

하루히로는 동굴을 나갔다. 멀리서 봤을 때에는 몰랐지만 벤의 피와 살점이 바위에 달라붙어 아직 남아 있었다. 그렇다는 것은, 마침 이 위 부근인가?

비 때문에 미끄러운 바위벽을 주의 깊게 올라갔다. 문제의 구멍에 들어가자 안쪽은 거의 캄캄했다. 뭐, 그래도 어떻게든 되겠지.

바닷새가 둥지 재료로 쓰려고 모아 온 나뭇가지와 뭔지 모를 물체를 치우면서 손으로 더듬는다. 기분 탓일까? 가끔씩 죽은 남자의 체취를 느낀다. 그 남자는 여기에서 잤던 것이다. 마침 이 부근에 머리를 두고, 그리고—.

등. 아니, 이쯤이 허리인가? 빨간 눈의 벤이 잠을 자려고 몸을 눕히면 엉덩이 아래가 이 부근의 장소였을 것이다.

부드럽다. 아니, 원래 움푹 들어가 있었거나 파헤치거나 해서 그 위에 나뭇가지인지 뭔지를 깐 것일까? 그것을 걷어내자, 나왔다.

있었다.

두꺼운 마 같은 것으로 만든 가방이다.

가방을 끄집어냈다. 열어본다. 하루히로는 숨을 들이켰다가 천천히 내쉬었다.

"…이것이."

가방을 닫고 어깨에 멨다. 구멍에서 나오자 밑에 쿠자크와 메리, 세토라와 키이치가 있었다. 유메와 시호루, 찌하는 허니 덴을 감시하고 있는 것이겠지.

"있었어."

"어…."

"냥?"

"뭐라고?"

"진짜입니까…?!"

다들 깜짝 놀랐다. 하루히로도 그 가능성을 눈치 챘을 때에는 여러 가지 의미로 놀랐다. 첫 번째는 자신의 어리석음에 어이가 없었지만. 빨간 눈의 벤이 여기에는 없다고 말한다면 사실은 그 반대고

실은 있는 게 아닐까—라고 생각했어야 했다. 적개심도 상당히 강해 보이는 그 남자가 소중한 것을 숨긴다면, 과연 어디일까? 자기 아지트로 삼은 구멍 속이 가장 수상할 것이 당연하다.

바위벽을 내려가 쿠자크 일행과 함께 동굴로 돌아갔다. 하루히로가 들고 있는 가방을 보자마자 허니 덴이 "앗" 하고 외쳤다. 다시 가방을 연다. 안에 쑤셔 넣어두었던 대량의 마른 들풀과 천 조각은 완충재 대신인가? 그 남자 나름대로 소중하게 보관한 것이겠지. 마른 풀을 손으로 치운다. 그것은 아름다웠다. 진한 녹색일까? 태양 밑에서 보면 더욱 선명한 녹색이겠지.

알. 확실히 알 모양이다. 크기는, 제일 부푼 곳의 직경이 20센티미터 정도일까? 작지는 않지만, 그 용의 알이라면 좀 더 커도 될 것 같은 느낌이 든다. 손가락으로 튕겨봤다. 딱딱하다. 마치 돌 같다. 웬만해서는 흠집도 나지 않겠지.

들어봤다.

"무거워…."

역시 돌이다. 돌의 중량이라고 생각할 수밖에 없다.

메리가 알에 손을 대고 눈을 감았다.

"…매우 차가워. 진짜 알인지도 모르지만 부화하는 일은 없을 거라고 생각해."

"알의 화석, 이라거나…?" 시호루가 알보다 메리의 표정을 살피면서 말했다.

"그럴지도 몰라."

메리는 눈을 떴다. 당황한 것처럼 손을 뒤로 뺐다.

"…잘, 모르지만. 단지 그런 느낌이 든 것뿐이지…."

쿠자크는 팔짱을 끼고 끄덕였다.

“먹을 수는 없다는 거지요?”

“…먹고 싶어?”

하루히로가 묻자 쿠자크는 진지한 얼굴로 “어? 먹어보고 싶지 않아요?” 라고 되묻는다.

“아니, 나는 그다지.”

“아하. 하루히로는 그렇지. 음식에 관해서는 꽤 보수적이지.”

“이 경우엔 그런 문제도 아니지만…?”

“저기 말이야, 그거 금화 5천 닢의 가치는 있을 물건이라고, 너희들….”

허니 덴이 못마땅한 얼굴을 하며 중얼거린다.

“후오우….” 유메는 고개를 갸웃거렸다. “5천 닢? 흐으음…?”

“금….”

하루히로가 저도 모르게 알을 떨어뜨릴 뻔해서 쿠자크가 “우옷” 하고 펄쩍 뛰었다.

“5, 5천이라니! 5천 골드라는 뜻?! 어마무시하게 큰돈이잖아?! 어마무시가 뭐냐고 하겠지만….”

“적어도 벤은 나에게 그렇게 말했다. 사실인지 아닌지는 모르지만. 금화 백 닢이라도 평생 놀고먹을 수 있다. 그러려고 했는데….”

허니 덴은 어깨가 축 처진다. 젠장이니 제기랄이니 뭔가 구시렁거리고 있다. 이제 와서 자기의 불운을 한탄하는 쓰레기 심보는 어떤 의미에서는 압권이다.

“당신들 탓에 사람이 그토록 많이 죽었는데요….”

“내가 생각해낸 게 아니야. 게다가 내가 가담하지 않았어도 벤은 혼자서라도 했을걸. 잘못한 건 놈이야. 놈이 없었으면 이런 일은 절대로 일어나지 않았을 테니까. 안 그래?"

"뭐가 안 그래야."

세토라는 차가운 옆눈으로 허니 덴을 흘낏 보았다. 키이치도 무서운 얼굴로 충치남을 노려본다.

"하루, 이 남자는 이제 볼일 없지? 처리하는 편이 좋지 않을까? 숨을 쉬는 것만으로도 거치적거리고 해악이다."

"그, 그런 말 하지 마! 이, 이래 봬도 나는 뭔가에 도움이 될 거야!"

"도저히 그렇게는 생각되지 않는데."

"아니, 그러니까 벤 놈도 나를 부른 거라고!"

"놈은 혼자서도 했을 거라고 네놈이 직접 말했잖아."

"그, 그건, 그거야. 뭐더라? 그러니까, 왜 있잖아, 말실수라고나 할까…?"

볼일이 없을지 아닐지. 망설여진다. 설령 볼일이 끝났다고 해도 죽일 필요는 없다고 생각하지만, 언제까지고 보고 싶은 얼굴은 솔직히 아니다. 어쩌지?

"찌하. 이거, 본 적은?"

하루히로는 만약을 위해 물어봤다.

찌하는 한동안 빤히 알을 바라보았으나, "없다" 라고 고개를 저었다.

"하지만, 아마도, 용 알. 용에게, 돌려준다. 좋다. 안 돌려준다, 용, 계속 화난다."

"어떻게 돌려주면 되는 걸까?" 유메는 눈썹이 팔자로 처지더니 자기 무릎을 끌어안는다. "용들, 무지 열받은 것 같잖여. 예를 들어서 말인데, 유메가 그 알을 들고 간다고 쳐. 그러면 유메, 용한테 잡아먹혀버리지 않을까?"

"그럼 그냥 근처에 둔다거나." 쿠자크가 그렇게 말하고 곧바로 자기 이마를 주먹으로 두세 번 때렸다. "…안 되나. 아니, 안 되는 건가? 모르지만, 어느 쪽이든 마을 습격을 그만두지 않을 것 같기도 하네. 완벽하게 열을 받았을 테니까."

"배도 띄울 수 없을 것 같고…."

시호루는 동굴 밖을 보며 깊은 한숨을 내쉬었다.

하루히로는 "돌려준다… 고…" 라고 중얼거렸다.

"돌려준다…." 쿠자크가 앵무새처럼 되풀이해 말하고 동굴 천장을 올려다본다.

유메가 "…돌려준다?" 라며 머리를 90도 뒤로 눕혔다.

"만약 유메가 있지, 누군가에게 뭔가를 돌려줘야 한다면, 직접 돌려주러 갈까?"

"돌려주러 간다…." 메리는 턱을 당기고 고개를 숙였다. "용 둥지에?"

"나, 나는 싫닷!"

허니 덴이 외치자마자 동굴에서 뛰어나가려고 했다. 곧바로 세토라가 발을 걸어 넘어뜨렸다. 밑이 평평하다고는 할 수 없는 바위라서 "우킷" 하고 신음한 허니 덴의 얼굴은 상처투성이가 되었다.

"시, 싫다. 거기에는 가고 싶지 않아. 그런 곳에 또다시 갈 바에는 죽는 게 낫다. 아니, 그건 지나친 말이지만. 좀 더 좋은 여자를 많이 품어보고 뺨이 녹아내릴 정도로 달콤한 걸 배불리 먹을 때까지 나는 죽을 수는 없단 말이다….”

“도대체 뭐야? 이 녀석은….”

세토라는 질색하는 걸 넘어서 가볍게 전율하고 있다. 정말로, 싫은가 보다.

내버려두면 허니 덴이 포복 전진으로 동굴에서 나갈 것 같아서 하루히로는 어쩔 수 없이 놈의 등을 짓밟아 말렸다.

“꾸오히야악?! 이 사람 같지 않은 놈.”

“시끄러워. …그보다 당신에게서 사람 같지 않다는 말은 듣고 싶지 않은데.”

“그렇다면 나를 놔줘. 자유롭게 해줘. 그럼 너를 성인군자로 기억해줄게.”

“기어오르지 마. 용에게 잡아먹히고 싶은가?”

“미, 미안합니다. 아, 안 그러겠습니다. 용서해주세요, 제발 자비를….”

뭔가 이렇게 밟고 있는 것만으로도 시시각각 마음이 오염되는 것 같은 느낌이 든다. 하지만 발을 치우면 이 남자는 십중팔구 도망치려고 하겠지.

“…다시는 가고 싶지 않다고 하는데. 당신은 발을 들여놓지 않았잖아? 빨간 눈의 벤은 혼자서 용 둥지에 들어갔다가 분명히 돌아왔어.”

“그놈은 좀 이상한 거야. 머리 상태가. 나는 정상이니까….”

“바로 그 앞까지 가는 길은 알지?”

“…그 앞까지는. 거기서부터는 지도도 없어. 그런 장소에 비집고 들어가는 건 제정신으로 할 짓이 아니야.”

"하지만, 하루."

세토라가 허니 덴에게 보내는 눈길은 오물을 볼 때의 눈빛이다. 그럼 안 보면 될 텐데 그만 보게 되고 만다. 이렇게까지 쓰레기는 그리 흔치 않기 때문일까?

"우리가 그렇게까지 할 의리가 있는 건가? 알의 현물을 발견한 시점에서 용이 로로네아를 습격하는 이유는 알아냈다고 해도 되겠지. 우리 일은 거기까지였을 텐데."

"그러네. 세토라 말이 맞지만…."

비는 계속 내리고 있다. 빗줄기가 약간 잦아들었나? 용은 오늘도 날아올까? 5번 잔교에 몰려왔던 배는 어떻게 되었을까? 분명 대부분의 배는 부두에 대지 못한 게 아닐까? 비뿐만이 아니라 바람도 제법 강하다. 바다는 거칠다.

로로네아는 해적의 마을이다. 그 마을에서 소비되는 물건의 대부분은 배가 운반해온다. 배에 의한 수송이 제 기능을 잃으면 주민들은 금방 굶어 죽겠지. 물고기라도 잡아먹을까? 밀림의 과일을 따는 방법도 있지만, 그렇게 되면 루나루카가 잠자코 있지는 않을 것이다.

조심해야 할 점은, 이것은 이미 그들의 문제가 아니라는 것이다. 하루히로 일행은 지금 이 섬에 있다. 자신들도 당사자다.

잔카를로나 지미를 만나야 한다. 루나루카의 의견도 들어보고 싶다. 찌하에게 부탁해서 족장 후계자인 형 뫄단을 불러달라고 했다. 쿠자크가 찌하와 동행하겠다고 했다. 하루히로는 로로네아까지 한달음에 뛰어가 잔카를로를 찾았다.

마을 안은 황폐할 대로 황폐해졌다. 걸어 다니는 자는 전원 폭도라고 간주하는 게 좋을 것 같다. 숨어서 몰래 항구로 가자 5번 잔교에는 아직 배가 몇 척이나 정박 중이었고 인파가 몰려 있었다. 뭔가 심하게 다투고 있는 것 같다. 다가가서 보니 잔카를로가 해적들에게 고함을 치고 있었고 상대방도 역시 소리를 지르고 있었다. 당장이라도 치고받고 싸울 것 같다. 거기에 모모히나가 끼어들자 곧바로 해적들이 얻드렸다. 아무래도 무사히 넘어간 모양이다. 지미가 있다. 하루히로는 그에게 말을 걸었다.

"과장님."

"…아아, 당신입니까? 무사한 모양이라 다행입니다."

"꽤 피곤하신 것 같네요. 괜찮습니까?"

"나는 언데드니까요. 무슨 할 말이라도?"

하루히로는 숨을 죽이고 알을 발견했다는 이야기를 전했다. 지미뿐만이 아니라 잔카를로와 모모히나도 함께 가서 알 실물을 확인하고 향후에 관해서 논의하기로 했다.

로로네아를 떠나 얼마 되지 않아, 비가 내리고 있는데도 용이 날아왔다. 용이 5번 잔교까지 파괴해버리면 섬에서 나갈 수단이 본격적으로 없어진다. 아니, 그런 일은 일어나지 않을 거라고 생각할 만큼 하루히로는 낙천적이 아니다. 분명 그렇게 되겠지. 잔카를로도 반쯤 포기한 모양이다. 지치기도 했겠지만 용을 봐도 딱히 놀라거나 하지도 않고 앞날을 우려하지도 않는 기색이었다.

찌하와 쿠자크는 뫄단을 데리고 먼저 돌아와 있었다. 뫄단은 허니 덴에게는 상당히 화가 나 있어서 무슨 의식의 제물로 삼는 것이 어울린다고 주장했으나, 우선은 기다려달라고 했다. 아무튼 용의 알을 어떻게 취급할지. 마땅한 장소로 돌려놓는 게 좋다는 것이 뫄단의 생각이었다.

“이것이 용 알인가? 나는 모르겠다. 그러나 용의 소중한 것. 틀림없다. 루나루카는 도둑에게 벌을 내린다. 훔친 것, 원래대로 돌려주게 한다. 훔친 것, 훔친 장소에 되돌린다. 그리고 사죄한다. 너희들 인간도 같다. 용도 같다. 훔친 것은 돌려준다. 그 이외에는 없다.”

“대충 찬성이다” 라고 잔카를로는 한 손을 들었다. “뭐, 그래서 결말이 날지 어떨지는 해보지 않으면 모르니까. 아무래도 우리가 용에게 성의를 표하는 방법은 그것밖에 없을 것 같다.”

“고럼—. 할깟—.”

모모히나는 “자—” 라며 하루히로에게 두 손을 내밀었다.

하루히로는 반사적으로 “…네” 하고 모모히나의 손바닥 위에 왼손을 올렸다. 뭔가 이게 아닌데?

“노—. 그게 아니랏! 용의 방울방울 주세욧—.”

“아아….”

방울방울이라는 표현은 좀 야릇하다고 생각하면서 하루히로는 용의 알을 가방에 든 채로 모모히나에게 넘겨주려고 했다.

하지만, 괜찮을까?

하루히로는 시호루를 보았다. 망설일 때에는 자기도 모르게 시호루에게 도움을 청하게 되어버린다. 이제 완전히 습관이 되었다. 시호루는 하루히로의 눈을 보고 고개를 끄덕였다.

“응! 방울방울!” 모모히나가 재촉했다.

하루히로는 모모히나의 손에 가방을 올려놓기 직전에 도로 잡아당겼다.

"—아니."

"엥?"

"이건 넘겨줄 수 없습니다. 아직 보수를 받지 않았으니까."

"그것 말인데…."

잔카를로가 하려던 말을 하루히로는 "알고 있습니다" 라며 말렸다.

"지금은 배를 띄워 우리를 베레까지 보내줄 수 있을 만한 상황이 아니다. …그렇지요. 그건 고사하고, 극단적으로 생각하면, 용을 어떻게 하지 않으면 내일 당장 어떻게 될지 모르지요."

잔카를로는 입꼬리가 처진 채로 어깻짓을 했다.

하루히로는 계속 다그쳐 말했다.

"거들어드릴 수도 있습니다. 알을 용 둥지로 돌려주러 가는 걸. 단, 보수를 더 얹어주십시오. K&K 해적 상회는 상당히 잘 벌었지요? 돈은 있지요? 참고로 허니 덴의 말로는 용 알의 가치는 금화 5천 닢이라고 합니다."

16. 내려선 자

섬의 동쪽 해안은 거의 바위 해안이고, 서쪽 해안은 모래사장이 많다고 한다. 거리상으로는 동쪽 해안을 북상하는 편이 가깝지만, 서쪽 해안 루트는 멀리 돌아가긴 해도 압도적으로 걷기 편하다. 기슭이 군데군데 단애절벽으로 되어 있어서 그럴 때에는 밀림에 들어가야만 하지만 찌하와 그의 형 뫈다가 동행해줬다. 찌하가 소속된 카무시카족은 규모가 크고 뫈단은 이름난 용사이기 때문에 다른 부족에도 영향력을 행사할 수 있다. 또한 찌하의 또 한 명의 형인 탄바가 각 부족에 미리 말해준 모양이다. 덕분에 루나루카의 습격을 경계할 필요는 없었다.

출발하고 얼마 안 되어 비도 그쳤다. 용 둥지 바로 앞까지 약 이틀간의 일정은 유람하듯 산책하는 것과 그리 다를 것 없었다. 진귀한 새를 발견하고 흥분하기도 하고 살벌할 정도로 색채가 선명한 벌레에 전율하기도 할 여유조차 있었다.

"여기서부터는 진짜로 염병하게 위험하다…."

일단 안내역으로 데려온 허니 덴의 말을 듣지 않아도 그 산의 모습을 눈으로 보면 누구나 다리가 움츠러들 것이 분명하다.

그 산은 수평 방향에서 보면 약간 언덕형이다. 칼데라라고 하나? 아마 꼭대기가 분화해서 뿜어 나와 분화구 부분이 크게 움푹 팬 모양이다. 완만한 곳이 거의 없고 산중턱부터 꽤나 급경사다. 높이도 상당해서 전용 장비가 있어도 오르기가 어려울 것 같다.

경사면에 가느다란 균열이 입을 쩍 벌리고 있지 않았다면 분명 누구라도 이 산에 들어설 수는 없을 것이다.

그런데 그 균열이 그야말로 보기에도 무시무시하다. 사람이 지나갈 수 있을 정도의 폭은 넉넉히 있지만, 높이가 백 미터 이상, 어쩌면 수백 미터에 달하기 때문에 이상하게 가늘게 느껴진다. 균열 안쪽은 캄캄해서 안이 어떻게 되어 있는지는 짐작도 할 수 없다. 들어갈 수 있을 것 같은데도, 뭐랄까, 물리적으로는 틀림없이 들어갈 수 있는데 들어갈 수 없을 것 같은, 들어가서는 안 될 것 같은 느낌이 든다.

찌하와 뫄단은 균열에 절대 다가가려 하지 않았고 지금은 먼발치에서 하루히로 일행을 지켜보고 있다. 어차피 그들 루나루카에게는 용 둥지에 들어가서는 안 된다는 규율이 있어서 여기에서 헤어져야 한다. 오히려 여기까지 함께 와준 것에 감사해야 할 것이다.

하루히로는 균열을 올려다보았다. 왠지 위장 근처가 꽉 조여드는 것 같으면서 답답해졌다.

"지금, 오후 정도일까…?" 쿠자크는 하늘을 올려다본다. "이대로 감행해?"

모모히나는 이미 균열 안으로 약간 들어가서 두리번거리고 있다.

"흠, 흠, 흠…?"

"나, 나는 안 갈 거다!" 허니 덴은 주저앉았다. "어차피 나는 여기서부터 조금만 들어가기만 했다가 되돌아 나왔었고! 그러니까 도움이 안 되고!"

"그럼 네놈은 이제 정말로 필요 없는 거다."

세토라가 차갑게 내뱉자 허니 덴은 신속하게 엎드려 빌었다.

"그러지 맛! 그런 말 하지 마! 부탁이니까욧!"

참고로 이 남자는 지금도 손을 뒤로 묶여 있다. 한 번 풀어줬더니 당장 도망치려고 했기 때문이다.

메리는 어둠 너머를 꿰뚫어보려는 것처럼 균열을 응시하고 있다. 그 옆에서 반복적으로 체조를 하던 유메가 "웅—" 하고 크게 기지개를 켰다.

"용은 아침에 나갔고…."

시호루가 하루히로에게 눈짓을 했다. 하루히로는 고개를 끄덕이고 한 번 숨을 쉬었다. 키이치가 모모히나의 다리 옆까지 다가가 한 차례 코를 움찔거리고 나서 냐앗—하고 울었다.

"갈까?"

잔카를로와 지미는 로로네아에 남았다. 잔카를로에게는 전무로서 K&K 해적 상회를 관리하거나 무법자 해적 패거리를 통제해야 하는 일이 있다. 지미의 특기 분야는 두뇌 노동이다. 용 둥지를 탐색하는 것보다 잔카를로를 보좌하는 쪽이 맞다.

모모히나가 선두에 서고 하루히로, 쿠자크, 세토라와 키이치, 메리, 시호루, 유메 순으로 한 줄로 균열 속으로 들어갔다. 모모히나는 램프를 들었고 용 알을 넣은 가방은 하루히로가 어깨에 멨다.

"잘 가라, 망할 애송이들! 뒈져버려라!"

뒤에서 탁한 목소리가 나서 돌아보니 허니 덴이 웃는 얼굴로 펄쩍펄쩍 뛰고 있었다.

"…너 이놈."

세토라가 발길을 되돌리려는 기색을 보이자 곧바로 허니 덴은 "힉" 하고 비명을 지르더니 놀란 토끼처럼 뛰어갔다. 하지만 사실 놈이 가는 길 앞에는 찌하와 뫄단이 있었다.

"오오옷…?! 자, 잠깐만, 너희들 무슨 짓을—."

“꼴좋다.” 메리가 중얼거렸다.

과연 허니 덴의 운명은 어디로? 뭐, 상관없고, 거기에 신경 쓰고 있을 수는 없다.

균열은 이어진다. 구불구불이라고 할 정도까지는 아니지만 똑바로 뻗지는 않았다. 그래도 바닥은 비교적 평탄했다. 공기는 다소 차갑고 습하다. 바람은 없다.

“저 아저씨, 폐소 공포증이라거나 그런 걸까요?”

쿠자크와 비슷한 생각을 하루히로도 했었다. 허니 덴은 무엇을 그토록 두려워했던 걸까? 아직까지는 딱히 위험한 느낌은 들지 않는다. 모모히나는 성큼성큼 걸어간다.

“…뭔가, 떨어졌어?” 그때, 시호루가 목소리를 냈다. 분명히 지금 발소리 이외의 소리가 들렸다.

모모히나가 발을 멈추고, “흠—?” 하고 램프를 뒤쪽으로 향했다. 키이치가 하악 하고 날카롭게 울고, 시호루는 “읏—” 하고 숨을 멈추며 메리에게 달라붙었다. 시호루와 유메의 중간 정도의 장소에서 뭔가 가늘고 긴 것이 꿈틀거리고 있다. 유메는 뒷걸음질 쳤다.

“…뱀?! 인가…?”

“글, 쎄….”

하루히로는 눈을 부릅떴다. 그것은 거무스름하고 뱀을 닮기는 했지만 벌레 같기도 했다. 그렇다고 해서 예를 들면 지네나 그리마처럼 발이 엄청 많은 것도 아니라고나 할까, 발 같은 것은 보이지 않는다. 무엇보다도, 이른바 지네보다 훨씬 크고 길이는 1미터 이상은 족히 될 것 같다.

“뱀은 아닌 것 같다.” 세토라는 경계 태세를 취하고 힐끔 위쪽을 보았다. "…위에서 떨어졌다는 건, 말하자면—."

후두둑 후두둑, 연달아 그 가늘고 긴 생물이 낙하해서 비명이 메아리쳤다. 하루히로도 "우왓?!" 하고 외치고 말았다. 머리다. 생물이 머리에. 꽤 무겁다. 뭔가 따끔따끔하다. 당황해서 펄쩍 뛰어 생물을 떨쳐낸다. 그러자 이번에는 왼쪽 어깨, 오른팔로 각각 생물이 떨어져서 자기도 모르게 "하우앗?!" 이라는 이상한 소리가 입에서 튀어나왔다. 뭐야? 이거. 무서워. 무서워. 무서워.

"음냐! 빽빽하넷!" 모모히나가 뭔가 무서운 말을 외치고 있다. 빽빽해? 빽빽하다니, 무슨 뜻? 램프의 빛이 흔들린다. 균열 옆벽이 언뜻언뜻 보인다. 벽이 꿈틀댄다. 아니잖아. 바위가 아니잖아. 흙도 아니잖아. 생물이잖아. 가늘고 긴 생물이 빽빽하게 달라붙어 있는 거잖아.

허니 덴은 말했었다. "그런 장소에 비집고 들어가는 건 제정신으로 할 짓이 아니야" 라고. 그렇군. 이런 거였습니까? 확실히 이건 지독해. 돌아가고 싶다.

"우걋! 지지 마랏—! 돌격이닷—! 고—고—!"

모모히나가 지령을 내리지 않았다면 하루히로는 후퇴를 결단했을지도 모른다. 그리고 일단 후퇴하고 나면 아마도 두 번 다시 균열에 들어설 마음은 들지 않았겠지.

하루히로는 반쯤 울 것 같은 기분으로 어서 가라고 동료들의 등을 떠밀어 전진시키고 자기도 반광란 상태로 걸어갔다. 가는 수밖에. 가는 수밖에 없는 거다. 하지만 무사히 이 위험하고 거시기한 지대를 빠져나갔다고 해도, 돌아올 때에는 어떻게 해? 이거. 또 여기를 지나가야 하는 것 아니야? 죽어도 싫은데.

"캬아아아아! 등에 들어갔…!" 시호루가 엄청난 목소리로 무서운 말을 외쳤다. 어떻게든 해주고 싶지만, 하루히로도 생물이 얼굴에 달라붙어서 비교적 죽어가고 있는 참이다. 즉, 亞亞였다. 亞亞亞亞亞亞亞亞亞亞亞亞亞가 뭐냐고. 이젠 의미를 모르겠다. 넘어지기도 하고 벽에 부딪치기도 했다. 넘어져도, 벽에 부딪쳐도 거기에는 가늘고 긴 생물이 있었다. 생물투성이였다. 그래서 하루히로는 갑자기 깨달음을 얻은 것처럼 생각하기로 했다. 나도 생물이니까 이래도 뭐 괜찮은 것 아닐까? 괜찮을 리가! 괜찮을 리가 없다. 결코, 괜찮을 리가! 변명을 하고 싶다. 이럴 리가 없었다. 가볍게 생각했었다. 내가 잘못했다고 진심으로 후회했다. 왜냐하면, 빨간 눈의 벤은 터프한 남자였지만 고작해야 해적이었고, 우리는, 뭐지? 의용병이랄까, 그럭저럭 경험이 없지는 않은 모험가고. 놈이 혼자서 갔다가 돌아올 수 있었으니까, 솔직히, 까놓고 말하자면, 실은 여유라거나 하는 것 아닐까? 라는 생각이 없었다고는 할 수 없다. 뭐, 있기는 있었다. 물론 스스로를 타이르기는 했었다. 방심하지 말라고. 무슨 일이든 만만히 봐서는 안 됩니다—라고. 하지만 역시, 빨간 눈의 벤이 했는데 우리가 못 한다는 건 있을 수 없지 않아? 그런 비슷한 기분을 불식시키는 것은 제법 힘들었고, 소지금이 대단히 변변치 못한 상황이라 일이 잘 풀려 큰돈을 받아낼 수 있으면 앞일을 생각할 때 꽤 든든해지는 것이다. 로로네아도 그랬고 이제부터 갈 예정인 베레도 마찬가지겠지만, 문명사회에서는 뭘 하든 돈이 필요하다. 최우선이라는 표현이 있다. 돈은 아무리 있어도 곤란할 것 없다. 없으면 곤란하다. 그렇기는 해도, 뭐 어떻게든 되지 않을까? 라는 전망이 없었다면, 아무리 돈이 급하다고 해도, 애초에 거들어드리겠습니다—하고 나서지 않았을 거고. 동료들도 의외로 의욕적이었고. 아마도 잘되겠지—비슷한? 다들 그런 기분이었던 것 아닐까? 설마하니? 이런 함정이 기다리고 있을 거라고는 생각하지 않잖아?

50시간 정도 달린 것 아닐까? 아니, 그렇지는 않다. 하지만 체감상으로는 꼬박 이틀 동안, 그 이상, 그 정도가 아니라 사람의 평생분을 달려 빠져나간 것 같은? 그렇다는 건 내 인생, 끝난 것 아니야?

끝 쪽에 있는 빛을 향해서 오로지 달리다가 뛰쳐나가 보니 그곳은 녹색이 가득한 세계였다.

숲인가? 나무도, 바닥도 이끼인지 덩굴인지는 잘 모르겠지만 그런 것들로 뒤덮여 있다. 오로지 녹색이다. 하루히로는 한순간 멍해져버렸는데, 아직 몸 여기저기에 붙어 있는 가늘고 긴 생물이 꼬물거릴 때마다 괴롭거나 따끔따끔하거나 했다. 젠장, 젠장, 젠장. 생물을 털어내고 감긴 놈은 풀어버리면서 동료가 다 모여 있는지 확인했다. 쿠자크는 균열 출구 바로 옆에 큰 대자로 뻗어 있고 거기에 생물들이 몰려 있었다. 괜찮다. 괜찮지 않은가? 유메와 메리는 서로 생물을 떼어내주고 있다. 키이치를 껴안고서 쪼그리고 앉아 있는 세토라의 어깨 위에는 아직 생물 한 마리가 기어 다니고 있었다. 하루히로가 다가가서 그 생물을 움켜쥐고 내던져버리자 세토라는 공허한 눈으로 "…아아. 고마워. 하루. 좋아해" 라고 말했다. 뭔가, 미안합니다.

모모히나는 전혀 아무렇지도 않은 것 같다. 이끼인지 덩굴인지가 잔뜩 붙은 나무에 올라가 주위를 둘러보고 있다. 대단해, 저 사람. 멘탈이 어떻게 생겨먹은 거야…?

가장 중증인 것은 시호루였다. 여기저기 부딪치고 쓸리고 베이고 한 것은 다른 사람들과 마찬가지였지만, 시호루의 경우에는 마음에 그보다 더 깊은 상처를 입었을 것이다. 등에 들어갔다고 했었으니까. 옷이 엉망진창이 되었다. 아마도 옷 속에 들어간 생물을 털어내려고 자기가 찢은 것이겠지. 너덜너덜하다. 시호루는 보기 민망한 모습으로 몸을 웅크리고서 바들바들 떨고 있었다.

하루히로는 외투를 벗어 시호루에게 걸쳐주었다. 아무런 반응도 없다. 시호루의 육체는 여기에 있는데 정신은 어딘가 멀리 가버린 것 같다. 아무쪼록 돌아와줬으면. 하지만 지금 당장은 무리일까? 무리겠지. 그야 그렇지….

시호루를 돌보는 것은 유메와 메리에게 맡기고 하루히로는 쿠자크 구조에 착수했다. 쿠자크에게는 30마리도 넘는 생물이 달라붙어 있어서 힘들었다. 중간부터는 세토라가 거들어주었다. “아까 그건 잊어버려.” 세토라가 말했다. 네. 뭔가, 죄송합니다….

전원이 간신히 움직일 수 있는 상태가 되자 모모히나가 나무에서 내려와 하루히로 팀을 이끌었다. 하늘을 제외하고는 정말로 녹색투성이라서 방향도 뭣도 전혀 모르겠지만, 균열에서 멀어질수록 용의 서식지에 다가가는 것이겠지. 분명.

한동안 걸어가자 기분 나쁠 정도로 맑은 연못이 있었다. 맹렬하게 수상해져서 우회해서 걸어갔다. 그러자 지나치게 맑은 강이 나왔다. 강이라고 생각되지만 흐르는 것처럼 보이지는 않는다. 도료로 색을 칠한 것이 아닐까 싶은 파랑색이고, 명백하게 이상하고,

이것은 분명 뭔가 있다. 그러나 강을 건너지 않으면 앞으로는 갈 수 없다. 어쩔 수 없나.

하루히로는 자청해서 모두를 기다리게 하고 혼자 앞서서 파란 강에 들어섰다. 앞으로 한 걸음이면 강에 접어드는 그 순간, 수면이 물결치더니 물속에서 뭔가 파란 것이 기어 나왔다. 하루히로는 캬—하고 비명을 지를 뻔했지만, 꾹 참고 펄쩍 뛰어 뒷걸음질을 치면서 대거를 뽑았다. 곧바로 모모히나가 "데름 헬 엔 바르크 젤 아르부—!" 블래스트 마법으로 그놈을 날려버렸다. 거기까지는 좋았지만, 그놈의 파란 체액과 살점 등등이 하루히로의 온몸에 쏟아졌다. 이것이 "앗뜨뜨…?!" 였다. 온몸에서 김이 피어올랐다. 그보다 녹아버리는 것 아니야? 이거. 혹시나 강산성인 뭔가 아닌가? 이거. 게다가 강에서는 계속해서 파란 놈이 기어 나오고 있고. 모모히나가 "후퇴—. 물러서란 말이닷! 튀라고!" 라는 건지 뭔지 말하고 있다. 그 방침은 옳다고 생각하지만, 나는 앗뜨뜨인데요? 게다가 잠자코 뜨거워하고 있을 수만도 없었다. 하루히로는 옷과 몸이 슉슉 녹으면서도 기다시피 도망쳤다. 한참 도망쳐 파란 것들을 떨쳐버리고 나서 메리에게서 새크라멘토 처치를 받았다. 몹시 뜨거웠던 것 치고는 생각보다 많이 녹지는 않았지만 옷은 구멍투성이가 되어버렸다. 모모히나가 "응, 섹시! 하네!" 라고 엄지를 척 세우며 격려해 주었지만 그런 건 전혀 위로가 되지 않습니다….

파란 연못이나 강은 위험한 것 같다. 피하는 수밖에 없다. 하지만 강을 건너지 않고 용이 있는 곳까지 도달할 수 있을까? 여러 가지를 조사하고 생각해봤는데, 아무래도 나무에 오르거나 가지를 타고 나무에서 나무로 이동하지 못할 것도 없을 것 같다. 비경인 만큼 거목이 많았고, 이곳의 커다란 나무는 줄기뿐만이 아니라 가지도 상당히 두껍다. 나무 표면을 덮은 이끼인지 덩굴인지 때문에 가지들끼리 서로 달라붙어 있기도 했다. 강도도 대충 문제없을 것 같다.

그렇기는 해도 나무 위는 나무 위대로 애로 사항이 많았다. 장소에 따라서는 밧줄타기를 하는 것과 마찬가지라거나 점프해서 건너가야 하는 지점도 있다거나 했다. 더욱이 떨어지면 밑에는 파란 강이라거나. 스릴 만점이다. 그리고 얼마 안 가 알아차린 것인데, 여기는 원숭이 같은 생물이랄까, 아마도 원숭이가 꽤 많아서, 툭하면 가지에서 가지로 뛰어다닌다. 그 충격에 나뭇가지가 흔들려서 이것도 무섭다. 끼끼끼 하는 울음소리도 귀에 거슬린다. 그런 건 아닌지도 모르지만, 바보 취급하는 것 같은 느낌이 든다.

저녁에는 용의 그림자를 목격했다. 둥지로 돌아가는 것이겠지. 어두워져서 나무 위가 아니라 지상에서 쉬기로 했다. 단, 모모히나는 "모처럼이니까―" 라면서 나무 위에서 자고 싶은 모양이었다. 좋을 대로 하세요. 체력 소모가 극심했던 쿠자크와 시호루는 하룻밤 계속 재우고 하루히로, 유메, 메리, 세토라와 키이치가 교대하면서 보초를 서기로 했다.

처음에는 하루히로가 보초를 섰다. 멀리서 원숭이가 끼끼끼끼끼끼 울고 있다. 원숭이일까? 원숭이라고 생각한다. 아마도. 낮에 꽤 시끄러웠는데 밤에도 활발한 건가? 어둡다. 어두운 정도가 아니다. 거의 완벽하게 캄캄한 어둠이다. 발소리를 죽이고 뭔가가 다가온다면 분명 알아차리지 못할 것이다. 위험하네, 이거. 하지만 체력적으로 한계였다. 이렇게 어두우면 도저히 걸어갈 수 없고. 그럼 불을 밝혀야 할까? 그건 그것대로 여기에 수상한 놈들이 있습니다—라고 광고하는 것과 마찬가지니까 그다지 좋지 않은 것 같은. 이런 심리적 갈등과 싸우면서 필사적으로 경계하며 시간이 지나가기를 기다린다. 지금까지 몇 번이나 이런 밤을 보냈는지. 익숙해지긴 했어도 힘들다. 힘들지만 다행히도 시간은 멈추지 않는다. 아무리 천천히 흐르는 것처럼 느껴져도 확실하게 흘러가고 있다.

하루히로는 목깃 사이로 손을 넣어 납작한 물체를 꺼냈다. 체인을 달아 항상 목에 걸고 있다. 역시 빛나지 않는다. 언제부터지? 전에는 제일 아랫부분이 녹색으로 빛났는데, 이상하네. 그렇게 생각은 했었다.

문득 그것을 흔들어봤다. 귓가에서 더욱 몇 번이고 흔든다. 희미하게 안에서 소리가 나는 것 같은?

"…혹시나 망가졌나?"

그 직후, "하루?" 라고 부르는 소리에 놀라움이 더블 펀치로 닥쳐와 심장이 터질 뻔했다. 하루히로는 허둥지둥 리시버(수신석)를 목깃 안으로 집어넣으면서, "아, 깼구나…?" 하며 일어서려다가, 다시 앉았다. 메리가 옆에 앉는다.

"다음은 내 차례니까. 이제 자."

"…응. 그러네. 잘 수 있을까 하는 문제는 있지만."

"나는 의외로 잘 잤어. 뱃심이 있나 봐."

"아니, 피곤했을 테니까."

"그건 나뿐만이 아니야. 아무튼 자. 누워 있는 것만으로도 다르니까."

"그러네." 대답하면서 어째서인지 하루히로는 움직일 수 없었다.

움직이고 싶지 않은 건가? 어느 쪽이지? 메리도 재촉하지 않고 가만히 있다. 몸을 움직이다가 어깨가 메리에게 닿았다. 이렇게 가까이에 있었나? 깜짝 놀랐다. 고동 소리가 엄청나다. 경계, 해야 하는데. 그렇다. 경계, 경계.

"…하루." 작은 목소리로 부른다.

가만히 있기만 해서는, 안 되는 거지.

하루히로는 과감하게 몸을 메리 쪽으로 약간 기울였다. 메리의 어깨에 귀를 대는 것 같은 자세가 되었다. 피하지 않을까 하고 겁이 났다. 그러지는 않았다. 메리는 하루히로의 머리에 뺨을 비볐다. 아아, 이대로 있고 싶다. 이 자세로 잠들어버리고 싶다. 입 밖에 내서 말한 것도 아닌데도 마치 하루히로의 바람에 동의를 표하는 것처럼 메리가 살짝 고개를 끄덕였다. 어째서인지 세토라에게서 "하루, 좋아해" 라는 말을 들은 것이 생각나 가슴이 아팠다. 하지만, 좋아한다, 고 생각했다. 메리, 나는 네가 좋아. 이건 분명히 입 밖에 내어 말하는 편이 좋다. 분명 말해야 하는 거다. 말하려고 한 순간, 나무의 모모히나가 "끼엑—!" 하고 외쳤다. 무슨 일? 잠꼬대? 아니다. 모모히나는 뭔가를 나무 위에서 밑으로 던진 것 같다. 그것이 떨어진 부근에서 자던 쿠자크가 "우헤엑?!" 하고 벌떡 일어났고, 다른 동료들도 잇달아 일어났다. 모모히나가 외쳤다.

"조심햇! 포위당한 건지도…!"

뭔가가 덤벼든다. 도대체 뭔지는 모르겠다. 어두우니까. 그래도 하루히로 일행은 열심히 응전했다. 기묘한 상대였다. 아마도 털이 많은 생물이라고 생각하는데, 소리 같은 것을 전혀 내지 않았고 무는 것도, 손톱을 세우는 것도 아니었다. 그저 부딪친다. 그 기세도,

뭐랄까, 퉁 하는 느낌이 아니라 풀썩이라는 느낌이다. 태클이라기보다 몸에 얹히는 것 같은? 그것을 피하거나 던져버리기란 사실은 그리 어렵지 않다. 하지만 상대는 포기해주지 않는다. 계속해서 온다. 마침내 모모히나의 인내심이 폭발한 모양이다.

"크아악—! 데름 헬 엔 바르크 젤 아르부…!"

블래스트 마법이 작렬한다. 폭염이 상대의 정체를 밝혀주었다. 털. 털이다. 털. 털이라고밖에 말할 수가 없다. 털 괴물이 여기에도 저기에도, 사방 천지에 있는 것 아닙니까?

털 괴물은 썰물이 빠져나가는 것처럼 일단 도망쳤지만 잠시 후에는 또다시 습격해왔다. 다시 한 번 모모히나가 블래스트로 내쫓아도 조금 있다가 또다시 와서 도저히 감당이 안 된다. 붙잡아서 대거로 찔러보기도 했지만, 아무리 찔러도 털의 감촉밖에는 없었다. 잘려나간 털이 꿈틀꿈틀 움직이는 것도 끔찍하다.

털 괴물은 밝아질 때까지 몇 번이고 몇 번이고 밀려왔다. 아침 일찍, 그것이 최후의 습격이었는데, 털 괴물이 도망칠 때 깨달은 것이 있다. 놈들은 하나하나 제각각이라고, 적어도 하루히로는 그렇게 생각했었다. 그런데 후퇴하던 털 괴물이 다른 털 괴물과 딱 달라붙더니 또 다른 털 괴물과 달라붙는 현상을 확인했다. 땅바닥에 흩어졌던 털 한 올 한 올도 꼬물거리더니 서로 몸을 마주 대고 얽히면서 하루히로에게서 멀어져갔다. …그렇다는 건? 어떻게 된 일인가? 그것에 관해 깊이 생각해보면 기분 나쁜 가설이 떠오를 것 같다. 그만두자.

그놈의 털 때문에 특히 하루히로는 한숨도 못 잤다. 이렇게 되면 차라리 빨리 용 둥지에 도착해서 알을 돌려주고 냉큼 이 장소를 뜨는 수밖에 없다. 하루히로 일행은 발길을 재촉했다. 이상하게 흥분이 될 정도로 힘들지만, 그게 대수냐. 생각해보라고. 힘들지 않은 일이 있어? 있나? 하지만 비교적 적지 않아? 전혀 힘들지 않은 시간 쪽이 오히려 드물지 않은가? 게다가 힘든 것에도 종류가 있다. 이 괴로움은 그나마 나은 편이다. 극복할 수 있을 것 같은 기분도 안 드는 것은 아니다.

아침에 세 마리의 용이 날아갔다. 로로네아는 어떻게 되었을까? 지금은 생각하지 말자.

오전 중에는 10미터가 넘는 새하얀 뱀을 유메가 밟아버려 하마터면 통째로 삼켜질 뻔하기도 했고, 쿠자크가 나무에서 떨어진 원숭이들에게 꺄꺄꺄꺄꺄꺄꺄꺄 비웃음을 사기도 했고, 거대한 소라게 같은 생물에게 쫓겨 다니느라 살짝 죽어가기도 했고, 시호루가 졸도하기도 했고, 졸도한 시호루를 업고 걸어가던 쿠자크가 허리를 삐끗해서 메리에게서 치료를 받기도 했을 정도로, 별반 대단한 일은 일어나지 않았다.

오후에도, 1미터도 넘는 거대한 나비인지 나방인지 무리에게 공격당하거나, 나무에 올라가려고 했더니만 알고 보니 녹색 바퀴벌레 같은 곤충의 집합체여서 황당한 꼴을 당했다거나, 도망쳐 다니다가 하루히로, 쿠자크, 유메가 균열 같은 구덩이에 빠지고 그 구덩이에 곤충들이 쏟아져 들어와서 대혼란, '그때만큼 곤충 목욕보다 제대로 된 욕탕에 들어가고 싶다고 바란 적은 없었지 하하하—'하고 웃어넘길 수 있는 날은 영원히 찾아오지 않을 것이라고 생각할 수밖에 없을 만한 사태에 빠지거나, 입에서 창 같은 의문의 물체를 쏘아내어 나무 위의 원숭이들을 사냥하는 짐승을 보고 오싹하기도 했고, 예상대로 그 짐승에게 공격당해 응전해야 하는 처지가 되기도 하는 등, 변변한 일은 없었다. 그래도 짬짬이 휴식을 취하며 지쳐 쓰러지지 않도록 주의했다. 어쨌든 여행에는 익숙해진 상태다. 그 점은 철저하다.

그리고 해가 지기 전에 다시 둥지로 돌아가는 용의 모습을 목격했다. 상당히 크게 보였다. 둥지는 가깝다는 뜻이다. 아주 가까운지 아닌지는 모르지만, 가까이 가고는 있다.

또 털 괴물이 올 것 같고 해서, 해가 지고 나서도 천천히 신중하게 걸어갔다. 물론 램프를 켤 수밖에 없었다. 덮개를 씌워 가급적 발치 쪽만 비추도록 했다. 하지만 얼마 가지 않아서 램프의 불빛은 필요 없어졌다. 엄청난 수의 반딧불이처럼 빛나는 벌레인지 뭔지가 날아다니기 시작했기 때문이다. 이거 벌레겠지? 생각하면서 잡아 보니, 불빛과 함께 쓱 사라져버렸다. 모모히나는 "괴기 현상이네―. 케케켓" 하고 웃었지만, 쿠자크와 시호루는 진짜로 무서워했다. 무수히 흔들리는 파르스름한 빛이 녹색 숲을 희미하게 부상시키는 광경은 요사스럽게 아름답다. 소름이 돋을 정도로 너무 아름다워서, 왠지 두려워지기도 했다. 뭔가―랄까, 이 빛은 뭐지? 자연 현상인가? 아니면 모모히나가 말한 것처럼 괴기 현상인 건가? 도깨비불 비슷한 것? 그런 생각도 든다. 왜냐하면 빛이 모여 사람 형태처럼 되기도 했으니까. 사람 형태 같은 빛 덩어리가, 뭔가 있지, 따라오는 것 아니야? 사람 형태 같은 빛 덩어리, 늘어나지 않았어? 기분 탓? 이 아니지…?

"기, 기, 기, 기, 기분 좋은 것, 것, 것, 것, 것은 아니, 네, 네, 아니, 야…."

세토라가 무서워하는 건 좀 의외였다. 무서워? 라고 물어보면 부정할 것 같기는 하지만, 무릎이 덜덜 떨리고 있으니 겁먹은 거라고 생각했다. 덕분에 발걸음이 위태로운 듯 세토라는 몇 번이나 넘어질 뻔했다. "…위험하니까." 메리가 부축해주려고 하자, 세토라는 "쓰, 쓰, 쓰, 쓰쓰쓰쓸데없는 참견이다" 라고 거절했다. 그 직후에 넘어져버려 메리가 일으켜주었다. 그러고 나서 이제 세토라도 메리의 도움을 거부하지 않고 둘이 꼭 붙어서 걸어가게 되었다.

하루히로 일행이 걸음을 멈추고 쉬면 빛 덩어리도 멈췄다. 하루히로 일행이 걸어가기 시작하면 빛 덩어리는 반드시 따라왔다. 도대체 뭘까요? 저거….

날이 밝자 무수한 빛도 빛 덩어리도 한꺼번에, 그런 것은 원래부터 없었다는 듯이 순식간에 사라져버렸다. 하루히로 일행은 하나같이 경악이랄까, 경탄했다.

숲은 더 이상 녹색이 아니었다. 오렌지색이다. 게다가 숲은 계속 변하고 있었다. 발길을 옮길 때마다, 해가 높이 떠오르고 밝아질 때마다 나무들도, 지면도, 활짝 갠 하늘 이외에는 한없이 노란색으로 물들어간다. 정말로 샛노랗다. 이런 일이 있기도 한 건가? 어젯밤의 빛도 그렇고, 다른 세계로 들어와버린 것 같은 기분이 든다. 그보다 우리들, 혹시나 어느 틈엔가 죽은 거라거나? 다른 세계랄까, 사후 세계라거나?

그래도 노란 나무들 사이사이로 다소 녹색이 섞인 노란색, 요컨대 황록색 산들이 보였고 거기서부터 세 마리의 용이 차례로 날아가는 것을 목격했다. 그래서 우리는 아직 분명히 살아 있는 거구나 하고 확신했다.

"…그보다."

둥지다. 그 황록색 산 위에 용 둥지가. 여기는 산속에 있는 칼데라 상태의 토지인데, 거기에 또 산이 있다니. 게다가 황록색이라니. 엄청 예쁘기는 하지만. 새삼 비경이구나 느낀다. 그래서, 아직 무엇이 더 있을지 모르는 일이다. 분명히 있다. 더욱 황당한 일이 일어날 것이 뻔해. 없을 리가 없다. 이상하다. 수상해.

하지만 가도 가도 아무 일도 일어나지 않는다. 놀랍게도 정오 무렵에는 황록산 기슭에 도착해버렸다. 황록색 산이니까 황록산. 어림잡아 표고는 4백 미터 정도일까? 작은 산이다. 경사는 그리 급하지 않다. 이 정도 산이라면 두 시간 정도면 올라갈 수 있겠지. 돌발 사태가 일어나지 않는다면. 아직 낮이니까, 저녁까지는 등정하고 돌아올 수 있다. 용이 돌아와서 둥지에서 딱 마주치거나 하는 일은 일어나지 않을 것이다. 일어나지 않으면 좋겠는데….

안전을 기해 여기에서 하룻밤 자고 다음 날 아침, 용이 날아가버린 후에 정상으로 올라간다는 계획도 검토했다. 그러나 하루를 미루면 그만큼 피해가 늘어나겠지. 알을 둥지에 돌려놓아도 용은 파괴를 멈추지 않을지도 모르지만, 그건 그때 가서 생각할 일이다. 이미 여기까지 와버렸으니 우리가 할 수 있는 일을 가급적 신속하게 한다. 그것밖에 없다.

황록산 등산은 쾌적하게 진행되었다. 높은 곳에서 내려다보니 절경이라고 표현할 수밖에 없다. 황록산을 중심으로 마치 만개한 꽃밭 같은 노란 숲이 펼쳐져 있고, 그 바깥쪽을 거짓말처럼 선명한 녹색 숲이 둘러싸고 있다. 루나루카는 이 땅 전체를 용 둥지라 칭하는 모양이다. 이런 신비로울 정도로 근사한 전망을 볼 수 있었던 것만으로도 여기에 온 보람은 있었다. 아니, 사실 두 번 다시 찾아오고 싶지는 않고, 임무를 마치고 빨리 돌아가고 싶다. 그렇다고 서두른 것은 아니었고, 오르기 쉬운 산이었기 때문에 예상했던 것의 절반 정도 되는 시간 만에 정상에 도달해버리고 둥지도 금방 찾았다. 정확하게는, 둥지 구멍의 출입구라고 말해야 할지도 모르겠다.

그것은 황록산 정상에 입을 벌리고 있었다. 용이 출입하는 것이라서 직경 40미터는 될 것이다. 다소 찌그러진 원형의 세로 구멍이다. 들여다보니 훨씬 아래쪽에 바닥 같은 것이 보인다. 뚜렷하게는 보이지 않는다. 꽤 깊은 것 같다. 백 미터는 족히 넘는다.

하지만 여기서부터는 내려갈 수 없다. 절벽 정도가 아니라 경사각이 수직 이상인 곳도 있는 것 같다. 여기서 구멍 밑바닥에 도달하려면 낙하하는 수밖에 없다. 물론, 그런 짓을 했다가는 죽는다.

시호루가 주저앉아서, "…어떻게… 하면…?" 이라고 기어들어가는 목소리로 말했다. 쿠자크가 팔짱을 끼고 "음…" 하고 신음하고 있다. 세토라는 한 번 숨을 내쉬고 머리를 흔들었다. 그 다리 옆에서 키이치가 계속해서 눈을 깜빡이고 있다. 복잡한 표정을 짓고 있는 메리에게 눈길이 사로잡혀버릴 것 같아 하루히로는 황급히 눈을 돌렸다. 유메는 모모히나와 어깨를 나란히 하고 구멍 가장자리에 쪼그리고 앉아 아래를 내려다보고 있다.

"다른 곳이 있는 거야."

하루히로는 그렇게 말로 하고 나서 고개를 끄덕였다. 없을 리가 없다. 반드시, 있을 것이다.

"우리가 못 보고 놓친 게 있어. 그보다 애초에 찾지 않았어. 산의 경사면 어딘가에 둥지로 통하는 옆 구멍이 있어. 남은 건 그것을 찾아내기만 하면 돼."

그 옆 구멍을 안전하게 빠져나갈 수 있다는 보장은 없고, 돌아가는 길도 한 고생 하는 정도가 아니라 돌아가는 것을 생각하고 싶지 않을 정도로 위험할 것이다. 그래도 굳이 그런 문제들은 전부 무시한다. 하나하나 극복하고 한 걸음씩 나아가는 거다. 지금까지도 그렇게 해왔다. 해낸다.

나눠서 찾고 싶지만, 몇 조로 나눠봤자 서로 연락을 주고받을 수단이 없어서 엇갈려버릴 위험이 있다. 기본적으로는 전원이 같이 행동하고 서로를 놓치지 않을 범위에서 가급적 넓게 퍼져서 옆 구멍을 수색하는 수밖에 없다. 이런 아담한 산이라도 쥐 잡듯이 샅샅이 찾으려면 엄청나게 시간이 걸린다. 어느 정도는 예상 포인트를 정해두고 싶다. 둥지 동굴 바닥까지 백 미터 이상 된다고 치고, 거기로 통하는 옆 구멍은 그리 높은 장소에는 없을 것이다. 산기슭의 완만한 부분이라는 것도 좀 생각하기 힘들다. 우선 중턱 부근을 중점적으로 공략한다. 이런 때 의지할 수 있는 것은 인간보다 회색 냐아 키이치다. 키이치만은 자유롭게 행동하게 두고, 뭔가 그럴듯해 보이는 것을 찾으면 가르쳐달라고 했다.

절차를 정하고 막상 착수하려고 정상에서 내려가려고 했더니 삐갸아아아아아아 하는 약간 귀여운, 그러나 꽤 큰 울음소리 비슷한 소리가 울려 퍼졌다.

하루히로는 둥지 동굴 쪽으로 시선을 향했다. 보고 싶지 않았지만, 보지 않을 수도 없었고, 보고 말았다.

파닥파닥 날갯짓을 하며 그 녀석은 둥지 동굴에서 모습을 드러냈다. 여러 가지 의미로, 실제 상황 맞아? 라는 것이 솔직한 감상이었다. 왜 있는 거야? 세 마리, 날아갔는데? 하긴 용이 여러 마리 있다는 것은 알려져 있지만, 정확하게 몇 마리가 있는지는 아무도 파악하지 못했었다. 실은 네 마리 있었다는 것뿐이다. 그보다, 작다. 날개를 활짝 펴도 4~5미터밖에 안 되지 않을까? 아니, 그래도 큰 것이기는 하지만, 몇 번이나 로로네아를 습격한 용들과 비교하면 조그맣다고 생각할 수밖에 없었다. 왠지 머리가 묘하게 커 보이고. 몸집이 어린아이 같다고나 할까. 나는 방식도 왠지 어색하다. 마구잡이로 열심히 날갯짓을 하는 것치고는 상승 속도가 더디고. 그래도 온몸이 에메랄드인 작은 용은 이제 20~30미터 높이에서 하루히로 일행을 내려다보고 있었다.

"아앗… 아아앗! 아아아아아아아아아아아아아아…?!" 이제 와서 쿠자크가 외치고, "…하루히로 군?!" "하루?!" "하루…!" "하루 군?!" 연달아 동료들이 하루히로의 이름을 불렀다. 아니, 나한테 물어봤자. 모모히나의 지시를 듣고 싶어졌지만, 하루히로에게도 리더로서의 긍지라는 것이 있다. 없나? 별로 없다. 하지만 리더인 것은 엄연한 사실이다. 어떻게 하지? 어떻게 한다고나 할까. 작다고는 해도 용이고. 날고 있고. 그보다, 싸워서 운 좋게 이겼다고 해도 그건 과연 어떨까? 저것은 분명 어린 용이다. 용들의 분노를 진정시키고자 알을 돌려주러 와놓고서 어린 용을 죽이는 건 정말 아니지. 선택지는 없다. 하나밖에.

"도망쳐…! 흩어져서…!"

일제히 황록산을 뛰어 내려간다. 흩어지라고 말은 했지만, 하루히로는 시호루의 뒤에 붙었다. 나머지 모두는 괜찮다. 아마도. 돌아보니 어린 용이 삐갸아아아아아아아아아아 하고 크게 울었다. 공격해

오지 않는다. 어린 용은 아까와 거의 같은 장소에 있다. 속도를 늦추고 싶어지네. 아니, 아니야. 어린 용은 계속해서 삐갸아아아아아아, 삐갸아아아아아아아 울었다. 울부짖는다. 저 목소리는 상당히 멀리까지 들리겠지. 혹시나? 어쩌면 부르는 게 아닐까? 세 마리 용을 불러오려는 건지도 모른다. 만약 그런 거라면, 용들은 여기까지 얼마 만에 날아올까?

올라가는 것보다는 단연 내려가는 게 빠르다. 하루히로와 시호루는 제일 뒤에 있었지만, 그래도 분명 한 시간이 채 걸리지 않아 하산했다.

어린 용은 아직 끊임없이 삐갸아아 삐갸아아 울고 있다.

노란 숲으로 뛰어들기 직전에 남쪽에서 날아오는 용의 모습이 보였다. 숲으로 들어가자 나무들이 시야를 가로막아 확인할 수 없게 되어버렸지만, 점처럼 작긴 했어도 그것은 용이었다고 생각한다. 어딘가에 몸을 숨기는 편이 좋을까? 아니면 계속해서 도망가야 하나? 결단을 내려야 해. 어느 쪽이 좋은 건가? 하지만, 숨는다고 해도 적당한 장소가 때마침 딱 나타나는 것이 아니다. 계속 도망쳐 다니려 해도 모두가 이미 숨이 가쁜 상태다. 이러지도 저러지도 못 한다는 건 바로 이런 상황이다.

급기야 쿄오오오오오오오오오오오오오오오오오오오오옷 하는 포효를 내지르면서 한 마리 용이 하루히로 일행 바로 위를 날아갔다. 바로 위라고 해도 실제로는 나무 위였지만, 머리를 아슬아슬하게 스치고 날아간 것처럼 느껴졌다. 누군가가 "온다!" 라고 외쳤다. 다리가 움츠러든 건지 시호루가 우두커니 서 있다. 하루히로는 시호루를 안아 들다시피 하고 뛰었다. 뛰면서, 하지만, 어떻게 될까? 온다. 다시 한 번. 이번에는 진짜로. 반대 방향, 뒤쪽에서다. 아마도 방향을 전환한 후에 급강하한 것이겠지. 하루히로는 시호루를 비스듬히 앞쪽으로 밀쳐내고 뒤로 돌았다. 닥쳐왔다고 생각은 했지만 여기까지일 줄은. 지근거리잖아. 용이 나무를 쓰러뜨리고 착지하려고 했다. 바로 코앞이다. 흙먼지가 피어오르고 몸이 날려간다. 하루히로는 1회전, 2회전을 하고, 위험해, 밟힌다, 생각한 것까지는 기억나지만, 뭐가 어떻게 되어 그렇게 된 건지는 모르겠다. 아무튼 하루히로는 용에게 매달려 있었다. 보아하니 뒷다리 같다. 오른쪽 다리인가? 용은 아교오오오오오오오오오오오오옹 하고 짖으며 몸부림쳤다. 이대로 있으면 금방 떨어져 나간다. 용에게 매달려 있고 싶은 것은 결코 아니지만, 떨어지면 분명 1초 만에 죽는다. 하루히로는 반사적으로 왼손으로 검신이 불꽃처럼 된 단검을 뽑아 잘 닦인 광물 같은 용의 비늘에 꽂았다. 보통 검이라면 박히지 않았을지도 모른다. 하지만 불꽃 단검은 보통 검이 아니었다. 깊숙이 쑥 박혔다. 게다가 빠지지 않는다. 용은 아직 발을 구르기도 하고 펄쩍 뛰기도 했다. 하루히로는 왼손으로 불꽃 단검 칼자루를 꽉 움켜쥐고 더욱이 오른손으로 대거를 뽑았다. 이 대거도 드워프 구멍산 제품이다. 할 수 있다. 그럴 것이다. 찌른다. 좋았어. 박혔다. 그때였다.

웃, 왓.

용이 다리를 털며, 뭐랄까, 마치 크게 도약하기 직전의 동작 같은. —혹시나, 날아가려고 하는 것 아니야?

손을 떼는 게 좋을까? 그렇게 생각했을 때에는 이미 늦었다.

용이 펄쩍 뛰더니 곧바로 부양하는 감각이 있었다. 빠르다. 빠르다고. 눈 깜짝할 사이였다.

벌써 공중에 있다. 나무보다 훨씬 높다. 과연 그 어린 용과는 다르다. 날개를 펄럭이며 상승하는 힘은 장난이 아니다.

"우아아아아아아아아아아아아아아아아아아아아아아아아아…."

하루히로는 자기도 모르게 절규했다.

동료들의 모습을 찾으려는 생각이 머리를 스치기도 했지만, 좀 무리일지도.

하늘 위고.

날고 있고.

분명 이미 백 미터 이상? 좀 더인가…?

보아하니 용은 날아가는 동안에는 두 다리를 약간 구부린 상태로 고정하는 모양이다. 비행 중에 섣불리 움직이면 균형을 잃을지도 모른다. 덕분에 불꽃 단검과 대거 칼자루를 꽉 쥐고 있으면 떨어지지는 않을 것 같다. 그렇다. 쥐고 있는 동안은. 하지만 이게 꽤 힘들다거나.

불꽃 단검과 대거를 용 비늘에 박은 단계에서 하루히로는 용 다리에 달라붙는 것을 그만두었다. 애초에 인간의 다리와는 달리 이 용의 다리는 큰 나무처럼 두껍기 때문에 그리 오래 매달려 있을 수 있는 것이 아니었다. 따라서 불꽃 단검과 대거를 움켜쥔 좌우의 손에만 의지한다. 하루히로는 거의 온몸으로 바람을 느끼고 있었다. 풍압이 엄청나다. 날려가겠다니까, 진짜로. 왜 아직 날려가지 않은 건지가 신기할 정도라고. 어쨌든 날려가면 끝이니까, 죽기 살기지만.

높다. 높아. 지금 고도 몇 백 미터야? 천 미터? 그 이상? 대단해. 에메랄드섬 전경이 내려다보인다. 다른 섬도 보인다. 무섭다거나 그런 차원의 문제가 아니었다. 그렇기는 해도, 역시 무섭기는 무섭다. 두 손의 악력은 언제까지 버틸지. 확실하지 않다.

용이 날개를 움직일 때마다 몸이 흔들린다. 체감적으로는 온몸이 엉망으로 찢기는 것 같다. 육체뿐만이 아니라 존재 그 자체를 뒤흔든다.

이윽고 용이 하강과 상승을 번갈아 시작했다. 이제 무리. 진짜 무리니까. 자신을 격려할 여유 같은 것은 없다. 이제 무리, 이제 한계—라고 울부짖으면서 견디는 수밖에 없다.

용이 빙글빙글 가로로 회전, 세로로 회전하기 시작했을 때에는, 죽일 셈인가? 그만 좀 하라고, 부탁이니까, 이제 그만, 이렇게 호소하면서, 역시 견디는 수밖에 없었다. 왼손이 한 번 불꽃 단검 칼자루를 놓치고 말아서, 끝났다—하고 체념했다. 이건 끝장이네. 분명히 끝나는 패턴이다. 그런데 그 뒤에 용이 회전할 때 몸이 크게 흔들렸다. 그 틈에 왼손을 뻗었더니 불꽃 단검 칼자루에 닿았다. 아주 약간 안도하고, 동시에 진저리가 났다. 아직 끝나지 않은 건가? 끝날 거면 끝나도 좋다. 그러는 게 편하다. 이제 싫다. 동료들 모습이 뇌리를 스쳤지만, 좀 더 최선을 다하자는 생각은 할 수 없었다. 그럼 어째서 아슬아슬하게 버티고 있는 건가? 이제 된 거 아니야? 할 만큼 했잖아. 지나칠 정도로. 여기서 끝난다고 해도 여한은 없다. 정말로?

생각하는 것은, 그만두었다. 아니, 아무것도 생각할 수 없게 되었다.

목소리는, 우아아아라거나, 오오오오라거나, 끄히이이라고, 때때로 제멋대로 튀어나왔다.

몇 번인가 오른손, 혹은 왼손이 칼자루에서 떨어져버렸다. 어떻게 해서 다시 잡은 걸까? 모르겠다. 그러나 정신이 들고 보니 양쪽 손이 칼자루를 잡고 있었다.

바다가 예쁘다.

너무나 파랗다.

언제부터인지 바다 위로 나왔다.

용은 날개를 펼친 채로 약간 몸을 비스듬히 기울여 느긋하게 선회하고 있다.

서서히 하강하는 것 같다.

저것은—.

마을?

섬에 마을은 하나밖에 없다. 용은 바다에서 로로네아로 향하고 있다.

파괴된 잔교와 부두 위를 날아 지나쳤다. 창고 거리는 거의 흔적도 남지 않았다. 이 앞은 상업구다. 거기도 피해가 컸고 시장이었던 장소에는 파편 더미와 폐자재밖에 남지 않았다.

용이 날개를 퍼덕거렸다. 단숨에 속도가 떨어지고, 하루히로의 몸이 좌우로 흔들렸다. 칼자루를 놓칠 뻔했다고나 할까, 놓아버리고 싶어졌지만, 간신히 떨어지지 않았다. 자기 손가락이, 손이, 팔이, 여기저기가 말을 들어주지 않는다.

착지하는 충격은 지독했다. 온몸이 그 이상 없을 정도로 격렬하게 흔들려 머리가 뜯겨나가는 것 아닐까 생각했다.

하루히로는 지금 용의 오른쪽 다리에 박아둔 불꽃 단검과 대거 칼자루를 각각 오른손과 왼손으로 움켜잡고 매달려 있다. 자기 자신의 그런 상태는 확인하고 있지만, 실감이 나지 않는다. 감각. 그렇다. 감각이 없다. 차갑다. 온몸이. 얼어붙은 것 같다.

용이 아주 살짝 몸을 꿈틀거리며 우오—라는 낮은 목소리를 냈다. 뭔가 말하려는 것 같다는 점만은 알았다. 하루히로는 끄덕이고, 몇 번인가 심호흡을 했다. 그러다 보니 체온 같은 것이 되돌아왔다. 움직인다. 손가락이. 손이. 팔이. 다리도. 움직일 수 있다.

"…기다려."

하루히로는 용의 다리를 두 발로 짚고 힘껏 힘을 주어 불꽃 단검과 대거를 뽑았다. 그토록 뽑히지 않았었는데, 분명히 뽑혀주었다. 하루히로는 불꽃 단검과 대거를 쥔 채로 바닥에 떨어져, 일단 낙법 자세를 취하려고 했지만 생각처럼 잘되지는 않았고, 여기저기 부딪쳐 아팠다. 하지만 살아 있다. …그런가? 나, 정말로 살아 있는 건가?

아무래도 확신이 들지 않는다. 주변을 둘러본다. 아마도 로로네아 시장이었던 장소일 것이다. 여기에는 수십 개가 넘는 포장마차와 노점이 밀집해 있었고, 지금은 그것들의 잔해가 흩어져 있다. 왜 이런 곳에? 좀 전까지 용 둥지에 있었는데. 이상하다. 이상해.

하루히로는 일어섰다. 온몸이 다 아프다. 발을 질질 끌며 비틀비틀 걸었다.

문득 돌아보니 용이 고개를 숙이고서 이쪽을 보고 있었다. 크네, 진짜. 용은 입을 벌리고 있다. 콧구멍이 호흡에 맞춰 넓어졌다가 줄어들었다 했고, 그 약간의 움직임에 맞춰 에메랄드 비늘이 반짝반짝 빛났다. 노란 눈동자는 비늘보다 훨씬 굉장하다. 빛 그 자체다. 이런 생물이 있다니. 하루히로는 감동을 받았다. 경외심이라고도 해야 할까. 안 된다니까. 절대로. 이런 짓. 이렇게 굉장한 생물을 말이지. 화나게 하는 짓. 해서는 안 되는 거야.

하루히로는 가방에서 알을 꺼내어 뒷걸음질을 치다가 무릎을 꿇고 그것을 바닥에 살며시 놓았다.

"…미안. 이걸, 돌려주고 싶어서. 우리들, 돌려주러 갔던 거야."

용은 아주 약간 고개를 갸웃거리더니 눈을 깜빡였다. 뭘 어떻게 느끼고 있는 걸까? 무엇을 생각하고 있는 걸까? 전혀 모르겠다. 하지만, 인간과는 감수성도, 사고 형태도 전혀 다르겠지만, 용 나름대로 뭔가를 느끼고 생각도 할 것이다.

용이 목을 쭉 뻗었다. 이것은 잡아먹히는 분위기인가? 그렇게 되면, 이젠 어쩔 수 없다. 이 거리다. 도망칠 수 없다. 하루히로가 사는 것도, 죽는 것도 용에게 달렸다. 스스로 어떻게도 할 수 없는 일은 존재한다. 하루히로는 숨을 멈추고 가만히 있었다.

용은 입으로 알을 물었다.

고개를 치켜든다.

알을 문 채로, 오우, 우오, 오오우, 낮은 목소리를 냈다.

하루히로는 일어섰다. 용이 두 번, 세 번 날갯짓을 하더니 날아올랐다. 풍압에 밀려 하루히로는 엉덩방아를 찧었다. 그대로 용을 올려다보았다. 용은 쑥쑥 고도를 높였다. 하루히로는 몸을 뒤로 눕혀 드러누웠다. 용은 로로네아 상공을 한 바퀴 돌고 나서 멀어져갔다. 그리고 마침내 보이지 않게 되었다. 하루히로는 중얼거렸다.

"…지쳤다."

17. 닻을 올려라

이후로 로로네아는 용에게 습격당하지 않게 되었다. 모모히나와 동료들은 나흘 후에 돌아왔다. 동료들은 하루히로의 무사를 기원해 주기는 했겠지만, 살아 있을 거라고는 생각하지 못했음에 틀림없다. 모두 크게 기뻐하며 하루히로를 깔아뭉갰다. 다들 많이 울었다. 하루히로도 코끝이 찡해졌다.

로로네아의 부흥은 엄청난 속도로 진행되고 있다. 분명 하루히로 일행이 용 둥지에 간 사이에 잔교와 부두가 전멸할 우려가 있었지만, 쿠자크네가 돌아올 즈음에는 임시 잔교 두 개를 그런대로 쓸 수 있는 상태가 되었다. 그전부터 나룻배를 이용해서 배로 수송하는 것은 재개되었고, 조금씩이긴 하지만 로로네아에 물자가 들어오기 시작했다. 사망자는 장례를 치러주었고 건물도 여기저기에서 재건되고 있었다.

동료들과 재회한 날 다음 날 아침, 일행은 임시 1번 잔교에서 긴지가 선장을 맡고 있는 만티스호에 올라탔다. 만티스호 말고도 출항하려는 배는 몇 척이나 있었는데, 이미 화물을 싣고 내리는 일이나 선원 승선 등의 준비는 대개 끝난 상태였다. 그럼에도 불구하고 임시 1번 잔교뿐만이 아니라 옆의 임시 2번 잔교도, 아니, 항구 전체가 사람, 사람, 사람들로 가득했다.

"로로네아의 영웅!"

"드래곤 라이더—!"

"요, 갑부!"

"조금은 풀어놓고 가라고, 짠돌이!"

“제대로 한 건 했네! 그런대로 장하다!”

“하루히롯―! 네놈들은 절대로 잊지 않겠다! 절대로 돌아오지 맛!”

“또 놀러 와라, 이 영웅 녀석!”

“안 와도 된다, 망할 놈! 고맙다, 드래곤 라이더!”

종족을 불문하고 남녀노소가 저마다 제멋대로 외쳐대면서 주먹을 흔들기도 하고 점프하기도 했다. 뱃전에서 그들의 모습을 바라보면서도 자기한테 하는 말이라고는 전혀 생각할 수가 없다. 쿠자크가 어깨를 쿡 찔렀다.

“손, 흔들어주지?”

뭘 히죽거리는 거냐고 생각하면서 하루히로는 반쯤 자포자기로 손을 흔들어봤다. 그러자마자 사람들이 엄청난 기세로 우오오오오오오오오오옷―하고 끓어올랐는데, 괜찮은 거야? 이거. 마치 남의 일 같아 쑥스럽다는 생각조차도 별로 안 든다.

“뭐, 사실 너는 놈들을 구한 거야. 영웅이라는 이름에 어울리지 않을까?”

세토라는 지당한 말을 한다는 듯한 얼굴을 하고 있다. 키이치가 세토라의 다리 옆에서 냐오―하고 울었다. 영웅이라. 하루히로가 머리를 긁적이고 있노라니 세토라는 “…드래곤 라이더” 라고 작은 목소리로 말하고는 풋―뿜었다.

“…웃잖아.”

“그야, 하루는 용을 탄 게 아니잖아.”

그렇다. 하루히로는 용을 타지 않았다. 어쩌다 보니 다리에 붙은 휴지조각처럼 용에게 달라붙어 용 둥지에서 로로네아까지 날아온 것뿐이다. 어디에 있어도 어차피 위험한 건 마찬가지라며 로로네아 시가지에 머물러 있던 자가 몇 명 있었는데, 하루히로가 용에게 알을 돌려주는 장면을 우연히 목격한 모양이다. 하지만 하루히로가 사실 어떻게 해서 용에 의해 운반되어 왔는지까지는 분명 아무도 보지 못했다. 그래서 이야기에 꼬리가 붙기도 하고 왜곡되기도 하고 부풀기도 해서 용 등에 타고 온 것이 되어버리고, 그래서 붙은 별명이 드래곤 라이더다. 이건 상당히 부끄럽다.

"고블린 슬레이어가 드래곤 라이더로…."

시호루가 키득키득 웃었다.

"참 내. 시호루까지."

"…미안해. 하지만 화젯거리가 되는 것은 역시 피할 수 없지 않을까…?"

"영웅이니까?"

세토라는 당장이라도 또 웃음을 터뜨릴 것 같다. 뭐가 영웅이라는 건가. 참아줬으면 좋겠다.

"아니, 하지만, 제대로 한탕 했지." 쿠자크는 어깨에 멘 묘하게 훌륭한 가방을 두드려 보였다. "하루히로 덕분이고. 우리에게도 진짜 영웅이야."

가방 내용물은 백금화다. 한 개에 금화 열 닢의 값어치가 있다. 금화는 고사하고 백금화쯤 되면, 장사를 크게 하는 상인이나 재산을 가진 대부호 이외에는 우선 평생 볼 수조차 없는 물건이다.

용 알의 가치가 금화 5천 닢—이라는 것은 농담이라고 해도, 이 큰 임무에는 금화 천 닢의 값어치는 있을 것이다. 알을 돌려주러 가기 전에 그렇게 잔카를로한테 던져봤을 때에는 장난하는 거냐며 거절당했지만, 교섭 결과, 금화 5백 닢이라는 선에서 낙착되었다. 5백 골드. 그래도 눈이 돌아갈 만큼 큰돈이다. 참고로 쿠자크가 들고 있는 가방에는 30그램이나 되는 백금화가 백 닢 들어 있다. 즉, 천 골드다.

잔카를로는 임시 1번 잔교에서 멍하니 만티스호를 올려다보고 있다. 계속된 격무 탓이겠지. 꽤 졸린 것 같다.

로로네아 사람들이 하루히로의 위업에 관해서 말할 때에는 K&K 해적 상회가 그 역할에 금화 천 닢으로 보답했다는 이야기가 따라붙게 되었다. 이것은 잔카를로와 지금 그의 옆에서 가볍게 한 손을 들어 보인 지미가 적극적으로 소문을 퍼뜨린 모양이다. 과연 K&K 해적 상회는 통이 크다고 감탄하는 자도 있고, 그럴 돈이 있다면 나한테나 달라며 얼토당토않게 화를 내는 자도 있으리라. 어쨌든 변변치 못해 보이던 일개 모험가, 아니, 의용병이지만, 아무튼 어디서 굴러먹던 말 뼈다귀인지도 모를 사내가 어쩌다 보니 금화 천 닢을 손에 넣은 것이다. 말하자면 이것은 로로네아적인 드림이다. 금화 5백 닢보다 천 닢 쪽이 두 배 이상 임팩트가 있다고 생각해서 잔카를로와 지미는 보수를 올려준 것이겠지. 실제로 로로네아는 열기가 넘치고 있다.

적어도 현재까지는 이 열광이 로로네아의 부흥에 박차를 가하게 하는 모양이다. 가짜 전설을 짊어진 하루히로로서는 더할 나위 없이 민폐지만, 그래도 천 골드는 매우 큰돈이다. 일상적으로 사용하는 은화로 환산하면 십만 닢. 동화로는 천만 닢이다. 엄청나다.

"그래도, 잘됐다."

메리는 약간 눈을 가늘게 뜨고 어딘가 먼 곳으로 시선을 향하고 있다. 미소 짓고 있는 메리의 입가를 보니, 뭐, 잘된 거겠지—라고 하루히로도 순순히 인정할 수가 있었다. 여러 가지 일이 있었지만, 이제 앞으로 나갈 수 있다. 긴지가 거드름을 피우며 "돛을 펴라아…!" 라고 호령하자 만티스호의 돛이 펴졌다. 이어서 "닻을 올려라아…!" 라는 신호와 함께 선원들이 닻을 올리려고 한다. 잔교에 모여든 사람들이 벗은 윗도리며 수건을 머리 위에서 빙빙 돌리면서 요—호—요—호—하며 떠들기 시작했다.

"…어라?"

하루히로는 주위를 둘러보았다. 쿠자크가 "어? 왜 그래요?" 라고 물어, 아, 응, 이라며 애매하게 끄덕이고 여기저기를 본다. 어라, 어라, 어라…?

"헉…." 시호루가 숨을 들이켰고 메리는 "잠깐…" 이라며 뱃전에서 몸을 내밀었다.

"응?" 세토라도 뱃전에 손을 걸쳤다. "아…."

키이치가 뱃전 난간 위로 뛰어올라가 냐오—하고 울었다.

만티스호는 벌써 움직이기 시작했다.

"유메…?!"

하루히로는 메리와 세토라 사이에 파고들어 임시 1번 잔교를 뚫어질 듯이 바라다보았다. 잔카를로가 있고, 지미가 있다. 그리고 가짜 수염을 붙인 모모히나가 왠지 엄숙한 표정으로 팔짱을 끼고 있다. 그리고 그 옆에서 유메가 천 조각을 흔들며 요—호—요—호—하며 외치고 있다.

"아니, 요호가 아니라—. 엇, 왜?! 유메?! 언제부터…."

"아까까지는 같이 있었… 던 것 같은…?" 메리가 자신 없는 목소리로 말했다.

"어이, 무슨 생각이냐?"

세토라가 소리치자 유메는 어째서인지 만면에 웃음을 지었다.

"아아—! 있잖아! 유메, 있지! 모모히나한테서 훈련받고, 있지, 쿵푸러가 되기로 했거든!"

"어째서…?!" 시호루가 어긋난 쇳소리를 내며 물었다. 그렇다. 어째서야? 갑작스럽잖아. 전혀 영문을 모르겠는데요. 너무 놀란 탓인지, 시호루는 울 것 같고.

"뭔가 있지! 좀처럼 말을 꺼내기 힘들어서…!"

유메도 울음 섞인 목소리였다. 하루히로는 가슴이 턱 막히는 것 같았고 퍼뜩 깨달았다.

원래부터 유메는 좀 이해할 수 없는 구석이 있다. 한마디로 말하자면 4차원이라는 건지도 모른다. 다른 사람에게 맞춰주려고 하고, 아무튼 분위기를 파악하고, 타협하고, 상대에게 전달하기 쉬운 말만 선택하려고 하는 하루히로 같은 속물, 범인과는 다르다. 유메는 유메 나름대로의 생각과 감정을 독특한 방식으로 표현한다. 그래서 솔직히 말하자면, 하루히로는 때때로 유메의 기분이나 생각을 충분히는 이해하지 못한다.

그래도, 그런 것이라고 생각했었다. 별로 이해 못 해도 좋다. 괜찮겠지. 지금까지 줄곧 이런 느낌으로 해왔고, 모두 유메를 좋아하고, 언제까지고 지금 그대로의 유메로 있어줬으면 좋겠다. 아무 말하지 않아도 유메는 유메의 모습 그대로, 당연한 것처럼 함께 있어준다. 그렇게 믿어 의심치 않았다. 사실은 유메 나름대로 고민하기도 하고, 뭔가 바라는 것이 있기도 하고, 마음속 깊이 숨겨두었던 야심 같은 것도 있었다거나 할지도 모르는데, 그런 일은 생각도 해 보지 않았다.

"다들, 미안해! 유메, 강해지고 싶어서! 좀 더, 좀 더 강해지고 싶다고, 생각했거든! 모모히나라면, 유메를 강하게 해줄 것 같고! 반년 지나면, 오르타나에서 만나! 그때에는 유메, 엄청 강해졌을 테니까…!"

그러고 보니 로로네아에 온 날, 유메가 모모히나에게 자기는 좀 더 강해질 수 있을지 물어봤던 것 같다. 유메는 센스가 좋아서 서너 달만 연습하면 진짜 쿵푸러인지가 될 수 있다고 모모히나가 대답했던 것 같은. 하지만 무슨. 강해지고 싶다니. —어이없다고나 할까, 강해질 필요 따위 없다고나 할까—그런 말을 하루히로는 할 수 없었다. 유메가 바라고 선택한 일이다. 확실히 뜬금없긴 하지만, 그만큼 유메답다.

"반년…!"

하루히로는 코를 훌쩍였다. 웃는 얼굴을 보인다. 한 번 숨을 내쉬었다.

"우리, 기다리고 있을 거니까! 반년 후에 오르타나에서…!"

"응!"

힘껏 끄덕인 유메의 등을 모모히나가 두드렸다.

"이 나한테 마음 놓고 맡겨! 내가 유메유메를 훌륭한 진짜 쿵푸러로 키워준다! 는 말이닷…!"

"…진짜야…?"

쿠자크는 주저앉아서 고개를 숙였다. 시호루는 아무 말도 할 수가 없는 듯 그저 손을 흔들고 있다. 세토라와 키이치는 어이가 없는 걸까? 메리가 시호루의 어깨를 안아주었다.

만티스호는 속도를 높이고 있다.

이렇게 전설은 생겨나고, 긴 세월을 거쳐 멋대로 입에서 입으로 전해지겠지.

— 다음 권에 계속 —

작가 후기

어떠셨습니까? 「재와 환상의 그림갈」 12권.

예고한 바와 같이 밝고 즐거운, 훈훈한 모험 이야기 아니었나 생각합니다.

그림갈에 국한된 것이 아닙니다만, 저는 소설을 쓸 때 뭐가 있고 누가 어째서 어떻게 되는지 등의 일을 미리 세세하게 정하지 않는 경우가 많습니다.

아니, 어디까지나 그런 경우가 많다는 이야기이지, 세세하게 정하고 나서 쓰기 시작하는 적도 있긴 있습니다. 그러나 그렇게 하면 좀처럼 잘 풀리지 않습니다. 써내려가는 것은 가능하지만, 그다지 흥이 나지 않고, 즐겁게 집필하기 위해서는 여러 가지 연구를 해야만 합니다.

소설은 어떻게 써도 된다, 자유로우니까 아주 좋아하는 것이지만, 그래도 저도 딱 한 가지 규칙은 정해놓았습니다.

저는 제 소설을 읽는 분들이 무엇보다도 즐기시길 바랍니다. 쓰면서 즐겁지 않은 소설은 분명 재미없을 테니까, 나는 쓰는 일을 즐기자. 쓰면서 재미없는 원고는 세상에 내보내지 않는다.

아무래도 즐겁지 않네—라고 느끼면 저는 쓰던 손길을 멈추기로 했습니다.

다만 한창 쓰고 있는 와중에는 그걸 모르는 경우도 있어서, 저도 모르는 사이에 즐기는 척을 해버리거나 시간에 쫓겨 아무튼 써야 한다며 즐기는 것을 잊어버리기도 합니다. 하지만 다시 읽어보고, 여기는 즐기지 못했구나—라고 생각되면 바로 삭제합니다.

이렇게 되어 저렇게 되고, 그리고 이런 식으로 된다—고 세밀하게 정하고 나서 쓰면 즐길 수가 없는 경우가 많습니다. 그렇다고 해서 아무것도 정하지 않으면 이야기가 어디로 갈지 짐작할 수 없고, 쓰기 시작하는 일조차 쉽지 않습니다.

이 정도로만 정해두면 어떻게든 된다—는 선은 경험상 대충 알고 있습니다. 단, 좀 더 이것저것 정하는 편이 복잡한 이야기를 구축할 수 있지 않을까? 라거나, 미리 정해두는 것을 한두 개 줄여보면 어떻게 될까? 라거나, 그런 아이디어가 떠오르면 시험해봅니다.

12권에서는, 전반이랄까, 3분의 1 정도까지 요점을 정해놓고 그 뒤는 흐름에 맡겼습니다. 다음은 어떻게 할까요? 아이디어는 몇 가지 있습니다. 어느 것을 선택할까요? 지금부터가 기대됩니다.

그럼, 담당 편집자이신 하라다 씨와 시라이 에이리 씨, KOMEWORKS의 디자이너님, 그 외에 이 작품의 제작과 판매에 관여하신 분들, 그리고 지금 이 작품을 들어주신 여러분께 진심으로 감사와 가슴 한가득 사랑을 담고, 오늘은 이만 펜을 놓겠습니다. 또 만나 뵐 수 있다면 기쁘겠습니다.

주몬지 아오

역자 후기

기다려지는 책이 있습니다. 저는 번역 작업을 맡은 모든 책들에 거의 동등한 에너지와 시간을 쏟는다고 생각하지만, 그중에서도 유독 빨리 다음 권이 왔으면 좋겠고, 설레며 기다리는 작품이 생기는 것은 어쩔 수가 없습니다. 현재로서는 바로 「재와 환상의 그림갈」이 그렇습니다.

그러다 보니 너무 몰입하지 않도록, 특히 캐릭터들에게 지나치게 감정 이입을 하지 않도록 자제해가면서 작업을 해야 하는 경우도 있습니다. 이 또한 즐거운 고민입니다.

여러 패턴의 결말을 상상해보는 것은 부록 같은 즐거움입니다.

작가님의 후기를 읽다보면 '즐거움'이라는 키워드가 자주 눈에 띕니다. 작가님이 독자님들께, 그리고 작가님 본인에게 드리고 싶은 가장 큰 것이 바로 그것이라는 것을 알 수 있습니다.

저는 작업을 하면서는 물론이고 독자로서도 「재와 환상의 그림갈」의 팬으로서 즐기고 있습니다. 작가님의 바람 그 이상으로.

여러분도 즐거워해주신다면 더할 나위 없이 기쁘겠습니다.

2018년 이형진

재와 환상의 그림갈 level. 12
그것은 어떤 섬과 용을 둘러싼 전설의 시작

2018년 8월 8일 초판 인쇄
2018년 8월 15일 초판 발행

저자 · AO JYUMONJI
일러스트 · EIRI SHIRAI
역자 · 이형진
발행인 · 안현동
편집인 · 황민호
출판사업본부장 · 박종규
책임편집 · 성명신 이수민 장연지
마케팅본부장 · 김구회
마케팅 · 이상훈 김학관 김종국 반재완 이수정 임도환
국제업무 · 이주은 김준혜 오선주 장희정 박경진 위지명 김부희
제작 · 심상운 최택순 성시원
한국판 디자인 · 디자인 우리
발행처 · 대원씨아이(주)

서울 특별시 용산구 한강로3가 40-456
편집부 : 02-2071-2104 FAX : 02-794-2105
영업부 : 02-2071-2061 FAX : 02-794-7771
1992년 5월 11일 등록 3-563호

http://www.dwci.co.kr/

원제 灰と幻想のグリムガル 12

ISBN 979-11-334-8696-0 04830
ISBN 979-11-5625-426-3 (세트)